跟各國人都可以聊得來

教你學會任何想學的語言，
快速學習，不會忘記

學習專家

列・懷納 著

IEL WYNER

威治 譯

U0029837

FLUENT FOREVER

【目錄】

第一章　導論：不斷嘗試攻剌、再攻剌　　　7

序曲　　　8

騙子偶爾也能成功：學習語言的三大關鍵　　　10

遊戲計劃　　　13

語言流利需要多久時間？　　　16

現在就開始：前進的道路　　　19

第二章　上傳：終結遺忘的五大原則　　　27

原則一：讓記憶變得更難忘　　　28

原則二：盡情地偷懶學習　　　39

原則三：別老是再讀一遍。試著回想！　　　42

原則四：再等等！別告訴我答案！　　　47

原則五：改寫過往記憶　　　49

時機才是王道：終結遺忘　　　54

現在就開始：學習使用間隔重複系統（SRS）　　　66

第三章　聲音遊戲　　　73

鍛鍊你的耳朵、重組你的大腦　　　77

鍛鍊你的嘴巴、擄獲女孩芳心　　　85

鍛鍊你的眼睛、發現文字的模式　　　93

現在就開始：學習所學語言的聲音系統　　　101

第四章　單字遊戲與單字的交響樂　　109

學習的入口：我們不常提到杏桃（APRICOTS）　　112

和單字玩遊戲　　117

大頭菜的性別　　122

現在就開始：優先學習六百二十五個單字及樂曲　　129

第五章　句子遊戲　　139

語言輸人的力量：你的語言機器　　140

精簡再精簡：將巍峨高山夷作小土丘　　151

故事時間：把模式變得難忘　　156

關於阿諾史瓦辛格和爆炸的狗：文法的記憶術　　160

輸出的力量：為你量身打造的語言教室　　165

現在就開始：學習你的第一個句子　　168

第六章　語言遊戲　　181

設定目標：你的特製字彙　　182

探索單字　　185

閱讀的樂趣和收穫　　191

電視迷的聽力課　　194

口說和「有口難言」的遊戲　　199

現在就開始：探索你的語言　　206

第七章　結語：學習語言的收穫和樂趣　　213

學習集錦　指引你如何運用記憶字卡學習語言　　221

使用記憶字卡的藝術　　229

集錦一　發音訓練教材自己動手做　　237

集錦二　第一批單字　　247

集錦三　使用並學習你的第一個句子　　267

集錦四　最後一組字彙卡　　293

術語與工具的辭彙表　　303

附錄一　特定語言資源　　325

附錄二　語言困難度評估　　331

附錄三　間隔重複系統資源　　335

附錄四　解碼國際音標　　343

附錄五　你的前六百二十五個單字　　363

附錄六　如何搭配你的語言學習課程來使用本書　　385

最後的註記（關於科技）　　388

註記　　389

致謝　　397

致學習旅途上經歷的種種刺激

第一章
導論：不斷嘗試攻刺、再攻刺

　　若你用某人聽得懂的語言與他交談，那麼內容會記在他的腦子裡；但如果你用屬於他的語言和他溝通，他會銘記在心。

——納爾遜・曼德拉（Nelson Mandela）

　　初次到國外旅遊的美國人往往會詫異地發現：儘管過去三十年來各地往來密切，許多外國人仍舊說著外語。

——戴夫・貝瑞（Dave Barry）

　　學習語言就像運動。話雖如此，但我絕對稱不上是一個有資格談論運動的人；高中時期我是為了逃避體育課才加入擊劍隊。然而，手握帶有尖梢的金屬器物刺向隊友和學習語言之間的相似性可能遠超乎你的想像。在擊劍運動中，你的目標是不假思索地攻刺對方。你花時間牢記各種武器的名稱和遊戲規則，接著演練正確的姿勢：撥擋防禦、反擊和長刺攻擊等每個步驟。最後，你期待在這場運動遊戲中達到忘卻規則的境界：你的手臂揮灑自如，能敏捷地避開對手的攻擊，再分毫不差地刺向他的胸口。得分！

　　我們多希望能走向某人，張開嘴，忘掉語言規則，自然而然地說話。這個目標看起來似乎難以達成，因為語言表達好像是很困難的一件事，但事實上一點兒也不。世上並不存在「困難的」語言；一個人不論資質優劣，他都會說在孩童時期父母所說的語言。真正的挑戰在於找到一條能夠順應繁忙生活的學習道路。

　　在身為一名歌劇歌手的忙碌生活中，我必須學會說德語、義大利語、法語和俄語。從這些學習經驗裡，我得到了寫作本書的基礎概念。我的學習方法是執著於修正、研究、再修正的結果。歷經時間的考驗，我的學習工具箱已成為一架有效運作的機器；在我自己以及我曾教授過每一位學生的學習過程中，它將每天既有的學習時間轉化為顯著且持續的進步。我期盼透過本書的分享，讓你一探語言學習的獨特世界。在此過程中，你將更了解自己的思維方式及其他人的思考邏輯。同時，你也將學會說一種新的語言。

序曲

　　在這場瘋狂的語言學習探險中，迄今我最喜歡的片段上演於二〇一二年維也納的地鐵站。當時我正從一場表演結束返家的路上，碰巧看見一位俄國同事朝我迎面走來。一直以來我們的共通語言為德語，因此我們便用德語問候彼此、閒談去年發生的大小事。接著，我投下一枚震撼彈。「你知道嗎，我現在會說俄語了。」我用俄語對她說道。

　　她當時臉上的表情真是無比珍貴。就像卡通片所描繪的那

樣，她驚詫的下巴都掉下來了。我們用俄語漫談關於語言學習、人生，和兩者之間的交集，她一邊結巴地問道，「什麼？哪時候的事？你怎麼辦到的啊？」。

　　我首次嘗試學習語文的結果並不突出。我參加了希伯來語文學校的課程七年；我們在裡頭唱歌、學習字母、點了無數根蠟燭、喝了不少葡萄汁，但卻所學不多。好吧，除了字母表；我搞定了那些字母。

　　我在高中時期愛上了我的俄國老師──諾娃科夫斯基女士。她既聰明又漂亮，還擁有一個古怪的姓氏；而無論任何時刻，只要是她所要求的事情，我一定使命必達。五年後，我學會了幾句片語、背誦了一些詩歌，字母符號也記得滾瓜爛熟。但到後來，我漸漸感覺到似乎哪裡出了差錯。為何我只能記住字母表？為什麼其他部分竟如此困難？

　　時光倒轉至二〇〇四年六月，在美國佛蒙特州有一場為歌劇歌手舉辦的德語沉浸教學研習營。當時我的身份是一名對歌唱極度熱衷的工程師。因為這項歌唱愛好，我必須學習基礎德語、法語和義大利語；我心想，就用過往取得成功的唯一模式：一鼓作氣地全然投入吧。抵達目的地後，我簽署了一份保證這七週內只說德語，否則就接受開除且無法要求退費的要脅文件。這個舉動似乎很不明智，因為我連一句德語都不會說；但我還是硬著頭皮允諾了。接著，一些資深的學員走向我，臉上掛著笑容說道，「你好（Hallo）。」我的腦中一片空白、盯著他們發愣了一會兒後回答，「你好（Hallo）。」彼此握手示意收尾。

　　經過瘋狂的五週訓練後，我能在德語表演課上盡情地歌唱，

同時也在校園中發現了一處偏僻的角落，於是我鬼鬼祟祟地溜到那兒偷偷打電話給女朋友。「我有預感，我將會成為一位歌劇歌手。」我用英語小聲地對她說道。就在那天，我下定決心要把這個新職業需具備的語言變得流利。於是我再次回到佛蒙特州的米德爾伯里學院（Middlebury College）繼續學習德語；這一次我達到了語言流利的目標。後來，我搬到奧地利修習碩士學位，在二○○八年居住於歐洲的這段期間，我去了義大利中部的城市佩魯賈（Perugia）學習義大利語。兩年後，我竟成了一名騙子。

騙子偶爾也能成功：學習語言的三大關鍵

　　若我沒有在一次法文測驗中作弊，這本書就不會存在。我並不以此為傲，但成果如你所見。首先，介紹一些背景資料。米德爾伯里（Middlebury）語言學校提供五種階段的課程：完全初學者、「偽」初學者（對於所學已遺忘殆盡的人）、中階、高階，及近乎流利的程度。測驗當時，我是個法文完全初學者，但我已經學過一種羅曼語（Romance language），於是我心裡盤算著要和「偽」初學者們一起學習。是以，第三度參加米德爾伯里的語言課程，我在線上分班測驗中作弊，偷偷地使用谷歌翻譯和參照一些文法網站作答。拜託不要告訴米德爾伯里學校。

　　一個月後我收到了讓我感到悔恨的測驗結果。「歡迎您，也恭喜您！」信件開頭寫道。「您的分班結果為中階程度！」完蛋了。我可以趕緊抱佛腳，在三個月內補足一年功力的法文程度，或者就在入學面試中表現得像個白癡一樣。這個面試可不是開玩

笑：你會和一個貨真價實、活生生的法國人坐在一間房間裡，在十五分鐘內用法文聊聊生活中的大小事，最後再帶著定案版的分班結果離開。你騙不了人的；你要不就開口說法文，要不就像個二流的巴黎默劇演員般，擺張苦瓜臉、不知所措地比手畫腳。

由於當時我正深陷在完成歌劇和藝術歌曲碩士學位的忙碌苦海中，每天地鐵通勤的一小時和星期日整天是我僅能抽出的空閒時間。我發狂似的求助於網路世界，渴望明白如何才能更快速地學會一種語言。結果讓我感到有點兒意外：網路上有一些功能非常強大的語言學習工具，但卻沒有一個將所有新式學習方法一併統整的學習計劃。

我發現了學習語言的三個基本關鍵：

1. 先學習發音。
2. 避開翻譯。
3. 使用間隔重複系統（spaced repetition systems，SRS）。

第一個關鍵，**先學習發音**，出自於我在音樂學校的訓練（它也廣泛運用在軍隊和摩門教教會的傳教士中）。演唱者會先學習語言的發音，因為在能真正騰出時間研習語言前，我們必須長時間使用這些語言來演唱歌曲。在熟練發音的過程中，我們的耳朵漸漸地與那些音調合拍，也間接使得字彙習得、聽力理解和口說能力變得更快速。隨著練習愈來愈得心應手，我們也學會了說一口時髦且道地的腔調。

第二個關鍵，**避開翻譯**，深藏於我在美國佛蒙特州米德爾伯里語言學校的學習經驗中。略過翻譯這道工程不僅是初學者的權

利，它同時也是學習如何用外國語言思考的重要步驟，並且讓語言學習變得不再難如登天。在我早期嘗試學習希伯來語和俄語時，便犯了這項嚴重的錯誤：我不斷練習翻譯而不是口說。若將英語拋諸腦後，我就能把時間運用於增進口說流利度，而非耗在句子中逐字地解碼。

　　第三個關鍵，**使用間隔重複系統**，來自語言學習部落格和軟體開發人員。間隔重複系統（SRSs）像是服用了類固醇的記憶字卡；它會根據你所提供的資料產生一套讓資訊深植入長期記憶庫的個人學習計劃。這對強化記憶非常有幫助，但目前仍尚未達到普遍使用的主流標準。

　　網路上有愈來愈多的語言學習者利用間隔重複系統學習，但他們的使用目的往往是為了熟記翻譯後的內容。相反地，米德爾伯里（Middlebury）語言學校及貝立茲（Berlitz）外語培訓機構等無翻譯空間的提倡者使用相對古老的學習方法，於此便無法善用新式電腦化學習工具帶來的益處。此外，除了古典樂歌手和摩門教徒外，似乎鮮少人會正視發音的重要性。

　　最後，我決定將上述方法並行使用。我利用手機載入的記憶軟體來加深法語的學習印象，並確保我的記憶字卡上沒有任何英文單字。我開始製作發音規則的字卡，在名詞和一些動詞上加入大量圖片，從中學習了動詞的型態變化，也逐步養成用簡單法語定義抽象概念的能力。到了六月，在某日地鐵通勤的時刻我已學會了文法觀念和三千個單字。這天終於到來，我坐在米德爾伯里學校的房間裡等待我的法文入學面試開始。此次面試也意味著宣示，我保證我絕對沒有幹出在線上分班測驗中作弊這類的傻

事。此外，這也是我人生中第一次用法語溝通。面試官坐下後說道，「你好（Bonjour），」我用腦中浮現的第一個單字印象反射回應：「你好（Bonjour）。」目前為止，一切順利。當我們的對話慢慢展開，我驚訝地發現，她所說的每一個單字我都能聽懂且我也知道該用哪些字句回應。我居然能用法語思考了！儘管有些斷續結巴，但我可是正用法語溝通哩！我震驚極了。米德爾伯里學校最後將我升派到高階程度的班級。在那兒的七週時光，我閱讀了十本書、完成了約七十頁的文章寫作，我的單字量也擴增至四千五百字。到了八月初，我已能流利地說法文了。

遊戲計劃

何謂流利？此一問題的答案因人而異。這個詞語本身並不明確，且每當某人又發表了相關書籍、文章，甚或是標題名為「你能在七天內說一口流利語言！」的垃圾郵件時，這個字所代表的價值意義似乎又更淺薄了。然而，每個人心中仍存有對流利的想像畫面：例如，某個夏日午後坐在巴黎的咖啡廳自在的和女服務生閒聊、不必綁手綁腳地想著動詞形態的變化是否正確或掛心字彙庫中缺少了哪些單字。無論為何，重要的是我們每一個人都必須設定自己要達成的學習目標。

我會自信滿滿地說我的德語是流利的。我在奧地利居住了六年，現在能用德語和任何人愉快地談論任何事；當我的出租汽車油箱蓋毀壞，我為了要擺脫二百歐元的索賠金時，我也能將平時不太用的德語字詞派上場。（「油箱蓋」的德文為 Tankdeckel，

而要表達「干我屁事，我又不是最初駕駛這輛車的人，油箱蓋的彈簧本身有瑕疵。」就必須用「Das ist völlig Wurst...」開頭的句子描述。）你必須捫心自問，決定自己對外語流利的想像畫面是否包含了和朋友討論政治議題、參與詩歌讀書會、從事祕密情報工作或是到法國索邦神學院（Sorbonne）教授量子物理學。

　　由於有太多事物需要牢記腦海，於是我們總設法努力達到不管怎樣都好的流利境界。這場語言遊戲的規則手冊太過冗長；我們捧著規則在課堂裡研讀、反覆演練不同的條目，但卻從未真正進入遊戲之中。終於我們帶著一絲希望把規則閱讀完畢，但此時腦中對絕大多數的規則早已不復記憶。此外，我們還遺漏了另一本教材（字彙書），裡頭含納了成千上萬個記憶難度與規則不相上下的單字。

　　遺忘是我們最大的敵人，是以，我們需要一套作戰計劃。典型的成功學習語言故事是什麼呢？一名男子來到西班牙後愛上了一位西班牙女孩，於是他竭盡所能、只要是清醒的時刻都在練習西班牙文，一年後他學會了流利運用。這便是以蠻橫強力痛擊遺忘的沉浸學習。一般來說，故事裡這位神氣十足、講西班牙語的男主角不留任何時間縫隙讓遺忘趁虛而入是造就成功學習的原因。他每天彷彿潛游在西班牙語的海洋中；他怎麼可能會忘記學過的內容？我的德語便是以這種方式習得；藉著離開上份工作的機緣，我搬到佛蒙特州、整整兩年的夏天切斷所有與英語世界的聯結。沉浸學習是很棒的經驗，但若你有公務、寵物、家人必須照料，或是得源源不絕地補充銀行戶頭裡的存款，你便無法不顧一切拋下所有責任牽絆，全然奉獻一段寶貴光陰在學習一種語言

上。我們需要一種更實際的方法來記住恰當的學習內容，且要防止所學左耳進、右耳出。

　　我將告訴你如何杜絕遺忘，於此你才能踏入真正的遊戲之中。我也會讓你知道究竟該記些什麼，好讓你能在遊戲裡感到得心應手。過程中，耳朵和舌頭的神經線路彷彿重新舖設般，你將聽見新的聲音、熟練新的腔調。我們會審視單字的構成，研究文法是如何將這些單字組合成不同的想法，而又該如何讓這些想法自然而然地從你的嘴巴說出、不必經過耗時的翻譯步驟。我們將充分利用你的有限時間，探究該優先學習哪些單字、如何善用記憶技巧快速熟記抽象概念，及如何以立竿見影之效，增進你的聽說讀寫能力。

　　我期盼你能懂得如何使用我一路走來獲得的學習工具，同時，我也希望你明白這些工具為何奏效。學習語言是一段充滿強烈感受力、絕對值得你踏出步伐的個人旅程。你將學習深入內心，改變既有的思維模式；假使你必須耗費數個月或數年的時間達成這項任務，那麼請你務必要對這些訓練方法抱持信念，並漸漸將它內化為自己的一部分。若你懂得如何迎戰這場語言遊戲，你便有機會取得最終的勝利。我希望能為你呈現出抵達目標的最短路徑，好讓你能拋開規則、立即進入遊戲之中。

　　我學會德語之後，不禁想著，「啊！如果我能回到過去，提點過去的自己一些方法技巧，那時候的學習之路應該就能走得輕鬆多了吧！」這樣的感想在我接著學習義大利語、法語、俄語（我終於在二〇一二年學會）和匈牙利語（二〇一三年的計劃）後反覆浮現心頭。這本書是我的時光機；我猜想你就是九年前那

個只會說一種語言的我,而藉由幫助你避開學習路上的所有陷阱和坑洞也讓我經歷一趟時光逆轉的奇幻旅程、回到那讓我打造這座時光機的最初。

語言流利需要多久時間？

我們必須考量你的流利目標、你目前懂得的語言、此刻正在學習的語言和每天可利用的時數來評估你需要花費的時間。儘管我曾說沒有任何語言是困難的,然而,若你已知的語言和正在學習的語言為不同語系,那麼你將感到學習困難重重。例如,日語學習對英語人士來說很吃力,反之亦然;這兩種語言只有少數難得幾個單字與文法概念是近似的,遑論截然不同的字母系統。相較之下,英語人士學習法文就輕鬆多了。法文與拉丁文在英語字彙中各佔了百分之二十八的比例,也就是說,若一位英語人士學會了正確的法文發音,那麼事實上他已懂得上千個法文單字。

美國國務院的外交學院（Foreign Service Institute）針對英語母語人士學習外語的困難程度作了一項排行（見附錄二）。我的學習經驗完全符合此評估預言:我學會俄語（二級程度語言）所花的時間比法語（一級程度語言）多出近兩倍,而我料想,學會日語（三級程度語言）所需的時間又將比俄語多兩倍。我在三個月裡每天學習一小時（加上週末拚命練習）達到「能以法文思考且使用純法文字典」的中階水平,俄語則花了半年時間每天學習三十至四十五分鐘（加上週末拚命練習）達到上述程度。接下來,我利用七至八週全面沉浸學習,讓我的法語和俄語提升

到「能放鬆待在咖啡廳、自在地閒談任何事，或振振有詞地描述汽車狀況」的進階水平。我在我的學生身上也見到了相似的學習成果。若沒有沉浸學習計劃，我預估需要花費五至八個月時間每天苦練三十至四十五分鐘才能達到進階法語的程度；同理推算，二級程度語言如俄語和希伯來語需要雙倍時間，而中文、阿拉伯語、日語和韓語等三級程度語言又將比起法語多出四倍學習時間。

　　這些較艱澀的語言確實需要時間，但你沒有道理學不會。你已符合學會語言的唯一必要條件：你對這種語言感興趣。不妨想想運動的例子吧！要成功培養一種運動習慣，我們必須喜愛該項運動，否則很快便會放棄。絕大多數的人都沒有六塊腹肌、也塞不進小尺碼的衣服。我曾經渴望練就一身完美腹肌（至於小尺碼的衣服，早早便放棄追求了），卻從未成功過，追根究柢是因為我根本不喜歡運動。但那些喜愛運動的人辦到了。成功的健身房常客從每天疲累的運動中得到樂趣（和腦內啡）；其他人則憑靠意志力強迫自己上健身房運動，但若無法樂在其中，便很難持續半年到一年至成效顯現。健身計劃的時間不斷縮水——從三十分鐘健身減至十分鐘運動、五分鐘極限健身變成三分鐘練習——目的是讓困難的事物變得容易親近一些。但無論如何，我們最後都會呈現出運動後汗流浹背、狼狽疲累的樣貌。短期內激勵自己每天運動已不容易，長期而言更是難上加難。

　　同樣地，若你覺得學習語言很困難，那麼我們將面臨一樣的問題。有誰熱衷於演練文法規則和背單字表呢？若對你而言學習過程並不愉快，即便我向你保證每天練習三十秒就可以達到流利水準，想必你也很難堅持下去。

　　我們將拋棄枯燥乏味、以更刺激有趣的事物取而代之。在此我所集結的學習工具都非常有效；更重要的是，它們在使用上充滿了趣味性。我們熱愛學習；這股興趣動力如癮頭般讓我們著迷於閱讀報紙、書籍雜誌，瀏覽〈生命駭客〉部落格（Lifehacker）、〈臉書〉、社交新聞網站〈Reddit〉和《赫芬頓郵報》（*Huffington Post*）等。每當我們看見一則新的傳聞（例如，「西元五三六年，一團巨大的塵雲漫延在歐亞大陸的上空整整一年，遮蔽了太陽、引發嚴重饑荒造成斯堪地那維亞至中國大陸的人口削減。至今事件發生的原因依然成謎」），大腦中的快樂中樞（pleasure centers）便瞬間受到刺激，於是我們忍不住點開相關的網頁連結。透過本書，我們將讓自己對學習語言上癮。新單字和文法的探索過程如同我們獵取新奇的臉書系統、新記憶字卡的拼組變成一系列靈巧的手工藝製作，而記憶工程則化作步調緊湊、充滿挑戰性且趣味十足的電玩遊戲。

　　學習的成效絕無巧合。當我們樂在其中時，學習效果便會漸入佳境；我不斷探尋最快速的學習方法，但到頭來往往發現，那些方法正是最有趣的學習方式。關於學習語言，這是我最喜愛的事：我可以盡情地玩電玩遊戲且事後不會感到後悔或嘆息著「時間如果能倒轉就好了」（例如，「天啊！我竟然浪費了生命中的六小時在臉書上玩愚蠢的遊戲」）。我每天花半小時至一小時玩手機遊戲或看電視（俄語配音的電視影集《Lost》太精彩了。）我從中學會了一種語言並感到收穫良多且樂此不疲。還有什麼可挑剔的呢？

　　我們一起學習如何玩樂吧！

現在就開始：前進的道路

內容架構提醒：我將在本書中為你介紹許多學習工具和資源。若你一時忘記或搞混，你可以翻到本書末尾的工具及術語詞彙表中參照附有簡要說明的全部內容。話說至此，就讓我們開始吧！

我希望能教導你如何學習，而不是該學些什麼。我們不可能講述每一個單字、說明所有的文法和發音系統，因此，你需要針對你所學習的語言獲取一些額外的資源。說到學習的語言，你或許會從選擇一種語言學習開始。

選擇學習的語言

選擇的考量有工作機會、學習難易度、資源取得性或使用人口等，但最終請選擇你喜歡的語言。曾有一位網站讀者問我，他究竟該學俄語還是法語。他的親戚會說俄語且他也喜愛俄國文化，但他卻擔心俄語太難而遲疑不定，學習法語相較之下似乎是比較保險的選擇。

當你對某種語言萌生興趣時，絕對不要因為「比較保險」而妥協。你所學習的語言將成為定居在你腦中的戀人；若你喜愛此種語言，學習的過程將充滿樂趣，而當你樂在其中時，你的學習進度將突飛猛進。

你擁有許多學習資源任你盡情取用。

語言工具書

　　為自己準備一些參考書吧。某些人埋頭伏案、花了好幾個月（或好幾年，但願沒有如此漫長）整理出你所需的資料，而你只要花四百到七、八百元便可將那些成果捧在手中。謝謝您，古騰堡先生。在附錄一，我針對十一個你最可能學習的語言列出了我最喜愛的選書。若你所學的語言並未包含在內，請參考我的網站 Fluent-Forever.com。我會努力網羅所有人們所學語言的書籍推薦。

請取得以下書籍

　　一本好的文法書會以縝密完備、按部就班的方式伴隨你走過文法學習之路。[1] 過程中，它將帶你認識約一千個單字、提供大量的例句和練習題並點出解題關鍵。你可以略過書中百分之九十的練習題，但當我們開始學習文法時，這些文法書將為你省下許多寶貴時間。若文法書裡的單字標示了「英語式」發音（你好〔Bonjour〕：棒－啾兒〔bawn-JURE〕、再見〔Tschüss〕－曲斯〔chewss〕），我贊成你將這本書焚毀再另找其他本書。走進巴黎的咖啡廳，說一句「棒－啾兒（bawn-JURE）」是讓服務生對你視而不見的最好方式。若你的新文法書附有光碟，那就再好不過了。

　　在此必須避開兩個學習陷阱。第一，避免使用那種以文法歇

---

[1] 大多數的文法書都以英文書寫。是的，這違反了我「學習禁絕英語」的規定；但你能從中先得知文法規則，進而再破除框架。

斯底里、連珠炮似的方式逐一將每個規則、繁瑣細節和例外使用
情況一併詳述的文法書。我曾非常喜愛這種書籍——直到我嘗試
從中學習後才攤手作罷。這類書是以龐大的作業流程圖完整呈現
出語言文法系統的專業書本；它們是不錯的參考手冊，但若要以
按部就班的方式學習使用則相當生硬和困難。

　　第二，若你選擇的是供課堂使用、尤其又沒有解題說明的文
法書時要三思。課堂用的書籍往往缺乏內容解釋，因為它預設老
師們將為你說明解惑。因此，擁有一本自學文法書對你的學習會
有較大幫助。

　　會話書是很棒的參考書籍，因為你很難在字典中找到像「我
被逮捕了嗎？」或「你要帶我去哪裡？」這類的生活用句。寂寞
星球（Lonely Planet）公司出版的會話書物美價廉，書末還附有
相當實用的袖珍字典。我們通常會使用這種袖珍字典來學習第一
個單字，因為它比一般制式的字典更能輕鬆（且更快速）瀏覽。

考慮使用以下書籍

　　常用字字典通常會按使用頻率依序列出該語言中五千個最重
要的單字。（英文常用字的榜首為「the」，平均每二十五個字中
會出現一次。）這類書籍相當精彩且實用，收納了精心挑選過的
例句和譯文。常用字字典能為你省下大量時間，再者，它的彙編
工程費神費力，我們應向這些作者表示支持與敬意。網路上也能
找到一些常用字列表，但卻遠不如紙本書籍來得出色。目前並不
是每一種語言都有出版常用字字典，若你正學習的語言恰巧可在
書架上尋得，那麼你很幸運。趕緊入手吧！

發音指南將導引你進入完整的語言發音系統，利用有聲教材與圖表分析呈現出嘴巴和舌頭正確的發音位置。大部分的語言都能在市面上找到附有專門發音光碟的學習手冊。這類教材是很棒的資源，值得你購入學習。除此之外，我已將此列為我的個人使命：竭盡所能地開發出各種語言的電腦化發音訓練工具。這些訓練工具能靈活補足一些課本教材缺乏的部分，我們將在本書第三章詳細探討。並不是每一種語言都有現成的發音指南或訓練工具，但一旦它們存在便能對學習有絕佳助益。

你可能額外需要兩種字典。你可以自行衡量要使用網路線上資源或購買紙本書籍。第一種是每一單字旁標示出準確發音的傳統**雙語字典**（例如，英－法或法－英）。容我再說一次，若你看見「你好（Bonjour）：棒－啾兒（bawn-JURE）」此種標註，請燒毀那本書。若你的發音標記裡有古怪的符號（例如，[bɔ̃ʒur]）那便是本值得保留的書。在本書第三章，我們將結識國際音標（International Phonetic Alphabet）系統。第二種為**單語字典**（例如，全法文字典），其單字是以定義（例如，以法文解釋）而非翻譯的方式呈現。當中你絕不會看見「你好（Bonjour）：棒－啾兒（bawn-JURE）」的內容，因此你不必急著找打火機。

你或許也會參考**主題式字彙書**。此類書籍的單字以主題編排：像是汽車、食物類單字等。對於你的字彙庫分類與編制而言，相當方便實用（我們將在本書第六章詳加探討）。

給中階程度學習者

如果你已投注一段時間學習該語言，請調整你的學習採買清

單如下：

　　首先，若你已有一本文法書，請確認你是否真正喜歡它、且是否具有足夠的挑戰性。若答案為否，請更換一本符合學習程度的新書。

　　其次，若你尚未擁有一本會話書，請考慮添購。即便你已具有用該語言閱讀書本的能力，但你可能還不知道如何在生活中詢問營業時間或出租汽車的保險事宜。而慣用語手冊中能查閱許多一般書籍裡不會特別介紹的日常情境句。

　　第三，你或許缺少一本常用字字典。你會比初學者更需要使用，請儘可能取得一本吧。

　　最後，請暫且將發音課本或發音訓練工具擱置一旁。至本書第三章結束後，你會更清楚自己是否需要此類教材。

網際網路

　　網路上有各式各樣、不同程度的免費文法指南、發音教材、常用字列表和字典。每個網站所提供的內容品質不一且日新月異。你可以在網路上免費學習，但若同時結合優質的網路資源與很棒的書籍教材，你的學習速度將會加快不少。我在我的網站裡（Fluent-Forever.com/language-resources）列出了我很喜愛的網路資源，我們也將在本書中陸續討論幾個重要的網站——谷歌圖片（Google Images）及語言交換社群（例如，語言學習交流平台「Lang-8」、「italki」、「Verbling」）。

家教與學習計劃

　　若你希望學習成果更快顯現且恰巧有一些資金可運用，你可藉由個人家教（italki.com上的家教資源索費合理）或國內外密集式的學習計劃來加快學習腳步。通往語言流利最快速的捷徑卻往往最不具便利性：密集式沉浸學習計劃嚴格實施無英語環境的策略，提供每週二十多小時的課堂學習及十至二十小時的作業練習。你將用兩個月的寶貴時間及一疊鈔票交換語言流利的技能。若你可騰出時間但卻缺乏資金，可留意某些機構提供的學費補助早鳥報名方案。

語言課程

　　我們將在本書討論自學語言的過程，因此，若你已報名上課（或就近有一些可負擔且不錯的課程），請務必參考本書附錄六：如何搭配語言課程運用本書。

前進的道路

　　在接下來的篇幅我們將各個擊破語言學習上的障礙。我會介紹一個幫助你輕鬆且恆久記住上千個信息的記憶系統，之後我們再決定要加強學習哪些信息。我會在語言發音、單字和文法上逐步地引導你；每一個步驟中，我們都將運用你的記憶系統來加快學習效率。最後，在開創通往流利會話的道路上，我們會大大增進你的聽力和閱讀理解能力。

　　我也會在過程中展示出所有我喜愛的學習玩具。我喜歡探尋

讓生活更有效率的方法，即便我明白找尋更快速完成某事耗費的時間往往比不假思索地直接投入還來得多。我曾花了一個月牢記一百位作曲家的出生和逝世日，儘管目前仍無發揮顯著效用，我相信某天這將能讓我節省更多時間。[2]談及有效學習語言，一路走來我非常幸運。為了我的歌唱事業，我必須學習精通四種語言；除此之外，我還希望學習意第緒語（Yiddish）、希伯來語和匈牙利語和親友們溝通，也對日語抱持無限憧憬。我一邊著手學習如此多種的語言，一邊騰出許多時間探尋有效學習的方法再進而調整投入學習的時間。因此，我的學習寶庫裡收藏了許多可供把玩的靈巧工具和玩具。我們將從我最喜愛的物件開始談起：間隔重複系統（SRS）。

2　每次編寫演唱企劃時，我就不必費時查詢作曲家的生卒日期（小約翰・史特勞斯〔Johann Strauss Jr., 1828-1899〕），這樣一來，便一點一滴回收了時間。

第二章
上傳：終結遺忘的五大原則

回憶才是一個人真正擁有的財富。除此之外，無所謂富
有和貧窮。

——亞歷山大・史密斯（Alexander Smith）

電影「駭客任務〉」（THE MATRIX）場景，華納兄弟影業
（WARNER BROTHERS PICTURES）一九九九年發行：

坦克（Tank）滿臉笑容地坐在操控室裡翻看手邊的光碟片。
他挑選了其中一片放入電腦。尼歐（Neo）望著電腦螢幕。

尼歐：「柔道？我要學……柔道？

坦克按下上傳鍵，臉上依舊掛著微笑。
尼歐瞬間雙眼緊閉、身體猛然試圖掙脫束縛器具。
監控螢幕上的畫面隨著他劇烈跳動的心臟、高漲的腎上腺素
和嘶嘶作響的大腦，彷彿失控般跳動著。
過了一會兒，尼歐睜開了眼睛。

尼歐：「我的天啊，太神奇了！」

坦克咧嘴一笑。

雖然我們仍無法像電影情節那般將柔道技能直接上傳大腦，但科技卻能幫助我們加快學習速度。此種科技的力量來自五種記憶原則：

- 讓記憶變得更難忘。
- 盡情地偷懶學習。
- 別老是再讀一遍。試著回想！
- 再等等！別告訴我答案！
- 改寫過往記憶。

這些原則將讓你花更少時間記住更多事物。結合此五大原則會形成一套能讓你牢記上千個單字與文法規則，且隨時都能快速回想的系統。更美妙的是，這個系統可以幫助你只要利用一些閒暇時間，就能習得實用的外語。

原則一：讓記憶變得更難忘

當某事物與另一事物連結時，它的重要性便提高了。
——安伯托・艾可（Umberto Eco），「傅科擺」（*Foucault's Pendulum*）

學習如何記憶，首先必須了解記憶的自然定律與儲存場所。一九四〇和五〇年代研究記憶的科學家們從最顯著的區塊著手：大腦中的細胞——神經元（neurons）。他們嘗試切除老鼠的部分大腦讓牠們遺忘實驗中的迷宮路徑，但結果發現，無論切去哪一

部分大腦，老鼠們似乎永不遺忘。一九五〇年，研究人員探遍可能位置卻一無所獲，不得不放棄、表示記憶的儲存場所另有其處。

於是，他們將研究焦點從神經元轉向神經線路。大腦裡上千億顆神經元，每一顆平均向外連結七千顆神經元，交織出的神經纖維密網長度超過了十五萬公里。[1]這些互相連結的網路與我們的記憶存在著錯縱複雜的關係，而這便是科學家們無法在老鼠腦中發現神祕記憶迷宮的原因，因為記憶遍布整個大腦。他們切除一部分的大腦，破壞的僅是一小部分的連結網路；他們移除愈多，老鼠只是需要愈長時間回復記憶，但記憶並不會就此徹底消失。消除老鼠全部記憶的唯一方法只有死亡。

這些連結樣態以極簡潔和機械性的程序構成：同步發射的神經元串連在一起，這便是著名的赫步定律（Hebb's Law），為我們是如何記憶提供了充分的解釋。就拿我對餅乾的初次記憶來說吧。我站在烤箱前引頸期盼地等候十分鐘，沐浴在散發著熱氣及奶油、麵粉和香甜氣味四溢的空氣中。終於等到出爐時間，我望著一塊塊餅乾從冒著熱騰騰的蒸氣至漸漸冷卻。當我嘴饞到再也無法忍受時，我的父親遞給我一杯牛奶，我迅速地抓起一塊餅乾且完全理解了芝麻街裡餅乾怪獸的心情。在我的餅乾記憶神經網路裡包含了視覺、嗅覺和味覺，甚至還有聽覺──「餅乾」這個

---

[1] 這個數據相當驚人──神經纖維的長度足以纏繞地球三圈。我們的神經元彷彿瘋狂版的凱文貝肯六層關係（Six Degrees of Kevin Bacon，即好萊塢明星都能在凱文貝肯拍過的電影中產生直接或間接的關係），任一神經元與其他神經元必在六條線路內互相連結。

字的發音和牛奶汩汩注入玻璃杯中的聲音。我也能回想起父親咬下手中那塊可口的餅乾時臉上充滿笑意的臉龐。我對餅乾的初次記憶是一系列纏繞在神經連結網路中的感官體驗。每當我拿起新的餅乾時，這種連結作用能讓我回想起當時種種；當我聞到類似的奶油香氣，那彷彿沉睡中的神經網路便甦醒運作，大腦清晰浮現那時候的畫面、聲音、心情和餅乾的滋味，我的童年回憶便如此栩栩如生地重現。

　　將我的餅乾體驗相較另一種情況：你對「mjöður」這個單字此刻形成的記憶。在此並沒有什麼一系列的連結關係，你可能還不確定該如何發音，而我也不打算告訴你它代表的意思。因此，你只好盯著單字的組成樣貌──四個熟悉的字母中包夾了兩個陌生的符號──僅此而已。若沒有刻意下功夫牢記，到了本章末尾、甚或更早，你便會忘了這個單字。

處理層次：偉大的記憶過濾器

　　我的餅乾回憶與你對「mjöður」的印象，兩者間的區隔便是「處理層次」──這道分水嶺會將難忘經驗與轉瞬即忘的事物分隔開來。我的餅乾回憶包含了許多關聯性因此難忘；我能透過上千種不同方式取出這段回憶，亦即當我閱讀到相關內容、聽見、看見、聞到或嚐到任何餅乾的種種，我便能想起這段童年樂事。在我腦海中「餅乾」這個單字是深刻難忘的。

　　那麼又該如何讓「mjöður」變得難忘呢？我們將加入四種連結類型，即記憶處理的四個層次：結構、聲音、概念和個人關連性。記憶處理四層次源於一九七〇年代某心理學家為大學生們設

計的一份包含四種題型的古怪問卷：

- **結構**：「BEAR」這個單字裡有幾個大寫字母？
- **聲音**：「APPLE」和「Snapple」押韻嗎？
- **概念**：「TOOL」是否為「instrument」的同義字？
- **個人關聯性**：你喜歡「PIZZA」嗎？

　　學生們作答完畢後會接受出其不意的記憶力測驗：他們腦中仍記得問卷中的哪些單字？問題的類型顯然會大大地影響學生們的記憶力：「PIZZA」的記憶度是「BEAR」的六倍。這些問題的奧妙在於運用特殊心理手法；計算「BEAR」的字母數時，你不必、也不會想起那頭毛絨絨的棕色動物，你只觸發大腦中最淺層的處理──結構──僅此而已。相對而言，當你回答是否喜歡「PIZZA」時，大腦中的許多區塊一併動了起來；你不自覺地利用結構來辨識眼前的單字，而當你想像著一塊熱呼呼、灑滿起司的食物時，你可能還隱約聽見「PIZZA」這個字的聲音迴盪在你腦中。最後，你會取出過往回憶來決定你是否喜歡披薩。這道簡單的問題──你喜歡「PIZZA」嗎？──便能一瞬間同時啟動四種層次的記憶處理。這四種層次會同步發射、串連在一起，形成一種堅固持久的記憶，比起你可能早已遺忘的「BEAR」更是輕鬆記憶六倍。

　　這四種處理層次並非生物學上的偶然現象；它們扮演著預防我們大腦承受資訊過載的過濾器角色。我們生活在大量資訊中，電視、網路、書籍、社會互動、日常事件等讓人眼花撩亂的訊息環繞周遭，大腦便運用處理層次來判斷輸入資訊的重要性。當你

正被一頭老虎猛烈追趕時，你的腦中不會還想著「老虎」這個單字由幾個字組成，或當你購買牛奶時，乳牛的清晰身影不會不斷閃現腦海。大腦始終以最淺層的處理需要來完成任務，如此才能讓你維持健全的思路。在雜貨店裡你只要看見關鍵字，例如「巧克力牛奶」或「快樂乳牛的有機健康巧克力牛奶」，你的大腦便會鎖定此種格式、發揮結構功能將琳瑯滿目的成份標示和食物標籤快速地清除。慶幸的是，當你買完牛奶後你便幾乎忘了貨架上所見的各種標示及標籤，否則過目不忘，你腦中廣博的超市商品名稱知識大概會讓你成為無敵另類的人吧。在某些較刺激的情境，例如在你身後窮追不捨的老虎，你的大腦便會保有經驗知識；若你在狀況中存活下來，你大概會就此牢記在動物園裡千萬不要爬進老虎柵欄裡。記憶處理層次便如此發揮心智過濾器的功能，讓我們避開危害生存的危險。

　　大腦如同過濾器般的功能也正是外國語單字不易記住的原因之一。你的大腦只是做好本份內的工作，它怎麼會知道你想要記住「mjöður」而不想記住「磷酸氫二鈉」（巧克力牛奶中的乳化劑）呢？

如何牢記外國語單字

　　要讓外國語單字在腦中建立堅固的記憶堡壘，四種記憶處理層次缺一不可。最淺層的構造功能幫助你辨識文字的模樣、判別單字的長短及語別；當你看見「odctor」時會在腦中將它重組排列為「doctor」，你的大腦便發揮了構造功能。此結構層次對閱讀而言非常重要，但與記憶卻無太大的關連。在記憶處理層次實

驗中，幾乎沒有學生回想起那包含四個字母的單字「BEAR」。
而我們初識的字「mjöður」很難記在腦中，是因為除了字形結構
外，你無法得到任何深入的資訊，你得先擺平當中的陌生符號不
可。

　　你的語言學習首要任務是進到下一個處理層次：聲音。聲音
將結構串接至你的耳朵及嘴巴，讓你具備說話的能力。你將從學
習發音開始、徹底理解每一個字母的發音，如此往後的單字記
憶將變得輕鬆許多。在處理層次實驗中，大學生記得「APPLE」
（「Snapple」的押韻字）的人數是「BEAR」（有四個字母）的兩
倍。聲音也屬於死記硬背的一種學習方式；例如，人名「愛德
華」或雙語詞「cat-gato（西班牙文「貓」）」在反覆唸述中，我
們大腦中串接構造至聲音的區塊也不斷受到刺激。「mjöður」的
發音近似英文的「MEW-ther」，當我們愈能準確發音，愈容易
記住這個單字[2]，最後「mjöður」將同我們所熟知的菜市場名「愛
德華」般易記。聲音記憶勝過結構，但仍不符我們的需求。畢竟
許多人並不擅長記憶名字，因為在進入深刻記憶前大腦已快速地
將它們過濾排除。

　　通過這道過濾關卡的方法便是記憶處理的第三層次：概念。
在實驗中，學生們記得「TOOL」（instrument的同義字）的人數
比「APPLE」（與Snapple押韻）多出兩倍。概念分為兩種：抽

---

[2]　我曾在上章節說過，請焚毀那些含有「bawn-JURE」這般「英語式」發音的書
　　籍。但在此我卻自打嘴巴，使用了非常不正確的「MEW-ther」來說明。在接
　　下來的篇幅中，我會再次使用這種方式，因為我不認為以五花八門、各式各樣
　　的語言——解釋發音會是好的做法。不好意思，請不要燒毀這本著作。

象及具體。我們先從抽象概念談起；若我說我的生日在六月，你的腦中大概不會立刻浮現生日蛋糕和派對帽的畫面。如前所述，大腦在最必需、基本的淺層有效率地運作，如此也為我們省下許多功夫和排除雜亂無章的干擾事物。然而，我的生日是一個有意義的抽象概念，這比純粹的聲音更深刻易記，是以要你記住我的生日在六月會比記憶「urtebetetze」（巴斯克語〔Basque〕的「生日」）這個單字容易。

　　而具體、多感官的概念又比抽象概念更深刻。若我描述，我的生日派對將在漆彈場舉辦，之後我們會大快朵頤奶油冰淇淋餅乾蛋糕，最後在游泳池畔度過美好夜晚時光。比起活動舉行的月份，你會更容易記住這些細節。我們的大腦會優先處理和儲存具體概念，然而這些訊息並非比較重要，而是因為它們在大腦中涉入較多記憶層次。就像例子中生日派對的地點與時間比起內容細節應該更為重要啊。

　　基於此現象，我們究竟該如何讓外型怪異、像是「mjöður」這樣的外國語單字變得難忘深刻呢？單字本身不是問題；當單字與具體、多感官的經驗連結在一起時，我們記憶單字的功力其實很不賴。若我告訴你，我的電子信箱密碼為「mjöður」，你大概（但願如此）不會記住，因為你仍以聲音和結構的層次處理這個單字。但若我們待在酒吧裡時，我遞給你一杯漂浮著一條死蛇的鮮紅色酒，對你說道「這杯是『mjöður』！你喝下吧！」你或許很容易就記住這個字了。指出事物名稱對我們而言並不困難；名詞在韋氏國際字典第三版（Webster's Third International Dictionary）中四十五萬條條目裡便占了絕大多數。[3]當那些名稱

與具體概念並無關聯時我們才會感到記憶吃力。我們的目標、也是本書的核心價值之一，便是讓外語單字變得更具體和有意義。

破除過濾器：圖像的力量與個人關聯性

本章稍早我們曾提到一組雙語詞：「cat-gato（西班牙文『貓』）」。一般練習方式是反覆唸述這兩個字，直到「gato」與「cat」彼此產生聲音上的連結。但這種記憶方法太淺薄且曲折，反而不易記住；當你讀到「gato」，你不希望想起「貓」這個單字，你會希望腦中浮現這個圖像：

若以圖像取代翻譯字彙，學習效果較佳。

我們回憶圖像的能力較單字強，因為當我們看見圖像時會不自覺以概念思考。關於圖像記憶的研究一再證實——我們擁有非

---

[3] 「絕大多數」是多少呢？沒有人有準確的答案。我們可以精確地分析特定文本（非小說類的散文裡約有百分之八十的名詞），然而詞彙類別愈是廣泛，愈是難以清楚計算。當你試圖計算和分類單字時，這些單字彷彿變成某種滑溜的生物般。「bear」歸類在名詞還是動詞，或兩者都是？單複數要分開數計嗎？回答這些問題與其說是科學，有時更像一門藝術。

凡的視覺記憶力。一九六〇年代，記憶研究員針對大學生作了一項惡名昭彰的記憶力測驗：二選一強迫選擇。大學生們在測驗中被要求觀看六百一十二幅雜誌廣告（他們或許被綁在椅子上強迫把眼睛睜開），接著在新的一組圖片中，他們必須指認曾出現過的舊圖片。結果顯示學生們的正確辨識率為百分之九十八點五。研究人員並不就此罷休，他們以更多圖片反覆測試，也順道見識學生們願意為了低廉工資和免費食物回饋而奉獻至什麼程度。這場遊戲似乎永無止盡；學生們願意整整五天坐在閫黑的房間裡連續觀看一萬張圖片。實驗結束得出學生們的正確指認率仍有百分之八十三。我們視覺記憶的能力簡直無與倫比，因此我們只須學會善用這項天賦即可。

　　由於我們要記住的是單字，而非圖片，所以我們將運用單字與圖片的組合。組合記憶的效果甚至比純圖片來得好。此種效果也能應用於毫不相關的圖片上：以「蘋果很美味」這個句子來記住一幅抽象圖像會比僅單純記憶圖像的效果好。面對一張讓人摸不著頭緒的圖片及不相關的單字，你的大腦會設法尋求意義解釋，即便當中可能真的毫無意義可言。過程中，大腦會自動將「磷酸氫二鈉」這類單字從垃圾筒中取出、丟入「餅乾」的認知範圍。如此一來，你便記住了。

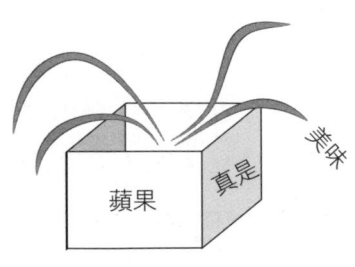

　　我們能善用最後一個處理層次——個人關聯性來發揮比圖片更深入的效果。連結個人關聯性的概念與單純的概念相較，記憶難度減低了百分之五十；這也是記憶實驗裡大學生記得「PIZZA」（沒錯，我們好喜歡披薩）的比例比「TOOL」（instrument的同義字）高出兩倍的原因。然而，這並非指單純的概念就不具記憶效果。若你把「gato」與貓咪的圖片連結起來，你就能輕鬆記住這個單字；但若你把「gato」與童年回憶中的貓咪互相連結，那麼這個單字又更深刻難忘了。

　　我們該如何實際運用這種記憶方式呢？一個新的外語單字就好像一位新朋友的名字。這位新朋友可能是一個人、一隻貓或一種飲品，而不管是哪一個，它們在我們大腦中的記憶負荷都是相同的。讓我們用記憶處理層次的方式讓新朋友的名字變得深刻難忘吧！

　　我們的新朋友名叫「Edward」。光是腦中閃過「Edward」這個字，我們已到達第二個記憶處理層次——聲音。若要再深入、進到概念的領域，我們便會替「Edward」這個名字找尋具體圖像，例如電影人物 Edward Scissorhands（剪刀手愛德華）。若我們閉上眼睛想像他那雙剪刀手，往後我們就能輕鬆牢記他的名字。許多記憶競賽中的選手（是的，世界上存在這類參賽者）會利用這種記憶策略來快速記住人名，我們將在本書第四章及第五章詳加探討。

　　至此，我們的記憶工程仍尚未完成。若我們為這個名字找出個人關聯性，記憶效果會更加顯著；或許你還記得到電影院觀賞「剪刀手愛德華」的片段畫面、或許你弟弟的名字也叫

「Edward」、或許你也有一雙剪刀手。當你想像著「Edward」與其相關的圖片或個人關聯性互動溝通，你的大腦神經網絡便愈來愈廣闊。下次當你看見「Edward」時，這些圖片與回憶將源源不絕地湧現腦海，而對這個名字的印象便如此深深烙印腦中。這會為你的社交應酬等帶來不少幫助和好處。

　　此種思考方式需要運用想像力，但你仍可快速且輕易地辦到。例如，「gato」這個具體單字，你只要花幾秒鐘時間便能在谷歌圖片（image.google.com）中找到適合的記憶圖像。接下來你可以反問自己，「我上次看見gato（貓咪）是什麼時候呢？」如此你就加入了個人關聯性來強化此字的記憶牢度。很容易吧！

　　而對付抽象單字，像是「economia」（葡萄牙文「經濟」），記憶的程序依舊非常簡單。我們在谷歌圖片中搜尋這個單字會找到上千張關於錢幣、小豬撲滿、股市曲線圖和政客等圖片。只要從中隨意挑選一張，我們便會強迫自己具體、概念化思考。如此一來，這個單字就會變得易記許多。若我們再反問自己，「economia」是否影響了我們的生活？加入個人關聯性將讓單字印象更加深刻。

　　這本書以兩個主要階段來學習字彙：我們將用簡單、具體的單字建立學習基礎，接著再運用基礎來學習抽象單字。而記憶處理層次將自始至終伴隨我們走過讓外語單字變得深刻難忘的學習旅途。

關鍵摘要

- 你的大腦是一個會讓不相關的訊息轉瞬即忘、讓有意義的訊息深刻難忘的精密過濾器。而外語單字往往落入「遺忘」的類別中，因為它們聽起來很陌生、怪異，也沒有什麼特殊的意義，更重要的是，外語單字與你的生活經驗毫無關聯。
- 藉由以下三種方法可以暢通大腦過濾器，讓外語單字變得深刻難忘：

  - 學習該語言的發音（聲音）系統
  - 結合聲音與圖像
  - 結合圖像與你的過往經驗

原則二：盡情地偷懶學習

> 努力工作死不了人，但何必要冒險呢？
>
> ──前美國總統，隆納‧雷根（Ronald Regan）

　　遺忘是個難纏的對手。當今人們對遺忘的知識來自一位德國心理學家──赫爾曼‧艾賓豪斯（Hermann Ebbinghaus）──他以自己為實驗對象、花費了幾年時間背記無意義的音節表（例如：Guf Ril Zhik Nish Mip Poff等）；藉由比較記住這些音節所需的時間、間隔一段時間重新記憶所需的時間記錄下遺忘的速度。他的「遺忘曲線」是實驗心理學、頑強意志與被虐狂的成果典範：

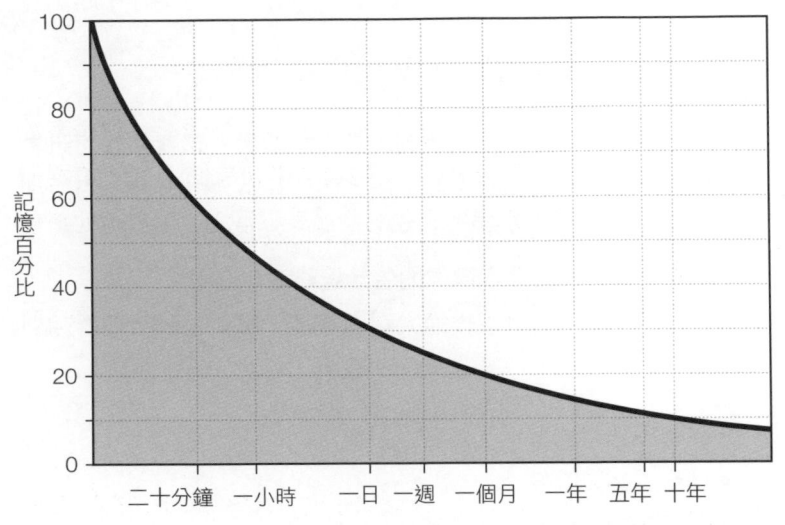

遺忘曲線

　　「遺忘曲線」呈現出我們的遺忘速度與記憶程度。圖表右半部顯示樂觀：艾賓豪斯認為就算數年過後，學習曾背記過的資料仍會比學習全然新的資訊花費較少的時間；也就是說，一旦學習過某樣事物，便會在腦中永遠留下學習的痕跡。然而，圖表左半部則讓人沮喪：記憶力的消退彷彿水流過網；記憶網上始終保有記憶水漬，但若我們對某事物想保有扎實不減的記憶——像是電話號碼、初識者的姓名，或是新的外語單字——到了隔天，我們卻只留下百分之三十的記憶。

　　怎樣才能有更好的記憶效果？我們的本能反應是再努力一點吧；我們便是如此才順利通過學校考試和各種社會考驗啊！我們初識那位新朋友「Edward」時便是以死記硬背的方式反覆唸述他的名字直至熟記為止。假使我們必需牢記他的名字——因

一只節拍器、四年光陰、反覆記誦六百萬次

赫爾曼・艾賓豪斯於一八八五年的研究被封為「實驗心理學有史以來最傑出的個別調查研究。」他獨自坐在房間，在節拍器擺動的聲響中反覆背誦那串無意義的音節表不下六百萬次，他將自己逼至「筋疲力竭、頭痛欲裂和各種症狀迸發」的地步，只為了測出記憶與遺忘的速度。這是第一個有數據驗證的人類記憶力研究，而這項成就想必也讓他成為社交圈中火紅的人物吧。

為「Edward」是新上司──那麼我們也可以不斷地背誦直至感到反胃為止。我們付出了額外的努力功夫絕對可以牢記他的名字……但僅能維持幾週而已。

　　過度反覆的記誦便是所謂的超量學習，這對長期記憶而言沒有絲毫幫助。你還記得最後一次為了應付學校考試而硬塞進腦袋的知識嗎？甚至可問問自己，還記得那是場什麼考試嗎？我們投注了時間學習新的語言，當然希望學習成果能在腦中停駐幾個月、幾年甚或一輩子。若我們無法藉由「再努力一點」來達成這個目標，那我們倒不如就省點力吧。

關鍵摘要

- 死記硬背的學習方法枯燥乏味，對長期記憶也毫無助益。
- 改走偷懶的學習路線吧：研讀一種概念直至你不需靠提醒、能流暢地一次表達為止。說穿了，偷懶只不過是「效率」的同義詞。

原則三：別老是再讀一遍。試著回想！

> 在學校裡我們先學習再接受考試；在日常生活中我們先
> 經歷考試再從中學習。
>
> —— Admon Israel

假設我們在談一筆交易：看你能記住一張西班牙文單字表裡的多少單字，我將支付你每一單字二十元美金作為報酬。測驗日期為一週，你有兩種選擇：（一）花十分鐘專心研讀單字表，或（二）只花五分鐘讀單字表，用剩下的時間交換一張紙和一枝筆；你可以在紙上記下你還記得的單字，但最後你必須把那張紙交還給我。

下頁是類似實驗的結果。受測學生們要不就是看了兩遍測驗內容，要不就是只讀一遍、緊接著在紙上寫下腦中還記得的單字。學生們分別在五分鐘、兩天或一週後接受測驗。請注意圖表中顯示：讀兩遍（即過度學習）的方式在短短幾分鐘內成效顯著，但最終的記憶效果卻令人挫敗。說也奇怪，與其付出額外時間猛讀，一張白紙反而更能幫助記憶且讓你在一週內多記住百分之三十五的內容。[4]

請繼續：當你閱讀完那張西班牙文單字表後，你可以：

A. 再繼續埋頭讀五分鐘。

---

[4] 另外的研究顯示，在學習中測驗自己的記憶成果能發揮五倍的學習效益；也就是說，五分鐘的回顧測驗和繼續猛讀二十五分鐘等值。

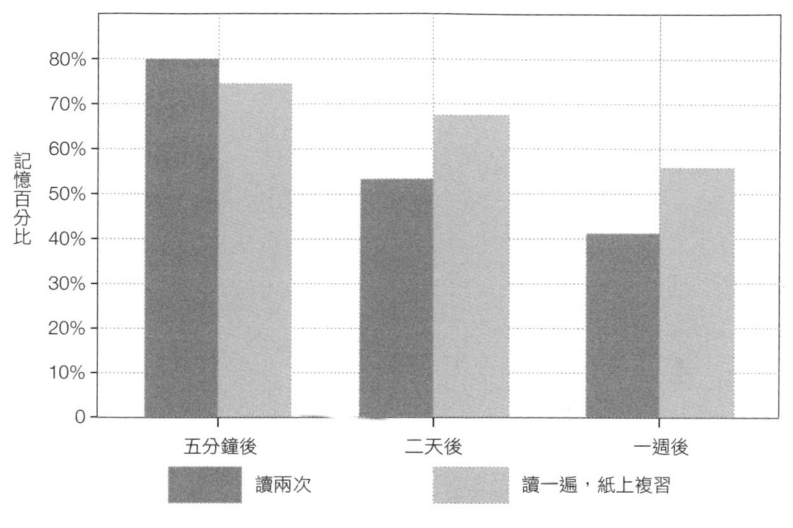

兩種不同的學習方式（反覆讀兩遍與搭配測驗的一次研讀）
於五分鐘、兩天或一週後的記憶成果

B. 拿出一張白紙自行測驗。

C. 拿出三張白紙自行測驗三次。

下頁圖為一週後的記憶成果。

　　太不可思議了！連續進行三次相同的自行測驗怎麼會產生如此顯著的成效呢？說怪不怪，這完全符合常理。若你用反覆閱讀的方式學習，你只是練習如何閱讀而不是回憶所學。因此，若你要增進回想事物的能力，你就必須練習回想的功夫。上述的空白紙張也能替代為一疊記憶字卡、選擇題測驗或只是在心中暗自回憶，每一樣都是練習的好方法。這種練習藉由觸及人類頭腦裡最迷人的面向——記憶與情緒的交互影響來增進我們的回想能力。

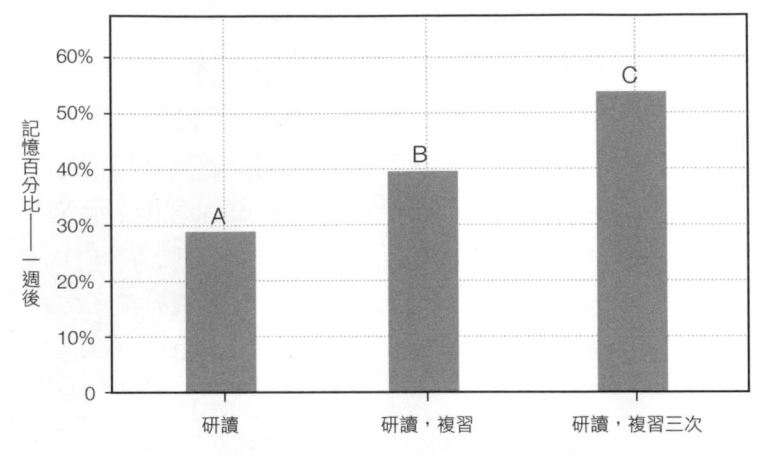

一週後三種不同學習策略的記憶成果

在人類大腦深處，海馬形狀及堅果外貌的兩種部位彷彿攜手跳著錯綜複雜的化學舞步，因此讓我們能判別什麼資訊是重要的，什麼又是容易遺忘的。海馬形狀的構造扮演腦部總機的角色，它會連結距離較遠的大腦部位並鋪展出一張連接地圖。你必須取用這張地圖來回想任何近期的記憶。[5]讓互相連結的神經元發揮作用，是以你才能想起過往的經驗。但數月數年後，這些網路裡的神經元會在海馬迴的連接地圖中失去依附性，漸漸流浪到大腦的最外層開始獨立，宛如波西米亞人的生活。

---

[5] 請注意：我所指的「記憶」是「陳述性記憶」——關於事實和事件的記憶。而「非陳述性記憶」——習慣和技能等等的記憶——似乎存放於大腦其他部位。海馬迴受損者將失去新生陳述性記憶的能力，即便他們無法想起學會的過程，但他們仍能學習和增進各種技能（例如：繪畫技能）。

關於亨利‧莫萊森（H.M.）先生的奇特案例

神經心理學上著名的案例報告──亨利‧莫萊森（Henry Molaison）案例為海馬迴在大腦記憶中所扮演角色揭開面紗。一九五三年，莫萊森先生為了治療他的癲癇症狀而進行了海馬迴移除的手術。事後，他治癒了癲癇病症，但卻深受手術後遺症──失憶症所苦。對於大多數的舊回憶他仍能記得，但少了海馬迴，他無法儲存新的記憶。莫萊森先生之所以還能憶起往事是因為那些記憶網路已散布在他的大腦中。但失去海馬迴等同喪失製造和取用新網路的能力，是以無法塑造新記憶。他的故事為克里斯多福‧諾蘭（Christopher Nolan）帶來拍攝電影《記憶拼圖》（*Memento*）的靈感：電影講述一名患有前向失憶症（anterograde amnesia）的男子尋找殺妻兇手的經過。

海馬迴的舞伴──外型似堅果的「杏仁核」（amygdala）會告知海馬迴該留下和捨棄哪些資訊。杏仁核將我們的情緒轉化為化學物質，促使我們的腎上腺體根據所遇情境猛然釋放增加記憶的賀爾蒙。若我們經歷情緒高漲的情狀──「你看，有一隻老虎！哎唷，我的手臂！」──杏仁核便會強化此記憶。相反地，若情緒未受到刺激，例如──「你看，是隻鉛筆耶。我好餓」──杏仁核便不會採取行動。這種作用讓我們對老虎帶有一股恐懼感，也讓我們不會將鉛筆視為佳餚美食。

杏仁核與鄰近的獎勵中樞（reward centers）聯手打造出神奇驗收白紙背後的運作機制。我們的情緒像是具有反射能力的動物，無論我們願意與否，它都會回應我們所處的環境。我們可以

假裝對西班牙文單字表感到開心興奮，但你矇騙不過大腦。除非當你知道「el dentista」是「牙醫」（西班牙文）時會讓你滿身起雞皮疙瘩，否則大腦中的杏仁核不會增進這些單字的記憶。「el dentista」（牙醫）並不像「el tigre」（老虎）有威脅生命、帶給人不寒而慄的感受。或許你能在杏仁核中直接注射安非他命，這就保證有效了，只是這帶來的嚴重後果並不值得嘗試。

我們回憶、驗收用的白紙具有改變的神奇能量。當你知道自己的表現會受到考核評比時，你的大腦彷彿會摩拳擦掌，做好準備。因此，你回想的每一內容都會獲得一劑提升記憶的化學物質。那些記憶受到觸發而運作，你的大腦杏仁核需要賀爾蒙作用，而海馬迴則鋪設相關網路讓神經元緊密連接。每當你成功回想，大腦中的獎勵中樞便會釋放回饋的化學物質——多巴胺（dopamine）——至你的海馬迴，益發促進長期記憶的儲存力。一張白紙在你的大腦內創造了一場迷幻狂放的記憶派對，你的單字記誦之路保證不無聊。

 關鍵摘要

- 回憶行為能在大腦中啟動一段錯綜複雜、使記憶力大大提升的化學舞蹈。
- 將大部分的時間用來回憶所學而非重讀一遍，是發揮最大學習效率的作法。
- 你可以製作用來測驗自己回想某些單字、發音或文法結構能力的記憶字卡，並佐以圖像和個人關聯性，這些字卡將幫助你奠定強大記憶系統的基礎。

原則四：再等等！別告訴我答案！

若某件事物很難記得，那麼它也將很難忘記。

——阿諾・史瓦辛格（Arnold Schwarzenegger）

　　在學生時期或職場上，我們都曾經歷過要記住某事物，但卻幾乎沒有人告訴我們該怎麼做的狀況。然而，這也很容易理解，因為單就「記憶」而言，這件事並不存在。我們可以思考、重覆學習、回想和想像，但我們天生並不擅長記憶。相反地，我們的大腦會思考，並具有自動攫取重要訊息的能力。當我們因為一隻猛追在後的老虎而拔腿狂奔時，我們的腦中並不會想著，「你一定要記取教訓啊！老虎很壞！千萬不要忘記！牠們壞透了！」我們會想都不想地逃跑，而大腦會為我們記住這次經驗。我們必需牢記最接近心智的作用是練習回想（「那男人的名字是…？」），現在我們就來精確探知有效回想的樣貌。

　　試著回想本書中目前出現過的外語單字。你可以立刻記起一些——或許是上一小節提到的「el tigre」、「el dentista」；若持續回想，你會發現某些單字似乎觸手可及——「gato」像是潛藏在暗處對你探頭探腦。最後還有幾個單字像隱身在大腦霧氣籠罩的朦朧地帶，彷彿不甘心現身。[6]若追蹤記錄你對這些單字的記憶能力，我們會發現相當奇特的結果。到了下星期，你最有可能

---

[6] 我曾提到「urtebetetze」（生日）、「Tankdeckel」（汽車油箱蓋）、「Das ist mir völlig Wurst」（干我屁事）、「economia」（經濟）、「bonjour」（你好；日安）、「tschüss」（再見）、「hallo」（你好）。「mjöður」為冰島語的「蜂蜜酒」，這種酒其實不是鮮紅色的飲品，但如果你願意，你也可以在裡頭放一條死蛇。

遺忘原本最熟悉的單字──也就是你馬上就能記住的字。那些你耗費一點時間才記住的單字則多出百分之二十的記憶停留機會。而讓你最費力回想的單字──你曾記得但遺忘了的那種，會烙印在你的意識中，往後這些單字會多出百分之七十五被記住的機會，而若這些單字有時似乎就要從你的嘴巴呼之欲出，你又多出了雙倍的機會記住它們。

　　這究竟是怎麼一回事呢？以上段末為例子，單字在你最終回想起前彷彿就在你的舌尖上翩然起舞。這種單字便是不完整的記憶。你已取得單字的零碎片段，但仍無法觀其全貌。你記得這是一個「s」開頭的單字，或它依稀是一首詩或一段獨白裡的用語，或聽起來像是「solipsist」、「solitaire」，距離最後想起確切的字「soliloquy」還需要一點時間。我們多半能在這種情況中回想起正確無誤的資訊。你瞧，這個單字果然是「s」開頭吧。在回想的過程中，我們的大腦彷彿翱翔在一片廣闊境域，拚命找尋記憶中遺忘的片段、瘋狂產出「s」開頭的單字，一旦找尋的字不符你所要便拋諸一旁。你的杏仁核將此尋找過程視為生死攸關的大事，彷彿若你想不起「心靈捕手」（Good Will Hunting）中誰飾演麥特戴蒙的心靈導師，你便會從身邊的窗戶一躍而下般[7]。你經歷最後找到答案時的如釋重負感，如此也讓該目標單字變得深刻難忘。

　　我們該如何善用回想的特性？甚至說我們真的想經驗這種過程嗎？哄騙自己的大腦，讓它持續、不顧一切地追趕遺忘的單字

---

[7]　是羅賓威廉斯。

聽來似乎不太輕鬆，而每天重複經驗此種回想一百次更像是會造成早期心臟衰竭的方法。慶幸的是，我們不必為記憶搞得如此心力交瘁；我們只要保持興趣即可。若我們終日不斷地反問自己是否還記得「Edward」這個名字，想必我們會因此感到厭倦煩悶。總的來說，此種回想沒有什麼難度，但冗長乏味，成效也不大。若我們換個方式，將回想間距拉長，長到我們就快要遺忘之際，那麼回想將會成為具有激勵作用的挑戰。我們追求在每一份生硬困難的學習之中仍灑入些許樂趣調味，如此才能讓這場語言遊戲保持趣味。若能尋得樂趣，我們就能將時間兌換為成倍的學習效果，此外，也能在過程中感到樂此不疲。

關鍵摘要

- 具有足夠挑戰性的記憶測驗是最有效的記憶方法。若某單字在你的腦海中愈是接近遺忘邊緣，而當你最終想起它時，它愈是能銘記在你的記憶裡。
- 若你能在遺忘之前持續地自我驗收記憶，那麼在每一次驗收中，你將獲得成倍的記憶效果。

原則五：改寫過往記憶

> 虛假與真實記憶間的判別道理就如同珠寶：虛假的看起來往往最真實、最閃耀。
>
> ——西班牙畫家薩爾瓦多·達利（Salvador Dali）

記得某天一覺醒來，我的腦中存有一首交響樂的旋律。我夢見自己伏案作曲，起床後仍清晰記得完整的創作結果。我難掩驕傲興奮心情，立刻與弟弟分享這件事。「你聽好噢，」我說，接著哼起幾小節旋律。「很讚吧？是我在睡夢中譜的曲！」「才不是，」弟弟回應道。「這是電影「超人」裡的旋律。我們上週才一起看過。」

如同本書一開始所述，記憶是一張交織密布的連結網路：不同的神經元同步發射後會串連在一起，往後再次同步作用的機會也會大大提高。我在夢境中一邊想像著自己正在譜曲時，一邊仍記得〈超人〉中的音樂主旋律。我的大腦將兩種情況反射連結為一個讓人信以為真的新記憶──虛假記憶──讓我興沖沖地跑到弟弟面前出糗。每一個人都會經歷此種現象，而這便是我們儲存記憶的方式。

二〇一一年的一項記憶研究中，研究人員給兩組大學生觀看一個虛構的爆米花新品牌「奧維爾·雷登巴赫爾（Orville Redenbacher's）新鮮美食牌」所拍攝的鮮艷活潑、圖片豐富的廣告。結束後，研究人員向第一組測試學生表示謝意後便送他們離開；另一方面，他們讓第二組測試學生接著試吃爆米花。過了一星期，他們召回兩組受測學生並試問他們對這款爆米花的印象。離奇的結果發生了：第一組學生當時並未品嘗爆米花，但此刻兩組人馬都對那時的試吃經驗感到記憶猶新，全數認為那款爆米花非常可口。

當我們記起某事物時，我們不僅從大腦中取出記憶；我們甚

至改寫記憶。實驗中的大學生受到爆米花廣告的提示，同時想起夜晚在家中欣賞電影的時光、玉米粒揉合奶油的香氣、嘴裡嚼著爆米花發出嘎吱作響的聲音和嘴唇上留有的淡淡鹹味。在重溫這些經驗的過程，他們同時看著廣告中的人物捧著「奧維爾‧雷登巴赫爾新鮮美食牌」的爆米花一口接一口地享用，於是他的記憶悄悄地改變了。當他們看著這款爆米花的品牌符號時，也同時觸發了過往一邊看電影一邊品嘗爆米花的神經元記憶網路。然而，由於「同步發射的神經元串連在一起」，他們的大腦儲存更動後的新連結就彷彿這些新記憶一開始便存在一般。

我們的「單一」記憶都源於曾擁有過回想經驗的綜合。若我提起「gato」這個字，或許你會想起不久前在本章節曾出現的小貓圖像。但當你腦中閃過那張圖像時，它已不是以原本的樣貌儲存在你的記憶中了；因為你的腦海裡吸收了不同的資訊，眼前所談的內容也與前不同，此刻的你已不是過去的你。與當時相較，也許你現在在不同的空間閱讀本書，也許你的心境有所改變，也或許此刻有隻貓咪正躺臥在你的大腿上。因此，當下的連結與所觸發的過去連結會形成你對「gato」這個單字的新記憶，而當你每一次回想起，「gato」的記憶網路就會成倍擴張。

這種改寫過程便是長期記憶背後運作的引擎。每一次回想都會灌輸些許新的自我進到舊有記憶裡。此些許變化為記憶帶來額外的連結：新的圖像、情緒、聲音等各種單字聯想物讓你能更輕易回想。當記憶被改寫的次數增多後，便會在你的腦中漸漸難忘深刻。

挽救記憶的回饋錦囊

　　當然了，你必須先記得某事物才能開始改寫的工程。你會對「美國運通卡，出門不可少（American Express: Don't leave home without it）」這句宣傳標語留有深刻印象，是因為美國運通公司砸下數百萬美金製作出讓人難忘的廣告。每當你看見新的美國運通廣告，你對那段廣告金句的記憶便會被生動的影像和聲音重新改寫。但若該公司在他們的廣告中刪除明星代言和充滿豐富影像的旅遊內容情節，那麼在每一廣告週期的空檔你便會忘了他們引以為傲的口號。這種情況下，重要的記憶改寫過程就不會發生。「美國運通卡，出門不可少」只會變成另一支遭人遺忘的廣告，而非廣告宣傳史上極其成功的經典傑作。在回想的過程中，我們不斷改寫記憶；我們先奠立對「gato」這個單字的初始記憶，再藉由每一次回想來擴大記憶，直到它變得像洗腦的廣告標語般難忘。

　　但是，假使我們怎樣都記不住某事物該怎麼辦呢？我們想必無法一字不漏地記得所有的學習內容，尤其學習間的空檔拉得愈長愈是不易。若我們每每以回想的方法練習記住某單字，擁有無敵記憶力的美夢終會成真。但若我們已忘了這個單字，就算再回想仍是一無所獲；就像心理學家艾賓豪斯之於他的無意義音節表，往後我們每一次學習的速度將會加快，但這種練習對遺忘毫無助益。我們必須找出回復遺忘記憶的方法，那便是即時回饋。

　　回饋是個簡單的概念，但卻具有出人意料的效果。當我們望著「gato」的記憶字卡卻回答不出所代表的意思時，我們可以翻到字卡的背面、看到一隻貓咪的圖像。如此我們便得到了即時回饋，接著會發生兩種結果：一，若「gato」這個字在腦中已不復記憶，記憶工程便重頭開始。當我們被問題難倒而翻看答案的那一刻，我們就形塑了一種嶄新、最初的學習經驗。沒有遺忘原本最初的學習經驗當然是最好，但此種重頭開始也非常有效。我們的大腦已整裝待發創造新的記憶。當我們在記憶中尋找與「gato」相關的圖像和其他關聯物時，也同時在腦中建立起廣闊的神經連結網路。或許我們還記得「gato」是一種動物，只是想不起來是哪一種。當這些連結似乎蠢蠢欲動而我們碰巧看見一張貓咪的圖像時，完整的連結網路會頓時發揮作用、大腦中的獎勵中樞也瞬間觸發，如此我們便得到了一種既新且深刻難忘的記憶經驗。

　　另一種結果為，我們還能觸及對「gato」這個字原本最初的記憶。當我們看見貓咪圖片時，記憶彷彿起死回生——「啊，沒錯就是這個意思！」這種情況下，我們重新賦予了記憶生命並且加入了新的學習經驗，此外，新的連結也就此改寫了原本的記憶。即時回饋輕而易舉，卻能讓我們重拾改寫記憶的能力；它也幫助我們喚醒遺忘的記憶，並讓練習的每一分鐘都得到最大功效。

關鍵摘要

- 每當你成功回想某記憶時,你便在該過去記憶裡加入了某部份 此刻的自我,即重訪和改寫了舊有經驗。
- 透過練習回想能有效發揮學習時間及加深舊有經驗的印象。以 連結聲音、圖像和個人關聯性的方式來學習每一個單字將會更 有助益。
- 當你真的想不起來時,請使用即時回饋的方法找回遺忘的記 憶。

時機才是王道:終結遺忘

> 恰好的時機是所有事情中最重要的因素。
>
> ——古希臘詩人赫西俄德(Hesiod)

我們該如何結合五種記憶原則呢?我們希望最初的學習記憶 可以在腦中留下深刻且具多感官的經驗連結(一:讓記憶變得更 難忘)。我們想要少用功一點(二:盡情地偷懶學習),儘可能 多練習回想(三:別老是再讀一遍。試著回想!)。我們希望回 想練習充滿挑戰性,但也別太困難費力(四:再等等!別告訴我 答案!)。最後,在練習的過程中,我們希望原有的學習經驗佇 立在遺忘的邊緣就好,別全盤忘掉。若真的忘了,我們會使用即 時回饋的方法挽回記憶(五:改寫過往記憶)。

　　假使我們能夠精準預測所學事物的記憶時效，那麼我們便可以利用頭腦創造奇蹟。例如，在我們想不起來汽車鑰匙放到哪兒去之前，頭腦裡會有一只鬧鐘立刻鳴響提醒，如此我們便能經驗免於遺忘困擾的人生。可惜的是，我們的記憶太混亂了。我們所經驗和想像的所有事情在腦中交織出變化莫測的連結。過往記憶的某些片段遺失、當下獲得的某些片刻填補空缺，如此交錯反覆。我們對鑰匙相關的記憶會被任何有關汽車、鎖，甚至與「鑰匙」押韻的字增強或減弱。我數不清有多少次曾記住了某些單字，但卻有一些新的、發音近似的字會如鬼影隨形般干擾，幾個月後全都混雜一片。我們無法精準預測何時會遺忘某個記憶。

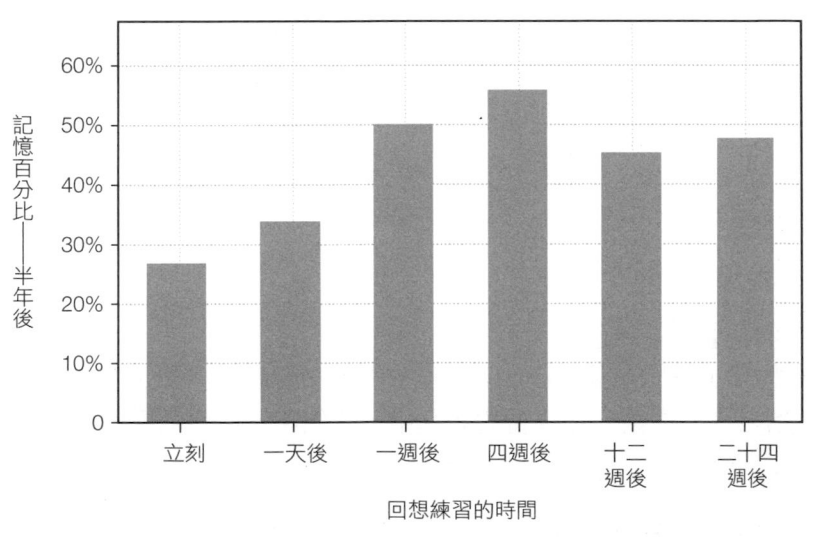

學習細瑣知識半年後的測驗結果。間隔一段時間後再練習回想

　　然而，我們可以預測一群人的記憶。召來一群大學生並告知他們像是「誰發明了雪地高爾夫運動？」的冷知識。接著安排他們各在不同時間練習回想一次，半年後再驗收記憶成果。[8]不同的回想時間點會有截然不同的結果：

　　要學生們在腦中記住某事物半年，立即回想（記憶程度為百分之二十七）的效果不差。但若回想時機延遲至一週後，記憶程度卻有雙倍的表現成果。這種結果在無數研究中皆如此顯現，只是最佳的延遲時間會依據最後測驗日期的不同而有所差異。在近乎遺忘的優勢與徹底遺忘的劣勢之間存有一種複合式的平衡，而這種關係硬生生地將遺忘曲線一分為二：[9]

---

[8]　發明者為魯德亞德・吉卜林（Rudyard Kipling），他無法捱到春暖花開的季節才能玩他最喜愛的娛樂活動。他在美國佛蒙特州郊區創作《叢林奇譚》（The Jungle Book）期間，將高爾夫球漆成紅色、在雪地中擺放錫罐當球洞，玩得不亦樂乎。

[9]　此神奇的數據座落在最終測驗日期的前百分之十至二十時間區段；也就是說，若測驗時間為一年後，那麼最佳的回想時機為學習後的兩個月。我們的大腦彷彿深諳一種規律，學習一週後再出現一次的資訊將在五至十週後派上用場，而一年碰見一次的資訊就會在五至十年後有用。

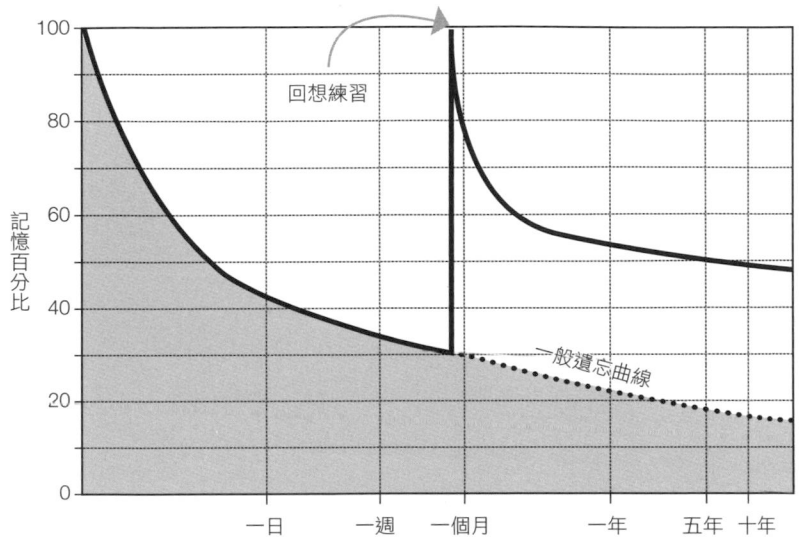

新遺忘曲線（第二十八天後回想的效果）

　　此一次性回想在近乎遺忘與記憶大量保留間具有關鍵影響力。下頁圖表便是回想記憶的大躍進：立即回想的效果不錯，但延遲回想的成效更佳，而一次回想能產生不錯的結果，但多次回想的成果更是卓著，綜觀之，若你延遲且多次回想會有什麼效果呢？

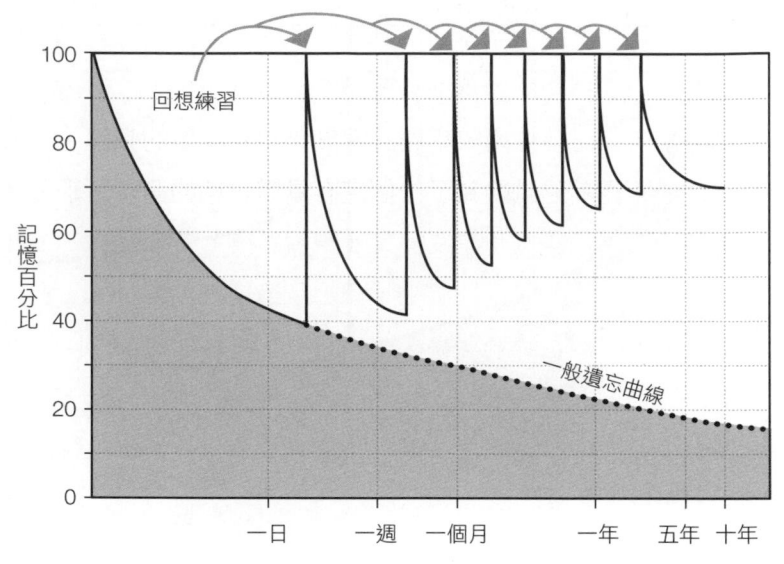

進化版遺忘曲線（以回饋方法進行多次且延遲的練習）

　　我們終於找到終結遺忘的方法。若你今天學了一個單字，那麼將它先擱置一段時間；當你再遇見這個字時，你會設法從記憶裡回想，之後再一次將它擱置，如此反覆直至它如同在你腦中生根般難忘為止。在等待舊單字回訪的時間裡，你可以學習新單字，再把這些新認識的夥伴拋向未來時光，往後你會再一次遇見且將它們放進你的長期記憶庫裡。至少在柔道功夫可直接上傳至大腦的技術在現實生活中出現前，這是永久記住大量資訊最有效的方法。

尋找完美的回想間隔

　　也許你現在就迫不及待地想儘可能牢記許多事情，但再等一下，別心急。你必須權衡效率與舒適度來決定練習的頻率。一般來說，你並不像前述試驗為了一個定有具體日期的測驗而學習，因此你無法挑出最佳的回想間隔實行學習計劃。就無止盡的期限而言，若你將回想間隔拉長至數年會得到最佳的學習效率，但這對短期成果來說根本毫無助益。此外，你也將在回想旅程中感到艱辛挫敗。經過如此漫長的延遲時間，基本上，你對所學內容早已遺忘殆盡。另一種情況是，若你不斷地反覆練習，你的確能有豐碩的記憶成果，但那些頻繁造訪腦中的舊單字很有可能讓你在日常工作時間裡感到窒息與干擾。

　　串連「立即記住」與「往後再記憶」此兩種目標的引線一開始只有短短一截，但它的增長速度卻飛快無比。你能從短暫的學習間隔（二至四天）開始，而每當你順利記住了內容，你可將間隔拉長（例如，九天延長為三星期、兩個月，增加至半年等），很快地就會到達數年為間隔的境界。這種方式能讓你的回想過程保持足夠的挑戰性，才能驅使記憶內容進到你的長期記憶庫。若你忘記了某個單字，你就得從短暫的學習間隔重頭來過，再漸漸將間隔時間拉長直到那遺忘的單字在你腦中變得牢固深刻為止。此種學習樣態能讓你一邊維持與加深強項記憶，一邊持續修補較弱的記憶內容。因為你以為牢記的單字在某個未來片刻最終會不復記憶，因此有規律的練習能在舊與新資訊間建立一個平衡點。你可以每天花固定的時間學習新單字、回想上週學到的字，偶爾

見見數個月或數年前認識的內容夥伴。如此一來，你的大部分學習時間將用在成功回想起那些你近乎遺忘的單字，且快速穩固地建立新單字的基礎。

和時機以這般方式玩耍便是我們熟知、具有極高學習效率的「間隔重複」。若你在四個月內每天練習三十分鐘，預計你能以百分之九十至九十五的準確率學會記住三千六百張記憶字卡。你能透過記憶字卡學習字母、字彙、文法，甚至發音；且充滿挑戰性的內容讓學習過程既有趣又好玩，絕無乏味冷場。對語言學習這種密集記憶的任務而言，間隔重複簡直是件天賜恩物。可惜的是，間隔重複在學校裡、在我必須牢記大量知識的學生時期並非一門學習科目。

間隔重複系統（SRS）最基本的功能像是一張隨著你的學習表現而改變的待辦清單。若在學習兩個月後你還記得「pollo」是西班牙文「雞」的意思，那麼系統便會將這個單字在清單上出現的時間自動延後四至六個月；若兩週後你想不起來「ropa」代表西班牙文「衣服」，間隔重複系統便會讓「ropa」在清單上頻繁出現，直到你牢牢記住為止。

間隔重複系統是如何實際運作呢？它有兩種主要形式：電腦操作或紙上作業。電腦版的間隔重複系統會自行安排學習排程；它會在你每一次使用時加入二十至三十張新的字卡，並挑出約一百個你可能會忘記的單字進行測驗。你的任務是讓系統知曉你的字卡記憶情況，而系統的職責是根據你的測驗結果建立一個量身打造的每日學習清單。清單的功用是幫助你儘可能有效記憶，如此你便能將時間運用在學習而非管理枝微末節的瑣事。

紙上間隔重複系統的運作方式是利用記憶字卡檔案盒，即一套附有簡要標示、精心策劃的學習目錄；基本上它就是陽春型的桌遊。這套遊戲裡有七種等級，對應檔案盒中標記出的七組區塊（即等級一、等級二…）。每一張記憶字卡都從等級一開始，當你能記住該單字時，字卡便可晉升至下一級。相反地，若你遺忘了，字卡就會被發落回等級一。當你的記憶字卡過關斬將、突破等級七的時候，它也在你的長期記憶庫裡坐擁一席之地了。

每當你使用紙上間隔重複系統時，你必須參照你的學習目錄及回顧上一次的學習等級（例如，十二月九日：複習等級一、二、四的字卡）。這就是隨著你的學習表現而調整、專屬於你的每日待辦清單。遵照遊戲規則（見附錄三）進行，如此你便創造了一個原始、紙上版的電腦學習程式。這種方式與電腦操作的版本一樣好玩和有效，此外，還另有一種「這可是我親手打造」的成就感。在本章末，我們將深入比較兩種間隔重複系統的優缺點，屆時你可以再決定要用哪一種方法學習。

親手打造記憶牌組

這並不是羅賽塔石碑語言學習軟體（Rosetta Stone）；你不能只是在你的間隔重複系統裡下載一副記憶字卡便盼著能神奇學會一種語言。為什麼不行呢？記憶字卡的強大功用在於提醒你最初的學習記憶，對於從頭創造記憶它並不特別拿手。若你學習別人的「gato」字卡，你可能無法下意識想起孩童時期的貓咪玩伴，或在谷歌圖片搜尋「gato」時所呈現出無數電影史瑞克中鞋貓劍客（Puss in Boat；西班牙文Gato con Botas）的圖像。你對

創造過程的威力

你是否曾為了考試而將筆記作重點摘要？效果很不賴，對吧？當你親手做出某樣事物，它就會成為你的一部分。反之，若你只是抄襲他人的筆記，你並不會得到太多助益；當你設法記住別人的成果結晶時，你就如同和自己的大腦過濾器打一場艱辛戰役。即便「gato」對應一張貓咪圖片的記憶方式比「gato–貓」來得輕鬆，但其刺激的記憶作用仍難以將這個單字歸入長久記憶，因為這是別人挑選出來的圖片，不是你。相反地，若你親力親為地選出一張記憶圖片，那麼在選擇的過程中你便能順利穿越大腦過濾器。如此一來，記憶對你而言才是真正的輕鬆。

這個字缺乏電影、聲音和故事情節等連結記憶。這種情況下，在你忙碌工作卻仍抽空努力學習的有限時間裡，你的大腦很難形成深刻和多感官的記憶。這並不是間隔重複系統的問題；這不過是語言學習遊戲的運作風格。

　　語言學習課程和計劃失敗的原因之一便是，沒有人能給予你一種語言能力，你要親自獲取才行。這像是大腦重組的工程；你必須積極參與其中才能成功。你所學語言裡的每一個單字、每一條文法規則都必須變成你的專有物。羅賽塔石碑語言學習軟體在「球」、「大象」等這類單字上能提供你相當不錯的最初記憶，但最終你還是得處理像「經濟情勢」這種字彙。若你希望在口語會話中自然運用這類抽象字彙，你就要讓它們具備個人關聯性等多種記憶連結。而你必須親自建立當中的連結，因為沒有人能真正回答你當今「situación económica」（經濟情勢）是如何影響你的

生活。

　　就算忙著學習新單字，你也要同時牢記自己建立過的記憶連結。因為有太多事物必須同步進行，所以你不妨挑選最好的學習工具使用。在我們的腦袋能夠安裝磁碟插槽、直接上傳技能之前，對抗遺忘最有效的武器非間隔重複系統莫屬。擁有深刻、難忘的經驗是讓間隔重複系統發揮最大功效的必備條件，而我們可在建立專屬記憶字卡的同時填充此不可或缺的要素。

　　建造字卡的過程是極具趣味性和成就感的語言學習方式。因為知道每一個細節內容將成為你的永久記憶而感到心滿意足；你就是打造自己心智的頭號建築師。當你想要記住「狗」這個單字時，你的腦中會想起哪一品種的狗？你會挑選怎樣的例子來建構動詞變化？在你的日常生活中最需要用到哪些詞彙？

　　決定如上述每一道問題的答案是學習過程中最刺激有趣的環節，而到最後，你只需花一丁點時間就能完成。當你漸漸習慣使用間隔重複系統後，你便能隨心所欲、快速地加入新字卡。面對絕大多數的名詞，你只需輸入系統一次，接著在谷歌圖片庫中找到相應的圖片、複製（或繪圖）至你的記憶字卡裡。整個流程不超過十五秒。而較複雜的概念，當然了，會花費較多時間定義，然而，在此過程中你也獲取了牢記單字需具備的記憶連結。

　　我真心希望我能販售我的個人記憶字卡。若字卡的有效性能夠轉讓，想必我能大賺一筆且能幫助無數語言學習者。然而我的做法是，在我的網站上免費提供我的記憶牌組，並附註沒有人能順利使用我的個人字卡來學習該語言。數千人下載使用了這些記憶字卡，但至今仍無人推翻我的附註聲明；是以，在此我能自信

滿滿地說道，我的個人字卡對任何人都無效，除了我自己以外。
若要原封不動使用他人字卡者，請自擔風險。

智慧型手機的挫敗與命運

　　假想：若有人（我知道不會是你）嘗試使用我的記憶字卡會
發生什麼情況呢？他可能會遇見「狗」的字卡並看見一隻小黃金
獵犬的圖片。此刻我的腦中閃過當時花了十五秒在網路上搜尋這
張圖片的情景；我找到許多不同年齡和品種的狗狗圖片，最後挑
選了這隻黃金獵犬。在這短短幾秒的搜尋時間裡，我學習著這個
字所代表的意思並為此學習經驗選擇了一張喜愛的提示圖片。然
而，當別人看見這張圖片時就會產生幾道問題，但問題的答案卻
毫無根據可言。例如，這個單字是指狗的品種？年齡？還是顏色
呢？在使用非個人字卡的過程中，引發的瞬間困惑也會記錄在記
憶裡，造成這個單字的意思變得不明確。

　　單字意思不明確沒什麼大不了；若身處外國學習該國語言
時，就常常會碰上這種情況。但你的記憶字卡意思不明確所帶來
的問題是，你的每日複習任務將變得困難重重，你會花上更多
時間修補更多遺忘。每次複習時你所記得的最初學習經驗將變
成「這到底是什麼意思？我為什麼要花時間在這不知所云的事物
上！」你很快就會感到挫敗。

　　最後也是最致命的影響：一旦你覺得每日的複習任務讓人沮
喪，持之以恆也將變得愈來愈不易。也許你可以強迫自己持續努
力幾週，但主要成果的顯現往往需要比幾週還更長時間。這將成
為一種惡性循環；因為挫敗感會阻礙你的記憶能力，而你眼前會

更頻繁地出現一張張令人洩氣的字卡，最終你恨不得扔掉這玩意兒。

　　上述這些情況都是可避免的。學習新單字的過程只需善用一點點時間。若你先好好想清楚怎樣才能提醒自己想起這個單字的意思，你便能永久記住。我最喜歡的間隔重複系統──Anki軟體──開發者戴米恩·埃爾姆斯（Damien Elmes）精確總結出以下觀點：「學習複雜難懂的科目，其最有效的方式是自創專屬的記憶牌組。像是語言和科學此類科目無法只單純藉由記憶事實和論點來理解，而必須靠說明和內容有效學習。再者，親自輸入內容資訊迫使你挑出學習重點，進而讓你有更深刻的了解。」我想再補充一點，製作記憶字卡的過程也非常好玩。你為自己花時間學習、發現和創造。

　　一旦完成了這項打造任務，你的每日復習會變得樂趣無窮，因為大多數的時間你將有此體會，「我的媽呀！真不敢相信我還記得這個單字！太神了！」自信心會在每天的學習中日益提升，而這也是很容易養成和維持的習慣。我們渴望這種習慣；因為這便是讓我們處於與巴黎女服務生自在閒聊和尷尬地索取英文菜單的不同。

關鍵摘要

- 間隔重複系統（SRS）像是服用了類固醇的記憶字卡。它藉由自動監測你的學習進度，設計出一張量身訂作、學習新單字與複習舊單字的每日清單，如此大力地增強你的記憶力。

現在就開始：學習使用間隔重複系統（SRS）

我們找到了戰勝遺忘的方法；現在我們必須界定記憶的內容。在本書第四章中，我會為你清晰呈現必須學習的內容和方法。

我們將從你所學語言的聲音和字母表入手。如此你便能擁有輕鬆記住新單字的架構。我將告訴你能快速重構耳朵線路的新舊工具，使用間隔重複記住重要的字首字尾組合（例如，「gnocchi」中的「gn」）。不久後，你就能掌控所學語言的聲音。

備有聲音後，你就可以開始處理單字。我會為你呈現六百二十五個最常使用的名詞、動詞和形容詞。這些字彙很容易就能視覺化，因此記憶起來簡單輕鬆。我們將把這些字詞混合圖片、個人關聯性和聲音嵌入你的間隔重複系統中，接著，你的系統便能快速將這些單字鑲進你的長期記憶庫裡。你將在過程中奠立往後能擴造文法和字彙庫的基礎。

最後，我會告訴你如何使用谷歌圖片來為每一個單字和文法概念尋找附有插圖的故事情節。你將利用這些情節為你的間隔重複系統製作有效和難忘的記憶字卡。不久後，你將高枕無憂地如反射動作般運用文法。每一個新單字將加深文法的反應能力，而每一項文法概念將強化你的單字記憶。你的學習語言將自行鍛鍊出精通體質，而你只要攀附其中即可。

在我們開始之前，你必須先決定一樣事情。有兩種類型的間隔重複系統：紙本運用和電腦操作。挑選其中一種並學會使用。審視你的每日作息再規劃出你能運用的學習時間，藉此我們將培

養語言學習的習慣。

選擇你的間隔重複系統

　　電腦操作是最受歡迎的類型，而我個人最青睞Anki軟體。它是一套於二〇〇八年推出，適用於所有電腦作業系統和手機裝置[10]、簡易操作的免費軟體。它具有同步裝置的功能（因此在家你可以使用電腦操作，在工作通勤時間繼續在智慧型手機上學習），且能處理圖片和聲音檔。你只要讓系統知道你每天想要學習的新記憶字卡數量，它便會為你安排。每天約二十分鐘的學習時間，你可以學到三十張記憶字卡和複習舊字卡。根據你的日常作息和忍受觀看液晶螢幕的時間來增加或減少學習量。

　　若你偏好手作，你可以建立實體記憶字卡的間隔重複系統。萊特納學習卡片箱（Leitner box）依據一名奧地利科學記者一九七〇年代的著作內容命名，是一種巧妙運用分隔板和學習進程的記憶字卡檔案盒。原始的學習卡片箱會切分為四個區塊；區塊一裡的內容必須每日複習、區塊二為每兩天一次、區塊三則為每三天一次，依此類推。當你能成功地將「gato」的字卡對應一隻貓咪的圖像時，這張字卡便可移升至下一區塊；而當你不幸遺忘時，這張字卡就得歸回區塊一。這種作法就像是為你的學習單字裝上鎧甲；能一路過關斬將到達最後區塊的記憶字卡便贏得進入

---

[10]　Anki軟體基本上為免費使用，但以下情況除外：假使你想在iPhone或iPad上離線使用，那麼你必須付費購買該應用程式。但若你的iPhone或iPad配有穩定的網路連線，那就可以省下這筆錢（儘管我真心推薦這套軟體）。Anki的應用程式在Android系統上則完全免費。

長期記憶庫的權力。原始的版本使用較短的時間間隔（一／二／三／四天，而不是星期／月），但我們仍可以增加一些分隔板來調整學習進度。本書附錄三將提供萊特納學習卡片箱的詳盡使用說明與適當的學習進度，此外，也會附上 Anki 軟體的相關下載連結。

你還打不定主意是否要使用萊特納學習卡片箱嗎？若你使用實體記憶字卡，其親手參與製作專屬字卡的經驗將讓你獲益良多。這是一個讓你的字卡更容易記憶的寶貴學習經驗，也是使用電腦版本者無法體驗的過程。然而，電腦化的間隔重複系統還是有許多實體字卡難以匹敵的優勢，是以，你暫時不必急著作決定。

兩者的首要差別為：紙本記憶字卡無法發出聲音。你必須在學習字彙前先學會發音；若你的記憶字卡具有發音功能，也會使學習發音輕鬆許多。若你使用實體字卡，你就得額外花時間聽單字錄音帶，此外，你必須非常習慣使用音標符號。這不會佔用你太多時間，但這是必備的工夫。可別說我沒先提醒你啊！

其二，從谷歌圖片抓圖至電腦化的記憶字卡裡可說不費吹灰之力。對於記憶大量資訊而言，圖片記憶是最有效的方式。無論你是否使用實體字卡，也無論是否有繪畫天分，你都必須為每一個學習單字記下圖像；因為視覺記憶的助益超乎你的想像。就算是充滿童趣、大頭細身的貓狗圖像，只要你能辨認差別，你都能從中獲得記憶助力。

其三，為電腦化的記憶字卡找尋相應圖片的過程是作用強大的學習經驗。我再重述一次：你的大腦就像一塊善於吸收圖像資

訊的海綿。只要花幾秒鐘瀏覽二十張狗狗的圖片，就能讓你為該單字建立起強大和持久的記憶。即便你使用的是實體字卡，也請不要錯過從谷歌圖片中學習單字的機會。我們將在第四章中深入探索這個過程。

最後，你將為單字設計兩種不同的記憶字卡：理解版（例如，「熊」對應某張圖片）和功能版（例如，「體型壯碩、毛絨絨、喜歡吃蜂蜜的動物」對應某張圖片）。使用電腦製作兩種類型的字卡很容易；但手作就麻煩多了。若你覺得此過程太冗長費時，你可以省去功能版字卡。在製作實體記憶字卡時，你也獲取了足夠的記憶助力，因此可以省去功能字卡的必要性；但若你始終難以記住該單字，你可以隨時再補充功能版本。

至此請參照附錄三選出你喜好的學習方式。若你選擇使用萊特納學習卡片箱：你必須挑選某些必備物件及填寫學習進度；若你選擇Anki軟體：請先下載安裝該程式，並遵照影片使用教學、熟悉操作的方法。

時間投入與語言學習習慣

撥出一點時間為你即將開始的語言學習習慣作準備。你將投入兩種學習心力：製作個人記憶字卡與複習字卡。複習字卡為常態；最理想的狀況是你能在日常作息中找出能維持每日複習習慣的時間縫隙。假使你能將複習時間與每天不變的行程（例如，早餐時間或每日通勤）連結，學習語言的習慣就能輕鬆建立。

每日複習當然是最好；但不管你的固定習慣為何，學習進度也會相應變化。假使你不想利用周末時光學習，那麼到了周一你

的複習量便會增加，此外，因為你每周只練習五天，你自然會學得比每天複習者來得少。這些都是可掌控管理的環節。

　　從每天學習少量新字卡（十五至三十張）開始；若你想和大量記憶字卡狂歡玩樂，往後也可隨時調整。如前所述，你可以每天花半小時學習三十張新字卡及複習舊字卡。若你過份熱衷於學習新字卡，不管往後你的時間是否夠用，它們都將再次出現在你眼前。在學習俄語一段時間後，我曾花了一個夏天每日學習六十張新單字字卡（每天約一小時）。那個夏天過後，我能運用學習的時間愈來愈吃緊，而當時的字卡在我的每日複習進度中便以數月出現一次的頻率顯現。我總算記住了所有單字，但假使我一開始便如此學習俄語，我想我很快就會受不了而放棄。請用一種你能保持習慣的步調來學習。

　　請特別注意，在此我們所說的是每天學習三十張新字卡，而不是三十個新單字。在接下來的幾章，我將告訴你如何將聲音、單字和文法化成最靈活、最容易記住的小片段。你將各別記住這些小片段，如此一來，某些單字就能與部分字卡扯上關係。這聽起來也許是加重負擔的工作（「光是一個中文字，我就必須記住四張字卡嗎？」），但你絕對可以期待，這將會幫助你簡單輕鬆學習。間隔重複系統會賦予你記住所有置放內容的能力。若你保持每天複習的習慣，你能塞入腦袋的記憶無可限量，而只要你的記憶字卡夠簡潔易記，你就能輕鬆快速地學會這些內容。

　　另一項需投入時間的是字卡製作。比起複習任務，字卡製作的頻率較不具常態性。我通常是每月一次、利用一個週末花上好幾個小時坐在電腦前製作數百張字卡。當我從中獲得樂趣後，我

錯過複習學習時間的補救絕竅

當你正忙著處理堆積如山的複習字卡時，不妨每天仍繼續學習二至三個新單字字卡。這不會額外耗費你的學習時間，卻能為你的複習任務增添不同趣味。

便能廢寢忘食地沉迷其中。你也可以選擇較不偏激的做法，像是利用某個週日下午投入製作，或是每天花二十分鐘之類較規律的方式都能有不錯效果。

　　若你錯過了學習時間（這種情況必然偶爾會出現），別擔心，這並不會導致世界末日般的嚴重後果。唯一棘手的是，你的複習內容會不顧你的意願而自行積累。你的間隔重複系統不過是一張時髦的待辦清單；若系統認為你就要忘記「pollo」這個單字了，就算你正在夏威夷度假，它也會趕緊將這張字卡列入清單中。當你結束快樂的假期，你可能會看見有一長串待複習單字正靜候你處理。這種情況下，你的首要任務是完成這些複習內容，如此你便能有效償還那些錯過的時間並回到學習習慣的常軌。除此之外，減少新字卡的學習數量，花上幾天時間踏實複習，直到那些積累的單字從遺忘邊緣抽身為止。

　　一旦你找到便於複習的時間，你的例行學習將會自行轉化為一種習慣。而此種簡單培養的習慣也是使間隔重複系統有效作用的原因。有助於你儲存資訊的荷爾蒙也會同時讓你感到愉悅滿足。因此，你會發現當你坐火車時的閒暇時間，你會不自覺地想要把玩記憶字卡。讓我們預備好自己的記憶字卡，現在就著手開

始吧！

給中階程度學習者

　　就像初學者一樣，你也能放心信賴間隔重複系統。選擇你偏好的系統類型，並熟練其操作方式，再審視你的學習計劃，將你的語言學習時間安排其中。

第三章
聲音遊戲

口音是語言的靈魂；它賦予語言情感和真實性。

　　——盧梭（Jean-Jacques Rousseau），《愛彌兒》（*Émile*）

現在我們成為說「Ekki ekki ekki FIKANG! Zoop boing brn zroyen!」的騎士。

　　——我們是最近才開始說「Ni!」的騎士，
電影「聖杯傳奇」（*Monty Python and the Holy Grail*）

　　我們在前兩章講述了學習和記憶，但坦白說，至此我們只邁出語言學習的一小步。雖然至今你還沒學到任何有用的單字，我也誠心建議你別急著翻看你的文法書，因為我們將優先探索語言的聲音領域。我們會逐一詳述如此作法的理由，但最重要的原因在於：若你摸不清所學語言的聲調樣貌，你會陷入不僅學習一種語言的困境之中。

　　在理想世界裡，文字和口說語言攜手並行。它們慷慨地互享單字、互助度過難關，總括來說，彼此愉快地相處在一起。你隨後加入它們的行列一塊兒玩樂，不久後，你們成為最佳拍檔。文字語言會推薦你看一些好書，你也會到口說語言的家中坐坐、共進晚餐，三者玩得不亦樂乎。這般完美友情，誰不渴望擁有呢？

文字和口說語言多了你這個新夥伴，而你因為能閒談所讀、閱讀所聞，很快地融入它們。

若我們不從發音入手，以上想望只是無意義的鬼話連篇，因為我們根本無法擺脫破碎單字的束縛。

每當我們以為某單字應該是這樣發音，但事實上卻是不同讀法時，這個單字就會化成破碎的模樣。這些破碎單字無法在文字與口說語言間共享，當然也會導致你們彼此間的友誼崩解。

就算在我們熟悉的英語國度，你或許有曾遇到破碎單字的經驗。我確實有過；我曾有好長一段時間誤以為scheme讀作「sheem」。因此，我會說我閱讀了有關色彩配置（color *sheems*）、經營老鼠會（pyramid *sheems*）的陰險詐騙份子（*sheeming* con men）的內容。倒楣的是，「sheem」有一位名為skeam的好朋友。雖然skeam在意思和用法上近似「sheem」，但我似乎從未在同一情境中見過這兩字的抽換替用，因此我一直搞不懂究竟何時該用哪一個字。於是，我會盡可能地避免使用這兩個字。直到大學期間，我才發現skeam的真實身分；我在網路上搜尋、弄清楚這兩個單字到底有何不同後才恍然大悟：原來scheme和skeam實際上是同一個字，而且我還誤讀了其中一字的發音。

scheme和skeam在我的口說和文字語言間劈出一道裂縫後安居其中。幸好這只是一處小小裂隙，我鮮少跌入進而在裡頭感到困惑不解，因為scheme（陰謀）並非每天發生的尋常事件。但請仔細想想，若你的語言充斥著混淆不清的單字且潛伏出沒在每一處日常角落會有多麼辛苦？你對這些單字的正確意思和用法始終毫無把握，因此，要使用或記住這些單字將會是無比艱鉅的難事。

　　在母語世界裡，你不太可能無數次跌進破碎單字的陷阱。你的生活環繞著一些難免會調侃滑稽錯誤發音的會話、書本、電影和電視影集。但在外語世界中，你可就沒那麼幸運了。在我的法語沉浸學習尾聲，我和七位法文進階程度的同學一同坐在教室裡討論哲學話題。我們最近剛讀完存在主義大師沙特所寫的劇作「密室」（Huis Clos），而我們計劃比較沙特與笛卡兒（Descartes）的思想觀點。那或許是我曾參與過最深奧和高水準的討論會，此外，全程以法語進行。一位女同學在過程中舉手說道：我們是該談述另一位哲學家「Dess-CART-eez」了。

　　這位女同學在此便陷入破碎單字的泥淖中，遺憾的是，你能預見她的法語佈滿了此種支離破碎的單字。法文向來以怪異拼法著稱；絕大多數的法文字尾子音都不發音，例如：beaux 讀作「bo」、vous 唸作「vu」。幾乎每一種語言都存在特殊現象：英語「I'm going to go.」的說法逐漸為「I'm gonna go.」取代，進而再轉變成「I gonn' go.」這些變化在口說語言出現的頻率較文字語言高，最終兩種表意語言將一分為二。如此說來，你便明白笛卡兒的法文有兩種表達方式：書寫成文字為「Descartes」，口說讀作「Dekart」。

　　在前述的理想世界裡，你和口說及文字這兩種語言會互相扶持成長。當你閱讀了一本書，新單字和一些文法片段會滲進你的生活會話。而你在會話中聽見了新單字的聲音，它們也將回注到你的書寫文字中。任何你碰見的新內容都會在你所學語言的各個面向增進你的理解力和流利度。

　　以上過程的運作有一先決條件，即你必須將閱讀文字和單

當今法語提示

當你在旅途中遇見不知該如何發音的法文單字時，你可以假定每
一個字尾子音都不發音，除了英語「careful」中所代表的幾個子
音（c, r, f, l通常要發音）。

字發音順利地連結在一起。我的那位同學從書本中閱讀到「Dess-
CART-eez」，但在討論會中，她聽到了「Dekart」的發音。由於她
沒有全然吸收法語中省略字尾子音的發音規則，是以，她以相近
的名稱、思想觀點等努力拼湊那些破碎的單字。討論會結束後，
她發覺了自己的錯誤發音，但那些我們沒有討論到的成千上萬個
單字呢？它們是否隱身在暗處、身藏著無聲子音的特色武器，伺
機讓你感到困惑？

　　你愈是能在學習之初內化良好的發音習慣，就愈是能省去苦
苦追捕破碎單字的時間。若你培養出發音的直覺，那麼，你所讀
到的每一個單字都將自動通達至你的耳朵和嘴巴，而你聽見的每
一個單字又會增強你的閱讀理解能力。你將懂得更多、學得更
快，不必費時查找破碎的單字。學習過程中，記憶對你而言輕鬆
自如，母語人士也會對你的語言表現刮目相看，你也將更具信心
開口說外語。

　　如何快速達成這個目標呢？若你花兩個月時間，每學習一個
單字前都仔細鑽研拼寫規則和母音表，你大概很快就會感到無聊
厭倦。你需要一條貫穿發音系統的小徑，在你的忙碌生活中先快
速教會你基本原則，進而強化和養成你的發音直覺。我會在本章

中逐一講述你將面臨的三大關卡：耳朵、嘴巴及眼睛的鍛練任務。我們將揭示三者間的差異，找出各個擊破的方法及探述如此做可以得到的成果。

鍛鍊你的耳朵、重組你的大腦

在北海岸邊的基地，一名德國巡防員正守在無線電旁待命。

「呼救！呼救！你聽得到我說話嗎？我們沈船了！」

「是的，哈囉！『偶似』德國巡防員！」

「我們沈船了！我們沈船了！（We are sinking!）」

「好的。你在想『蝦密』呢？（Vat are you sinking about?）」

——外語培訓機構貝立茲（Berlitz）廣告

襁褓中的嬰兒在學習語言的世界裡獲得許多讚揚。他們具有能在每種語言中聽出每種聲音差別的超強能力，然而，他們要聽的聲音可多了。世界上的語言共約有八百個音素（phoneme，包含六百個子音和兩百個母音）。大多數的語言從中挑出約四十個音素來組構單字，不過選擇的數量範圍仍相當廣闊——在巴布亞紐幾內亞（Papua New Guinea）有一種名為羅托卡特語（Rotokas）的簡潔語言僅使用了十一個音素，而在非洲南部的國家波札那（Botswana）所說的宏語（Taa）卻使用高達一百一十二個音素（外加四種聲調！）。

某些音素聽在英語母語人士的耳朵裡可謂全然陌生——非洲語言中的吸氣音聽起來很奇特——但大多數的音素都是熟悉音調

的細微變體。世界上的語言
至少有十種t的發音，但英語
人士鮮少能聽出當中的任何
差別。不同的兩種t發音讓你
能用耳朵區別「我的貓咪史
坦」（my cat Stan）及「我的
貓咪曬黑的膚色」（my cat's

> **韓語的三種T**
>
> 韓語中有三種常被誤認為t的
> 子音：「tan」中的t使用的字
> 母是ㅌ，「Stan」為ㄸ，而ㄷ
> 則是介於英語t和d之間的發
> 音。

tan）。但除非你經常光顧貓咪的日光浴沙龍，否則在英語中此
種差別並不特別重要。然而，若你正在學韓語，你會發現上述
「Stan」和「tan」中的t是使用截然不同的兩種字母組構出不同
意思的單字。

　　你很難輕易聽出十種t之間的差別，因為你已經學會忽視它
們的不同了。但若回到你還是小嬰兒的時候，你就可以聽出所有
不同的聲音；這讓你的小腦袋瓜成為一個充滿困惑的世界。嘰里
呱啦說話的大人們圍繞在你的四周，每一個人說出的母音和子音
都有些許的不同。你的耳朵被數百種不同的子母音包圍，而你便
處於這種混亂中尋找規律。

　　你會在六個月至一歲期間漸漸找出當中的規律。關於此過程
最有力的資料來自針對美國人及日本人的調查研究。藉由大腦掃
描，研究人員能觀察一個人是否能聽出任兩種聲音間的差別。讓
美國成人聆聽以下無抑揚頓挫的單調字組「rock... rock... rock...
rock... lock」，當句末的「lock」出現時，他們的腦部活動會驟然
飆升，但相同測試在日本成人的大腦裡卻未引發任何變化。然
而，日本的嬰兒就能分辨出兩種聲音的不同，只是此種能力會在

六個月至一歲間漸漸消逝。

在這段特定期間究竟發生了什麼事呢？嬰兒的大腦正不斷累積統計資料。他們的腦袋裡彷彿有一條串接字母r和l的平滑線，而每一子音會落在這條線上的任何位置。在美國家庭中，一般嬰兒會聽見數百個具有些微差異的子音，而這些聲音傾向落在這條線上的兩大集合堆：即聽起來分別最像r及l的聲音。若你記錄美國嬰兒的一日生活，並累計他們聽見的聲音，你會得出以下結果：

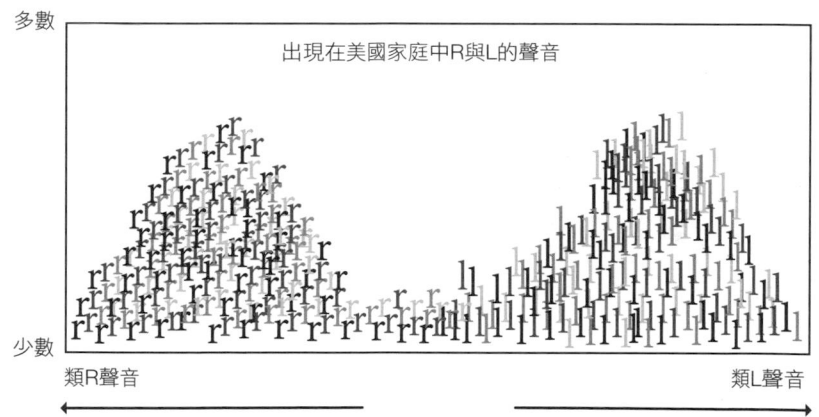

我們往往將r和l視作兩種截然不同的聲音，但事實上並非如此。每一個子音都是一組相近聲音的集合，而我們會根據成長中所處的聲音環境創造出這些集合。因為我們並不常聽見介於r和l之間的聲音，所以我們（理所當然地）判定那些嘰里呱啦的大人們說的只不過是兩種子音的變體，而不是數百個不同的子音。日本家庭的嬰兒也能聽出許多一模一樣的聲音，但不同的

是，這些聲音大部分落在r和l聲譜的正中央：

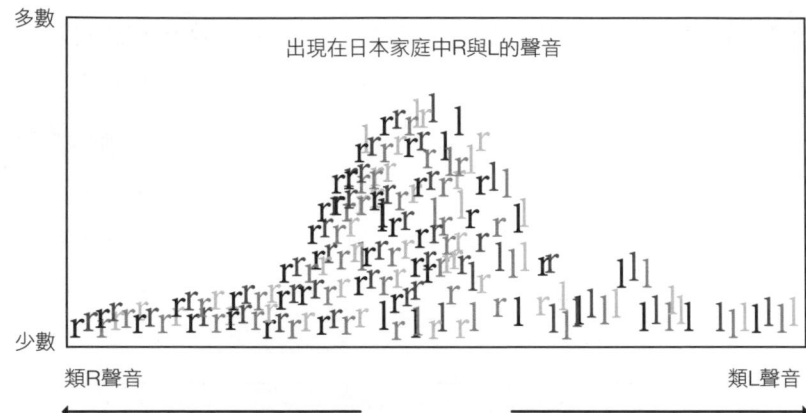

他們（理所當然地）將這些聲音聚集成一個介於r和l的子音。這個子音——日語r，聽起來不太像r、也不像l的發音。當你聽見日語r時，你會發現你的英文腦袋頓時不知該如何處理這個聲音；最後它會隨機進入你的兩組子音集合裡的其中一個。當你聽著帶有濃厚日文口音的某人說話時，請注意：對方想說的是l，而不是你以為的r。他們所說的是一種你不太能聽見的子音。

聽見聽不見的聲音：最小對立體（Minimal Pair）測驗的神奇力量

讓我們回到日本成人聆聽「rock... rock... rock... rock...」字組時在大腦掃瞄器中所呈現的結果。如前所述，若我們偷偷塞入「lock」這個單字，他們的大腦並不會產生任何神經反應。然而，我們尚未提及這對學習語言將帶來多麼嚴重的影響。在此所

指的不僅是他們會誤解所聽見的單字意思；而是他們確實無法聽出兩種聲音的差別。就他們的大腦認知而言，rock和lock極有可能是相同的拼法。是以在學習英語的過程裡，他們要不斷地對抗自己的大腦。如此怎麼能期盼學習會成功呢？

這個領域中最出名的研究來自在史丹佛及卡內基美隆大學（Carnegie Mellon）進行的一系列實驗。研究人員召來一群日本成人，發配每人酬勞獎金、耳機和電腦後，請他們坐在一間房間裡聆聽錄有rock和lock單字的錄音帶。受測者的任務是根據聽見的單字，按下標示了「Rock」和「Lock」的作答鍵。不意外地，他們的作答成果非常不理想。即便經過練習後，表現依舊沒有起色。不管試了多少回，結果都一樣差。

神奇的力量顯現：另一組受測者也被安排在上述相同的測驗情境，但唯一不同的是，每當他們按下按鍵，電腦螢幕就會顯示立即的回饋。答對時螢幕上會出現綠色的勾勾，答錯則會看見紅

難解的日語R

日語中的r（例如出現在origami〔摺紙術〕、ramen〔拉麵〕、tempura〔甜不辣〕裡）實際聽起來是綜合了r, l, d的發音，但r在當中的聲音比重又多了一些。對美國人而言，這是一個極難掌控的子音。為了準備我的某支發音示範影片，我曾花了整整半小時跟著錄音帶反覆念誦ramen這個單字，但我始終聽不出個所以然，或依舊唸不出道地的發音。幸好每次我在日本點啤酒（日語讀作biru）時，日本人從來不會誤解我的意思。他們不會弄錯的，因為在日語中沒有名為bilu的玩意兒。

色的叉叉。這些受測者突然開始學習兩單字間的差別了。經過三次二十分鐘的試驗後，他們成功重組了大腦。在接下來的大腦掃瞄中，他們對「rock... rock... rock... lock...」的字組測驗呈現出顯著的反應。他們學會了聽見聽不見的聲音。

我們能以此研究為例，並將它發揮至我們的學習需求上。Rock 和 Lock 是一群特殊單字，即最小對立體的基本成員。這些成對的單字僅在一處發音上有所差別，而你能在每一種語言中發現它們的身影。我曾利用英語最小對立體的不同來訓練許多奧地利學生，例如「thinking」和「sinking」、「SUS-pect」及「sus-PECT」、「niece」與「knees」。這些音對能直搗語言中聽力問題的核心大本營，又若你能運用回饋來練習音對，將會是訓練耳朵及重組大腦的最佳方式。

你能在許多附有光碟片的文法書開頭（當然還有每一本發音書籍中）找到該語言重要的最小對立體；而我也將努力在我的網站上儘可能地提供各種語言的最小對立體測驗（Fluent-Forever.com/chapter3）。這些測驗的功能相當簡易——播出錄音檔（「lock」），接著請你回答聽見的單字（rock 或 lock？）——儘管呈現出的樣貌並不華麗，但你將在最後成果中得到更亮眼的收穫。我曾在十天內每天花二十分鐘利用這種測驗來學習（高難度語言）匈牙利語的發音。練習的過程也不乏樂趣；你能在每一次重覆練習中感覺自己的耳朵功力正一點一滴地進化。

鍛練耳朵的好處：模式的確認及破除

若你踏上學習語言的旅途之初便運用最小對立體測驗，你終

究會學得更快。你將能輕鬆自如的記憶新單字，因為對你而言，這些單字聽起來不再陌生。你也能對母語人士的表達有更清楚的理解，因為你的耳朵和他們所說的話語同步。你能把時間運用於快速地吸收語言，而不是浪費在矯正錯誤的發音習慣。

　　耳朵的鍛鍊又是如何讓上述成果成真呢？你賦與了自己辨認各個字母聲音的能力，但這還不是最終的結果。你投注時間心力熟悉那些聲音，是以當你要將它們串連起來時必須要留意當中出現的細微變化。這會為你帶來兩股強大力量：你能聽懂聲音的規則，你也能聽出規則被打破時的例外。

　　聲音規則將單字拼法與聲音、聲音和聲音連結起來。它讓你明白哪些聲音能結合（在英語中「sticks」能綁在一起），而哪些不行（「svickz」就沒辦法）。語言中充滿複雜的聲音規則，但若我們能用耳朵聽出來，我們便能輕而易舉地學會它們。你能在孩童中觀察到此現象。有一個研究人員常用來測試五歲孩童的語言小測驗。他們讓孩童們觀看一張模樣逗趣的小鳥圖片並說道，「這是一隻wug！」

一隻WUG

　　接著，再拿出畫有兩隻此種小鳥的圖片說，「你們看有兩個
噢！牠們是兩隻…」孩童們開心齊呼，「wugz!」

　　這個測驗看似輕鬆簡單，但這些孩童們發揮了傑出的複雜運
作能力。在他們的小小腦袋深處就是知道這個完全陌生單字的複
數聽起來會像「z」，而假若有另一個新單字，例如heef，其複
數聽起來會是「s」（而tass的複數會是發出「iz」的聲音）。這
些規則並不稀奇但卻相當重要，且在每種語言中各不相同（上述
的測驗德國孩童會說「Vaks」，而不是「wugz」）。若你的耳朵
對所學語言的每一種新聲音具有敏感度，那麼當你聽見某一聲音
規則時，你就會察覺；而你的每一次發現都有助於你內化規則。

　　你擁有的第二種力量能讓你察覺單字打破規則的情況。在
英語中有許多發音規則：字母k的發音通常為「k」（像是在單字
kick中），但有時卻不發音（knife）。規則與例外情況的好處在
於，即便它們和英語一般複雜（在其他語言中往往較簡單），它
們不會再創造新的發音。例如英語中的每一個單字都重覆使用著
四十一或四十二種音。而任何一種語言皆是如此。

　　若你能聽出所學語言中的所有聲音，那麼會讓你感到新奇的
應該是單字的拼法而不是單字的發音。這有助於你學得更快，因
為你不必費心記憶那些無以名狀的新聲音。若單字「mjöður」只
不過是六種熟悉發音的組合，那麼對你而言這個單字便不再異常
陌生，且就和「Lakira」（萊奇拉）這種特殊但能懂的名字一樣
不難記住。

　　耳朵的鍛鍊讓你能正確記住新單字的發音，進而使你能聽出
母語人士說出的這些單字。神奇魔法實現──你在學習之初便為

你的聽力理解力灌輸了一股強大推進力。若你具備良好的聽力理解力，當你聽見某人說著你所學的語言時，你將獲取更多字彙和文法。神奇魔法再次實現——在接下來的學習旅途上，你的字彙和文法知識會大大地提升。而你只要付出一些時間練習最小對立體就能採收上述甜美的學習果實。若現在就開始好好練習發音，我們便已做好準備踏上語言學習之路了。

關鍵摘要

- 你的大腦已習慣忽略不同發音之間的差別。為了重組大腦，請仔細聆聽你所學語言的最小對立體——例如niece（姪女）和knees（膝蓋）此種發音相似的單字——不斷地自我練習與測試，直到你的大腦適應了這些新發音為止。
- 藉由此練習能使你在聽見這些單字時具有更強的辨識力。此外，也能幫助你輕鬆記住這些單字。

鍛鍊你的嘴巴、擄獲女孩[1]芳心

> 沒有人會在乎你懂多少，直到他們明白你有多在乎。
> ——前美國總統羅斯福（Theodore Roosevelt）

最近有人問我：「若四個小時後，我將和一位柬埔寨超級女模約會，我該如何善用時間做最好的準備呢？」以下是我的回

---

[1] 或男孩。

答：學會說一句慣用語——任何慣用語皆可——但要說得流利且道地。你可以花幾個小時瀏覽 Youtube 或維基百科網頁，仔細觀看嘴巴的發音圖解、跟著錄音檔模仿練習，直到你的發音可以至少三秒鐘聽起來和母語人士一樣。這將讓她大吃一驚！

　　道地的口音之所以有影響力，因為它是共鳴的最好示意。它以一種話語所不能及的方式讓你與某人的文化連結在一起，你彷彿讓自己的身心靈同時變得柔軟以融入對方的文化。任何人都能在短短幾秒內學會說英語式的「bawn-JURE」。然而，了解母語人士的嘴巴和舌頭是如何發出 bonjour 的聲音、學習如何掌控口腔肌肉與舌頭位置，甚至是喉嚨和嘴唇的韻律——這便是清楚、讓人無庸置疑和難以抗拒的在乎表現。

　　但坦白說，道地口音有時會讓你陷入小小的困境。幾年前，我到了日本且學會一些簡單的日文慣用語。我記得我走向一位女士詢問附近的百貨公司位置。她瞪大了眼，似乎被眼前這位講得一口還算不賴的日語腔調、高瘦的白人男子嚇到了。接著，她突然迸出一連串的日文句子回答我的問題。我面露尷尬，手足無措地用日語胡亂說著「我！日本人！不！一點點！只會一點點而已！」她愣了一下，微笑著用手指了指左邊。總而言之，我認為培養道地的語言口音是值回票價的一件事，即便這會讓人們誤以為你懂得比實際上還多。

　　相反的情況，濃厚的外來口音，會讓你掉入較深的困境中。巴黎在此方面具有特別嚴苛和不友善的風評；傳聞在任何餐廳，只要你說出「bawn-JURE」般的發音，你便等同搞砸了自己的一餐。[2] 這種現象其實無所不在。說話帶有濃厚外來口音的人往往

被認為語言駕馭力不足（甚至比一般人駑鈍）。

　　雖然此種評斷並不公正，卻也不難理解。若你與某人談話時，你總是不太確定對方在說什麼或對方是否能聽懂你說的話，難免會讓人感到焦慮和不自在。為了解除這種困窘，你或許會放大說話的音量、使用更簡單的單字、調整自己的發音（若你可以辦得到），或乾脆和對方避不見面。我的父親每次點中國菜時，都會莫名有一種非常誇張的西班牙口音：「I Like-A CHEEKON FRY RICE-O PLEASE-O.」（我要一份雞肉炒飯）當我們感覺不被理解時多少都會覺得有點兒抓狂。

　　這種現象會讓你的語言學習之路變得一蹋糊塗。你所使用的英語是當今最普遍的共通語言。若你想要說法語，但法語人士卻偏好以英語和你對談，你便無法得到必需的語言學習機會。

鍛鍊你的嘴巴

　　我們不妨思考如何才能培養出道地的口音呢？我時常聽到這種說法：過了十二歲以後要精進口音是不可能的事。但這根本是無稽之談；演員和歌手們無時無刻都在訓練這種能力，然而我們並非比其他人天資聰穎或更有本事。我們只是注重發音——我們必須如此；沒有人會想花錢聽一口破爛的德語發音，所以我們投注心力把發音練到最好：我們很早便起步學習，且當我們說話時，我們會對嘴巴製造出聲音的方式存有意識。

2　現今這種風評或許不太公正。我從未聽聞近來到巴黎的人有遇過任何不友善的對待行為。

　　道地口音，說穿了，多半只是時機掌握的問題。歌手們從學習語言的發音開始，是以，我們不必耗費數年時間對抗不良的發音習慣。在我們還不知道單字意思前，我們反覆學習準確地發出這些聲音，才不至讓自己在舞台上出糗。你的學習順序也應該如此。若你拖延口音訓練的時機，屆時你很有可能已搞砸字彙庫中數百個（或數千個）單字的發音。十二歲為學習口音的限制門檻說法想必源於此；要拋棄壞習慣談何容易啊！相反地，若你在學習初期便著重口音訓練，那麼，往後你將能正確唸出每一個新單字的發音。你每學一個新單字也同時鞏固了良好的發音習慣，而這些好習慣會跟隨你一輩子。

　　若你學習一種語言一段時間了，你或許已深深埋下發音壞習慣的種子。你的學習路程會變得較漫長，但這當中仍存有希望。先說壞消息：你的舊有習慣並不會就此消失；它們彷彿永久刻印在大腦的某一裂縫中。而我們將在此裂縫旁建立新的習慣。一旦你將耳朵和嘴巴訓練至能正確（聽）發出所學語言的音調，你的接下來任務便是用新口音來學習每一個新單字。最終，你會發現腦袋裡並存了兩種聲音——一個是舊有拙劣的發音，另一個為出色的新發音。當你持續且有意地選擇使用新發音來學習新單字，你將增強你的良好習慣，直至某天，比起舊有的壞習慣，你對這些新發音能感覺更熟悉和自在。一些「bawn-JUREs」式的發音或許偶爾仍會從你的嘴巴脫口而出，但大體上，你將擁有讓人驚歎的一流口音，而這便足以擄獲你心儀的那位柬埔寨超級女模的芳心。

　　所以，你該如何學習新的發音呢？演員和歌手們究竟深諳哪些旁人所不知的祕技呢？事情並沒有你想像中的那麼複雜。我們只是了解，我們所發出的聲音是藉由嘴巴裡的肌肉運動而產生。我們學會注意自己舌頭和嘴唇每天的活動方式，並以一些新的方法結合這些律動。舉例來說，當你發出「Boo!」中「oo」的聲音，你的嘴唇會呈現圓形。若你維持此唇形並試著發出「see」中「ee」的音，便會產生一種稀奇古怪的聲音。這就是一個新母音，你會在法文單字的字尾，像是「fondue（火鍋）」中發現這個聲音。若你稍加練習，你就可以在派對中表現得像個做作賣弄的傢伙了。（「不好意思噢，你說你吃了什麼？Fawn-Dew？我想你指的是Fondue吧？噢，我聽懂你的意思了！」）

　　若要掌控你的嘴巴，你需要先了解一些資訊。你必須知道每當你張嘴說話時，你的嘴巴究竟是如何運作。這些資訊並不易親近，因為它們隱藏在相當高深莫測的語言學專門術語裡。像是「清會厭擦音」（voiceless epiglottal fricative）這類術語往往讓人感到不知所云，因此大多數的人被迫仰賴一些次等、不清不楚的描述：「這個發音是發像『ch』的音，或像是蘇格蘭人說『Loch（湖）』這個字的聲音，只不過要從喉嚨更深處發出，也有點像是漱口時發出的聲音。」我製作了一系列能幫助你取得必要發音資訊的YouTube影片（Fluent-Forever.com/chapter3）。請仔細觀賞這些影片。影片總長共三十五分鐘，看完後你將了解你的嘴巴是如何運作發音。

　　在這些影片中，我使用了非常重要的學習工具，即國際音標（International Phonetic Alphabet, IPA）。這套音標系統是法國人所

創設的；他們為了處理像是法文單字haies（籬笆）的五個字母中有四個不發音（讀作「eh」）的情況而試圖找出解決辦法。他們設計的國際音標有兩個很棒的特點：它將各種語言轉變為簡易可讀的聲音，並讓你清楚明白如何發出每一種音。在英語中，單字too裡的「oo」音有十種不同的拼法，但在國際音標裡只有一種，恆常為：u。

> 雜亂的英語拼法：food, dude, flu, flew, fruit, blue, to, shoe, move, tomb, group, through
>
> 統一的國際音標拼法：**fud**, **dud**, **flu**, **flu**, **fɹut**, **blu**, **tu**, **ʃu**, **muv**, **tum**, **grup**, θɹu

每一個國際音標的字母不僅代表一種聲音，也是一套說明如何發出該聲音的指南。這對學習發音有無敵幫助。在我開始學匈牙利語時，我會到維基百科的網頁上查找這個語言的發音方式。匈牙利語中有一些奇特的發音，像是ɟ，但基本上這就是英語單字jar中j的發音，若你再把舌頭前端碰觸下齒便是了。在我和匈牙利人的會話中，我從未發出這個音，也從來沒有人告訴我要把舌頭放在這個隱密的位置。國際音標符號為我清楚地拼出發音，它想必也會帶給你莫大助益。

在此有兩道學習屏障：國際音標裡通常有許多惱人的專業術語，且它使用的符號模樣怪異。我無法刪除這些符號——英語使用二十六個字母拼出四十二個語音；音標系統需要額外的代表符號，但我能告訴你繞過這些術語的方法。一般來說，你只需要三種發音資訊就能發出任何語音：你必須了解怎麼運用你的舌頭、

嘴唇和聲帶，這一點都不複雜。聲帶的振動開關時而開啟，時而關閉；就這麼一回事──這便是「ssss」和「zzzz」發音唯一的差別。另外，當你發母音時，你的嘴唇基本上是呈現「oo」音的圓形或否。就這麼簡單！除此之外的國際音標著重在舌頭的擺放位置和變化。

在本書附錄四，我附上了國際音標解碼表。當你碰見一些難懂的古怪發音時，你不妨上維基百科搜尋所學語言的發音內容（例如，「西班牙語的國際音標」或「斯瓦希里語（Swahili）的國際音標」）並比照本書的解碼表。這張表會清楚告訴你如何運用你的舌頭、嘴唇和聲帶；它就像一個能將陌生單字轉變為一系列舌頭、嘴唇和聲帶位置的萬用解譯工具。加上你新訓練的耳朵，你將能輕鬆唸出所學語言的每一個新發音。

反向鏈結：如何讓你的嘴巴唸出饒舌的單字

你盡責地學會了每一個新發音，接著迫不及待翻開你的課本，迎面而來一個德文單字Höchstgeschwindigkeitsbegrenzung（最高限速）。現在該怎麼辦呢？各別字母的發音都不難，但要如何讓你的舌頭一連穿越重重關卡？

從尾端開始吧！先發字尾的音，再一次加入一個字母直到你能唸出完整的單字。讓我們先試試「畏縮（flinch）」的俄文單字發音（造句「每當我看見這個單字，我便感到畏縮」）──讀作vzdrognu。這個字的發音在母音前有四個一連串的子音。跳過！我們將從字尾著手。當你很難一次順暢唸出「vzdrognu」時，你可以先發字尾「nu」的音。再往回加入一個字母，練習

「gnu」的發音。每一次能流暢唸出時，再慢慢擴增、一次加入一
個字母：

　　o…gnu…ognu

　　r…ognu…rognu

　　d…rognu…drognu

　　z…drognu…zdrognu（這部份需要一點技巧；你先發出如蜜
　　蜂嗡嗡叫的聲音──「zzzzz」──再接著唸「drognu」。便
　　會得出 Zdrognu 的音！）

　　v…zdrognu…vzdrognu（一樣的狀況：「vvvvvzzzzz-drognu」
　　加快十倍速度唸出。）

　　這種方式稱為反向鏈結，也是資深歌手用以展現神奇舌頭的
發音竅門。你不斷使用肌肉的記憶來誘使你的舌頭伸縮變換、作
出以往難以達成的姿勢。你的舌頭無法一次應付八個新發音，但
它可以處理兩個近似聲音形成的個別新組合。若你將冗長、困難
的單字拆解成少量、簡單的片段，你將發現你的舌頭彷彿能表演
厲害的雜耍特技。

舌頭特技

反向鏈結也是繞口令的構成規則。你可以用串連字母的方式同
樣連結單字。你不妨挑戰以下這段經典的捷克繞口令：Strč prst
skrz krk（意指「把你的手指伸進喉嚨裡」）。

　　你也許會納悶，為什麼我們要從字尾著手呢？我們也可以從字首「v」開始發音啊，再慢慢推進「vz」、「vzd」、「vzdr」……。是的，你也可以這樣做，但根據我的自身經驗，這種發音效果並不好。藉由反向鏈結，能讓你每新增一個字母時都能再練習一次字尾的發音，是以，正確且流利地唸出完整單字會變得愈來愈簡單。你只需要留意字首片刻（例如H…），接著就讓舌頭自動流轉出剩下的部分（…öchstgeschwindigkeitsbegrenzung！）。儘可能讓字尾的發音變得簡單和熟悉，如此一來，你就不會迷失在舌頭打結的窘境中。

關鍵摘要

- 印象很重要，而你的口音表現出你在任何語言中的第一印象。道地口音的與否會造成兩種不同結局：一是用法文起始，但卻轉為英語進行的會話，另一是完整的全法文對話。
- 藉由原始素材——舌頭、嘴唇和聲帶的位置來練習所學語言的發音，進而精進你的口音。你能在國際音標（IPA）中取得相關資訊。
- 當你遇到困難的單字發音時，使用反向鏈結將單字拆解再合併，如此練習至你的舌頭能流暢唸出這個字的發音為止。

鍛鍊你的眼睛、發現文字的模式

　　我有一個拼字檢查工具，

它配載在我的個人電腦裡。

我的時事劇如四個平坦的避風印記（It plane lee marks four my revue）（正確拼法應為 It plainly marks for my review〔它在我的文章清楚標示出〕）

想念牛排的心能收束一片汪洋（Miss steaks aye can knot sea.）（Mistakes I cannot see.〔我沒發現的錯誤。〕）

眼睛流淌過這首詩篇便拋諸遠方（Eye ran this poem threw it,）（I ran this poem through it,〔我讓它為我校正這首詩，〕）

不，你開心旋轉了兩圈（You sure reel glad two no.）（You're sure real glad to know〔想必你真切開心。〕）

變化在存在中優美（Its vary polished in it's weigh.）（It's very polished in this way〔這樣的文字非常優美。〕）

我的檢字工具因我鳴響（My checker tolled me sew...）（My checker told me so〔我的拼字檢查工具如此對我說道……〕）

　　——傑洛德（Jerrold H. Zar，「普立茲獎候選人」〔*Candidate for a Pulitzer Price*〕「驚喜母雞候選人」〔*Candidate for a Pullet Surprise*〕）摘錄

　　你明白如何訓練你的耳朵聽見新的聲音，也了解怎麼讓你的嘴巴發出這些聲音。但你怎麼知道要發出哪些聲音呢？你必須想辦法將語言的文字系統連結至你的耳朵和嘴巴。

　　但請再等等。假若你只想練就口說能力呢？孩童在學習語言時並不需要先學會閱讀呀！大人為何不可依樣畫葫蘆？

　　我們的確可以，但這工程太耗時且昂貴了。小孩花了成千上萬個小時聆聽和觀看大人們的口說表達來學習語言。大人們為孩

童提供了免費的示範教學，但相反地，若你要從同一群大人身上得到相同的資源，那可所費不貲。

相對而言，文字資源隨手可得且不需花費一毛錢。即便你不打算要閱讀法文書籍，你也能從谷歌圖片為每一個所學單字找到上千張附有圖片的範例。這簡直是棒透的學習資源。文字資源會伴隨的問題是危機四伏的破碎單字——例如前述的 Dekart（發音）與 Descartes（文字）——而這是我們必須克服的項目。

這項挑戰在每種語言中各不相同，因為每種語言在拼法和發音間呈現出程度不一的相關性。英語在拼字系統中是相當顧人怨的語言——甚至可謂瘋狂——但即便如此，英語仍是以（龐大的一套）可靠規則運作，這便是為什麼就算面對虛擬單字，例如 ghight, phime, moughtation，你也能猜測出這些單字的發音。在中文裡，單一文字所指的便是完整的意義而不是聲音，但你會發現文字中往往藏有發音的暗示，這種特色讓中文母語人士（和中文進階程度的學生）能推測新字形的發音。每一種語言都有各自的文字模式，若我們能吸收這些模式，學習任務將會輕鬆不少。

若我們清楚明白自己正在進行的任務為何，那麼事情就會變得輕而易舉。我們對內化模式非常拿手——連五歲小孩都知道 dog 的複數要唸作 dogz、cat 則會發 cats 的音。學習新模式唯有一個先決條件：當它經過時，我們必須注意到它的存在。

我們能用許多方法辦到——例如，從錄音帶中找出所見新單字的發音，但最佳的達成方式是備有一套音標系統。這並非意味發音錄音帶沒有幫助，我覺得它們很棒（甚至可說是必備款）！只是有時候我們必須提前知道所聽單字的文字樣貌。我們已知道

中文裡的發音線索

中文裡超過百分之八十的字都含有發音線索。舉例來說,「沐」這個字裡有同樣發音的「木」。若你能掌握和熟識基本的中文字,你就能合理猜測出新字的發音。中文字也往往包含了本身意義的線索:例如,「木」和「森」。中文可說是相當奧妙的文字系統。

了一套不錯的音標系統——國際音標,但特定的發音並不是它所傳達的重點資訊。唉,若你清楚知道bonjour在法國人口中是如何發音,你還是可以使用「bawn-JURE」的發音標註[3]。我們要找出一種方法能看見耳朵所聽見的聲音及沒有聽見的聲音。

　　我們的眼睛是輸入資訊的重要源頭。若我們不加留意,眼睛會讓耳朵處於粗心的狀態,而粗心便無法讓我們學到所需的模式。我曾讓一位友人觀看一張我的法文記憶字卡。那張字卡上有一隻貓咪的圖片,底下寫著法文字chat(貓)且可播放出這個單字的讀法。

　　「Shah,」錄音檔唸出(chat中t不發音)。

　　「Shot,」那位朋友跟著覆述。

　　「不對,是讀成Shah,」我糾正他。

　　「噢。原來如此,」他回應道。「Shaht.」

---

[3]　但認真說,請不要使用「bawn-JURE」的發音。拜託!

我常常會在學習英語的同學身上遇到以上狀況。當他看到單字英語 listen 時，總是沒辦法立即唸出「lissen」的音。這種問題在他們學習音標系統後才迎刃而解。當他們看到 lɪsn，沒有人會再把「listen」中的 t 讀出聲音。

每當我學習一種語言，我往往會將發音錄音帶和音標系統並用；至少要讓住在大腦中的法文小巨人能像個法國人一般說話才行。到了那種程度，我便會把發音錄音帶擱置一旁，只倚靠音標系統。若我的語言發音非常純熟道地時，我才會逐步捨棄音標系統。

你需要學習一套新的音標系統嗎？答案是不盡然，尤其是你所學的語言具有相對簡單和嚴謹的拼法規則，像是西班牙文和匈牙利文，那麼你可以只仰賴發音錄音帶。但就算如此，音標系統也能在兩方面帶給你較輕鬆的學習：當發音規則出現時，它能幫助你看和聽——你讀著文字 wugs，但能發「wugz」的音——此外，它提供你再一次熟記的機會。由於我們多變的記憶力，音標系統的功能會讓你的學習任務輕鬆一些。學得愈多，你的學習任務將更省力。

做的愈多、學習愈輕鬆：學習的悖論

表面上，你看似需要做非常多事情。你要在你的耳朵、嘴巴，拼法和音標系統間建立連結。我曾保證會讓你得到輕鬆和快速的學習方法且交給你一大堆學習的新事物。與其直接丟給你一個單字，例如 rue（讀作「rew」，法文街道的意思），我反而想告訴你以下的訊息：

r

法文拼法：r

國際音標符號：顛倒的R: ʁ

舌頭位置（參照附錄四）：舌頭往回縮並碰觸到你的腭垂
（uvula，小舌），比發「k」時的位置更後方。

子音類型（參照附錄四）：顫音。讓你的腭垂倚著舌頭快速
地上下擺動

聲帶（參照附錄四）：振動

ue

國際音標符號：y

舌頭位置（參照附錄四）：舌頭向前抬升，像發「ee」的音

唇形（參照附錄四）：圓形，像發「oo」的音

我們還沒完整唸出這個單字的發音。搞什麼呢？

我是故意這樣做的，原因在此：你學得愈多，你愈能輕鬆掌
握；且就長期而言，你愈不用花時間重頭來過。若你正努力讓新
語言的「外國」音調變得熟悉，那麼最簡單和快速的方法便是竭
盡所能地多學習那些發音。

你能在每一種學習科目中發現這種現象。小時候我非常喜歡
數學。因為數學裡有一種很奇妙的特性，那便是所有的事物都具
有連結性。你背記著三乘四等於十二，接著你學到四乘三也會等
於十二，最終你明白你可以調換乘數和被乘數的位置。你發現不
管是三乘四，或四乘三都只不過是某個更龐大事物的例證——某
個抽象、流動，名為乘法運算的模式，而每一個新的例子都能幫

助你將這個巨大模式牢記腦中。這個模式會隨著你學的每一樣新知識而有些許更動和差異。不久後，你逐漸明白乘法和除法、指數、分數彼此間的關聯。最終你的龐大乘法模式成為另一個更巨大流動模式的一小部分——即數學小宇宙。

只要我能將每一個所學的新知識與這個小宇宙連結，我便能輕鬆學習數學。而我發現那些覺得數學很困難的同學們並非與數學對抗；而是與關聯性對抗。他們努力記住等式後的結果，但卻從來沒有人能讓他們明白那些等式是如何與其他所學知識連結。他們的學習註定艱辛。

在他們學習數學的某一刻，那個互相連結的數學小宇宙崩裂成許多碎片，而他們努力地逐一學習那些斷簡殘篇——那是極為艱澀的邏輯命題啊。有誰能記住六角柱的體積公式？你要如何讓自己因為喜歡它而記住它？

當你能發現所有的數學知識碎片都是互相關聯的，你便能輕鬆學習——明白乘法與長方形面積的關聯、長方形面積與三角形、梯形的關聯，而角柱體積又是如何倒推連結至乘法。我不必死記大量的公式；因為這些公式只不過是某個超級無敵龐大模式的例證。

數學困難的原因也能相應於語言的學習。在某一刻你漏失了關聯性，而若沒有人回到最根本處，引領你、告訴你這當中存在的連結，那麼你註定要死記許多零碎無用的公式。

我們知道箇中原因；我們討論過記憶的自然運作方式。每當我們連結兩種記憶，我們便強化了它們——同步發射的神經元串連在一起。若你學會法文單字mère（母親）中的è發音是

「eh」，你便建立了一種連結。你接著學到 lait（牛奶）中 ai 的發音也是讀作「eh」，你就建立了三種連結：「eh」與 lait、「eh」和 mère，及 lait 與 mère 的連結。這種關係比你原本的 è =「eh」還來得易記。藉由加入更多片段一併學習，你也讓自己的學習任務變得更輕鬆。你學得愈快也代表歷經一段時間後，你將愈不費力。

　　當然了，這種關係也有限度。建造記憶就像一門藝術；講求平衡。你大可以花上好幾天鑽研有關「eh」發音的各種細瑣知識，但這不盡然對你的法語學習有幫助。但另一方面，若你省略這道連結工夫，只是埋頭苦記一大串法文單字，你就像回到數學課堂上猛記一堆公式般。你該怎麼分辨學愈多愈省力，和學愈多只是徒然費力的界線呢？

　　關鍵便是關聯性。若你覺得某樣事物很有用，那麼它便值得學習。反之亦然。在本書附錄四，我提供了國際音標的解碼方法，但若你習慣使用的教科書或字典並未使用國際音標，那你就不要死記國際音標的符號（只要當作參考即可）。[4] 若你已清楚知道如何發出「ee」的音（你也確實能讀出），那你就不需掛心舌頭的擺放位置。相反地，若某個語音聽起來仍相當陌生和困難，那就瘋狂練習吧，把所有的知識都試著牢記；學習它的拼法、它在你嘴巴裡的變化、這個聲音與其他發音的相關性等等。仔細觀察你的字典是如何標示這個發音，並找出一些範例單字。竭盡

---

[4] 坦白說，我的國際音標解碼表缺少了一部分內容，因為我假設你或許不需要使用非洲語言中的吸氣音。

所能地學習；你做得愈多，往後你會愈省力。這就是魔法般的力量。

關鍵摘要

- 每一種語言都存在拼法與聲音的連結模式。若你能內化此模式，並能不假思索地運用，那麼你的學習工作將變得省力不少。
- 內化模式最簡單的方式便是使用間隔重複系統（SRS）。為你所需的拼法模式建立記憶字卡。
- 學習過程中，請儘可能多方面接觸你感覺陌生的音調與複雜的語言模式——從單字的拼法到聲音，甚至每個語音在你嘴巴裡的發音位置。你利用的是學習的奇特點：學得愈多愈省力。

現在就開始：學習所學語言的聲音系統

你不必然要花太多時間學習語言的聲音系統。若你正在學習西班牙語，你可以在聽一些發音錄音帶、閱讀範例單字和各別的拼法後，就進入到學習字彙的階段。但若你學的是阿拉伯語，你就多了一些功課。

名為功課，或許有點言過其實。我發現和聲音一起工作是件非常有成就感和開心的事，但我不認為這僅是因為我是一名歌手的緣故。我認為應該反過來說。聲音是我們連結思想與身體的方式。當我們看見一隻老鷹翱翔天際時，我們轉向身邊夥伴，舌頭

緩緩抬升、嘴唇張啟，聲帶也跟著參與。「老鷹！」根據盧梭的說法，當我們學會一種口音，便是呈現出語言的靈魂。因此這不是功課；這是情感的交流。

讓我們試著交流吧。在本書末，你會看見相關集錦。你能在當中學習製作發音記憶字卡的方法，但你的使用程度範圍（或你是否會採納使用）取決於你選擇的道路。

發音有兩條學習道路：標準路徑和特殊路徑。標準道路使用出版資源：配有光碟的文法書或是特定書籍／針對發音的光碟大補帖。若你的文法書附有光碟，那麼發音訓練很有可能分散在文法書中的各個章節裡。請先跳過字彙和文法，直接研讀發音的部分。仔細聆聽和模仿光碟片中的發音，直到你把所有發音內容完成為止。若你的文法書只有文字敘述，那麼請考慮取得一本附有光碟片的發音書籍重頭到尾練習一遍。若你無法克服特定的發音和拼法，你可以到本書集錦中挑選你所需的記憶字卡。

另一條特殊路徑需要用到我們已知的工具——鍛鍊耳朵的最小對立體測驗、國際音標發音指南及幫助我們記憶的間隔重複系統，藉由它們建立發音的訓練器材。這些訓練器材能不斷鍛鍊你的耳朵聽見語言的音調，再將這些音調連結至語言的拼法模式，最後再以間隔重複系統把所有內容注入你的腦袋。

為了能讓你的學習任務變得更輕鬆一些，我處理了較單調苦悶的部分；我也會竭盡所能地儘快擴充各種語言的訓練器材。若你要學的語言已收錄其中，請好好把握利用。這些訓練器材比市面上販售的發音指南便宜，也比標準路徑更有效果（且更快速）。若你使用這些器材，你可以先不必新增你的記憶字卡；你

只要下載安裝這些工具，接著你將在幾週內熟練發音。

　　若你還沒準備齊全（或你偏好自己動手做），請跳閱第一個集錦，我會教導你在幾小時內製作專屬於你的發音器材。你會利用到各種資源的組合。

資源

發音工具庫的快速導覽

（請至網頁 Fluent-Forever.com）

　　發音資源是一個大雜燴。某些教科書開宗明義便花了一整個章節詳盡講述字母表、拼法和發音，並附加各個音素、最小對立體、範例單字和句子的光碟片。而另一些教材則是簡短概述（例如「法語中的一些母音和鼻音」）便跳述其他內容。以下是你能快速取用的資源：

免費資源

重要的學習工具！── Forvo.com（有免費的單字音檔）：最要緊的事──熟悉 Forvo.com 的使用介面與內容。這是一套免費、收錄三百種語言，超過兩百萬個由母語人士發音單字的系統。當你開始著手製作記憶字卡，Forvo 會成為你的好朋友。若你使用的是 Anki 軟體，你可以將 Forvo 中的錄音檔添置至你的記憶字卡中。若你使用萊

Rhinospike 注意事項

以英語錄音告示需求會較快達成。這也是系統鼓勵使用者協助錄音的方式。

特納學習卡片箱，請每週至少檢閱你的字彙表一次，大聲朗誦你的新單字，並在 Forvo 中找出它們的發音，若你唸的和錄音檔不同，請反覆加強練習。當你總是能發出正確的音時，你可以不再逐一確認，但屆時也請繼續保持練習。擁有不標準的發音不可能邁向語言精通，因為這就像另一種「曲高和寡」。

Rhinospike.com（有免費的句子錄音檔）：Rhinospike 是方便取得母語人士發音的網站。你只要送出內容，便會有人為你錄製發音，而完成時間通常在一天至兩天內。若你的教科書裡列出了許多成對字彙，但卻沒有提供發音檔案，你就可以到 Rhinospike 請人幫忙為你錄製發音。它也提供完整句子的錄音檔，所以，如果你的教科書中有一些例句，你不妨也將它們鍵入 Rhinospike。

重要的學習工具！──我的 YouTube 發音系列影片（Fluent-Forever.com/chapter3）：請前往參考。這些影片會為你導覽嘴巴的發音運作和國際音標。除了把發音變得更易理解，也能讓你獲取極其重要的發音工具：國際音標。

重要的學習工具！──維基百科中西班牙語的國際音標、法語的國際音標等等，這些是在前篇幅中曾提到的工具。你能把其中的範例單字複製至每一種發音上，且可參照附錄四來理解所學語言中較奇特發音。

維基詞典（Wiktionary.org）：它已漸漸成為許多語言的好幫手。很多單字中都附有國際音標的發音條目。

線上字典（其他）：每一種語言都有不少線上字典，某些的功能完善強大。我在我的網站中收錄了不少出色線上字典的網址連結。若你使用 Anki 軟體，附有發音資訊的數位版字典將會成為你的方便助手；你可以輸入單字、複製發音內容再直接貼入你的記憶字卡中。

YouTube 的資源混雜且品質不一。但我發現，當你提出類似「我該如何發出西班牙文 r 的捲舌音？」的問題時，YouTube 能給予相當有用的幫助。你得到的答案不盡然是來自於專家學者，反而往往是母語人士提供的獨門訣竅。

美國國務院外交學院（The Foreign Service Institute / fsi-language-courses.org） 擁有四十一種語言的免費資源，附有錄音檔的公用線上教科書。此外，大多數的語言都包含詳盡的發音說明、最小對立體測驗、拼寫規則和練習題。這些教材年代久遠，有些甚至非常枯燥乏味，但其發音檔案的內容品質卻無可挑剔。若你可以保持清醒學習完當中的內容，你一定可以得到必要的收穫。

付費資源

我的發音訓練器材（Fluent-Forever.com/chapter3） 提供最小對立體測驗、拼寫規則、範例單字，以及足以把聲音和拼寫模式深植入你腦袋的大量字彙。這些器材適用於 Anki 軟體，當你使用一段時間後，你將熟識 Anki 軟體的運作方式（接著就可準備開始製作你的專屬記憶字卡了）。

ITALKI.COM能讓你與母語人士接觸學習，而你只要花一點
點錢或等量時間的語言交換即可。你可以逐一唸出所學語言的單
字，再請他們協助矯正發音。這種練習對發音幫助良多。

一本出色的發音指南書附有發音光碟片，並提供嘴巴和舌頭
的發音圖表。它將伴隨你走過所學語言的整套發音系統。出色的
發音指南也往往會收錄最小對立體測驗。但並不是每一種語言都
能找到此類書籍。

一本非常棒的教科書／光碟大補帖會從發音入門開始講述，
並提供重要的學習資訊。

一本好字典會簡介其使用的音標系統，呈現的內容範圍可能
是數個代表性符號或整套的國際音標（或出版商決定的完整內
容），對拼寫規則也有充分的說明。若你購買的是含有清楚發音
資訊的實體字典，那麼當你著手製作記憶字卡時，你便能方便參
照裡頭的範例單字。

給中階程度學習者

某些中階程度的語言學習者非常幸運。他們跟隨著講求完美
發音習慣的老師們一路學習，因此，奠定了穩固的學習基礎。對
於聽出所學語言的音調對他們而言沒有什麼困難，他們擁有良好
的發音且在發音和單字拼法的連結上建立了直覺力。但另一些人
卻沒那麼幸運了。

你必須先誠實考核自己的能力，再進而挑選所需的學習工
具。假設你很難聽出所學語言中近似發音的差別（例如，法文單
字roux〔紅色〕和rue〔街道〕之間的不同），那麼你就該使用

最小對立體測驗來幫助學習。利用任何一種我的發音訓練器材；你的需要便是那些工具存在的目的。

　　若你的語言聽力沒有太大的問題，但你無法道地順暢地唸出這些聲音，請參考本書附錄四的內容，或到italki.com尋求個人家教來訓練你的發音，目標是讓你所學語言的聲音全然融入你的嘴巴。

　　若你記不得哪一個拼法會發出哪一個音，請使用第一個集錦中的記憶字卡。

　　你現在所投注的心力將為你未來的學習旅程帶來加速進步。這也讓母語人士能以該語言和你交談，而非想早早轉換成英語對你溝通。

第四章
單字遊戲與單字的交響樂

說話就像在想像力的鍵盤上敲響一個個音符。

——路德維希・維根斯坦（Ludwig Wittgenstein）

天啊，真服了法國人！所有的事物對他們而言，都有不同的單字。

——美國演員史提夫・馬丁（Steve Martin）

　　單字表面上看起來非常單純。我們手指向一頭毛絨絨的動物並為它取一個名稱。狗。一個單字便誕生了。

　　然而，這只是完整故事的切片。我們在上一章中學會聆聽語言的發音，但我們還沒領會語言的樂曲。而這是邁向流利的必經之路。我們期盼能不思考文法和翻譯，暢所欲言，這種能力的關鍵就隱藏在每一個單字的表層下，在此，若我們學會了聆聽的方法，我們將聽見一首悠然靜謐的交響樂。

　　你將在本章中拾取這首交響樂的聆聽工具。這些工具能讓你明白當法國人描述「déjeuner」（午餐）時腦中浮現什麼畫面，也會賦予你基本的必備文法概念，讓你能談論「déjeuner」的話題。我們進而會討論哪些單字必須優先學習和該如何輕鬆地學會這些單字。你將在學習之初便學會略過翻譯，以新語言思考的

方法。

　　言歸正傳，單字的表面下究竟暗藏了什麼呢？

　　一個單字在你的大腦裡包含了所有過往連結的不同神經樣態。你對「狗」這個字的認知是由每一個你曾見到、聽到或讀到的片段所組成。它藉由數千種你我並未共享的經驗塑造而成，然而，當我們說起「狗」時，我們的大腦大致上是以相同的方式理解這個字的意思。

　　單字，說穿了，就是我們的集體大腦。身為一個群體，我們指向某事物並說出相應的單字，如此反覆直到彼此的大腦和思維方式協調為止——但思維就像是規模龐大的管弦樂隊，照理說，身處洛杉磯的中提琴手不可能聽見位在賓夕法尼亞州的小提琴手的樂音，儘管如此，我們還是辦到了，我們始終彈奏出完美無瑕的一致旋律與節拍。正是單字，不可思議地完成了不可能的任務。

　　我們演奏的和弦並不簡單；它們包含了數千個音符，且將發音和拼法連結至意義和文法。文法負責演奏低音：在英語中，我們絕不會使用「an dog」（冠詞錯誤）或「dog」（狗是可數名詞），我們會說「an elephant」（一頭大象）或「beer」（啤酒為物質名詞，不可數）。這便是「狗」（a dog）的文法，它縈繞在我們的腦袋裡——就像大提琴奏出蕩氣迴腸的音調。

　　發音和拼法自然也參與了演奏隊伍。它們很有可能是負責木管樂器組的成員；因為它們的貢獻，我們能不假思索地寫出「d-o-g-s」（狗的複數），然後發「dawgz」的音。

　　單字意思則擔綱演奏旋律主調，然而，這可不是一首簡易小

曲；它是圖像、情境和關聯單字組成的大雜燴。若我指著一團汪汪叫的絨毛球體說「狗」，你會同意。「是的，」你會說「這是一隻狗」。接著，我指向一頭大型丹麥獵犬並說「狗」，你仍不會表示異議。我甚至可以造出這樣的句子「他展現了頑強的決心（dogged determination），最後贏得比賽。」你同樣能理解意思，即便在故事情境中並沒有出現真正的狗。

在英語中，「dog」除了有二十多種定義外，還有許多的親近單字。當你的大腦接收到「dog」這個單字時，一千多個親近字會預備好、蓄勢待發，而其他一萬多個不相關的單字則會撤退隱蔽。狗汪汪吠叫（bark），一般不會以叫喊（yell）和咆哮（shout）來描述。你可以堅持不懈地（doggedly）追求某人，但你通常不會堅持不懈地（doggedly）吃一條三明治，即便這份三明治無比巨大。單字會自動湊在一起，而你也能憑直覺知曉哪些單字適合，哪些則否。

這些零碎的片段——一小段文法、發音、拼法、意義和相關聯的單字，都含納在這首名為「狗」的廣闊交響樂中。但從我告訴你俄文的「狗」唸作sobaka的那一刻起，這首完整的交響樂便瞬間崩解為單一、不成調的小號獨奏。叭……

俄國的狗不是你的忠實伙伴

你能夠說得流利是因為你的單字會自動互相搭配。當你想到「狗」時，你立刻擁有上千個可能會在你接下來的情境描述中所使用的單字。你腦海中的狗也許會汪汪吠叫，或是像靈犬萊西會營救掉入井中的小主人。你對「狗」的認知佈滿了多層次的直

覺，然而，當你把這個單字轉換成其他語言時，你便頓然失去了這些直覺能力。

為什麼呢？因為翻譯會將單字的樂曲刮落殆盡。

這首「狗」的交響樂僅存在於我們的母語世界：除此之外，沒有人能聽得見。我在俄語學校學習時，我們曾欣賞一部內容講述主人公喝得酩酊大醉，忘了帶隨身獵槍而被sobaka（狗）吃掉的電影。血淋淋至極，一點都不誇張。在英語世界中，狗是人類最要好的朋友；但在俄語裡，sobaka（狗）是徒留下一雙印滿齒痕靴子的禽獸。

雖然我說sobaka是俄語「狗」的意思，但並不全然正確。就算知道吉娃娃和丹麥獵犬也是sobaka的一種，我們仍缺少許多管絃樂隊的成員。文法、發音都不見蹤影。拼法到哪兒去了呢？這個單字有其他的意思嗎？「頑強的決心」（dogged determination）絕對無法依樣畫葫蘆，成為「sobaka-ed determination」。此外，那些讓sobaka（狗）在你的嘴巴和心中活靈活現的親近單字又在哪兒呢？

讓我們學會聽見新單字中的交響樂吧！一旦你聽見了這些聲音，你絕不會想再欣賞翻譯的演奏——那吹得七零八落的小號表演者。

學習的入口：我們不常提到杏桃（APRICOTS）

某些人很擅長言詞，而某些人…呃…不擅長。

——美國演員史提夫・馬丁（Steve Martin）

在你明白要學習哪些單字之前，你尚無法聽出新單字中的樂曲。你該如何知道要從哪裡起步呢？

並非所有的單字都生而平等；我們使用某些單字的頻率遠遠高過了另些單字。英語至少有二十五萬個單字，但若你只知道常用的前一百名，基本上你已能看懂大半的閱讀單字。我們從常用單字中能獲得不少學習助益。

嚴格說來，這些常用單字裡有許多所謂的虛詞（function word）──像是忠心耿耿的be, of, in, on等──它們在每一種語言中各發揮不同的功能，是以，你無法從此處著手。你必須先具備幾個單字才能套入這些功能詞。撇開功能詞不論，你會發現仍有一小批你始終使用著的有用且簡單的單字。

這些單字是學習語言的絕佳入口，因為它們無所不在。這些單字能讓你的學習更具效率，因為你並非浪費時間和罕見的單字交手。你在生活中說到「母親」這個單字的機會比「姪女」高出七十九倍，那何不優先學習「母親」，之後再記「姪女」呢？

文法書和語言課堂上往往不依從這種原則，部分原因是根據主題，例如「家庭篇」和「水果篇」來規劃課程較容易。因此，不管單字的實用性，你會在文法書中看見「母親」和「姪女」並列在同一位置。在語言課堂上學習「杏桃」、「桃子」這類單字，還不如將時間善用在學習筆電、醫藥和能源等相關字彙。這些才是與我們的生活息息相關的單字呀，何不先學會呢？

開始運用常用單字表吧。研究人員採集了數量龐大的文本──數百萬個來自電視劇本、小說、報紙、網路、新聞播報、學術期刊和雜誌等的單字，並將它們全數輸入電腦。電腦統計了這

些單字，就像從沙石中淘選出黃金：語言的單字重要度排行。

這是了不起的學習工具。只要記住一千個單字，你就能看懂近百分之七十五的閱讀單字。

擴充至兩千字，單字識讀度就達到百分之八十。或許你猜到了，不久後你會面臨報酬遞減（diminishing returns），儘管如此，常用單字表仍為你奠立了極佳的語言基礎。

在實際運用上，常用單字表也具有相當吊詭的一面。在你還無法處理教科書中那些「簡單的」練習題前，你卻具備了談論複雜話題的能力。我去俄語沉浸教學的課程報到時，事先牢記了俄語的前一千個常用單字。我在入學考試中必須回答兩道申論題：

問題一：「你將舉辦一場派對，你會採買什麼物品？請列出你的採買清單。」

問題二：「教師的薪資是否應依據學生的學習成果而幅度調整？」

我的第一題作答簡直讓我無地自容。我的字彙庫中幾乎沒有採買清單的適當單字。我窘迫地寫下這樣的回答「我會買肉！很多很多肉。雞肉、牛肉和豬肉！真是美味啊！有各式各樣的肉。還有⋯⋯啤酒！伏特加！當然還有好幾瓶葡萄酒！對了，我也會買麵包搭配起司！」唉。

我的第二題作答整整寫了四頁篇幅，內容漫談美國政策和媒體對社會輿論的影響。學校最後將我分派到進階程度的班級。我在幾週內學會了漏掉的字彙，現在我的採買清單可就豐富多了。

　　常用單字表並不是字彙學習的結尾，你最終還是會希望能談談你的「姪女」和她愛吃的「杏桃」，但這是理想的學習入口。我們已了解發音的概要，因此，你不需要藉助母語就能學會許多常用單字；俄國的狗或許不是我們最要好的朋友，但牠們的樣貌並不因為語言而有任何差別。你可以單就圖片本身來學習這些單字。

　　所以我們該如何著手呢？

　　每一種語言的常用單字不盡相同；學習俄語就不太需要「共和黨」這個單字，同樣地，「蘇維埃集體農莊」並不常出現在西班牙語中。每種語言都有專屬的常用單字表（Routledge 出版社推出的常用字字典可謂箇中翹楚），這串列表的迷人之處在於它決定收錄的單字及排除的單字。

　　可惜這些單字表可能流於冗長。至少在學習之初，你需要的是容易視覺化的單字——像是「公車」和「母親」。你一定能在你的常用單字表中找到這些單字，但前提是你必須在數百個功能詞（像是「the」）和抽象單字（像是「社會」）裡挖掘翻找。這非常費時且乏味，而這便是我提供你捷徑的原因。

　　儘管各語言間存在差異，但每一種語言的常用單字卻有相當部分的重疊。我們將利用重疊處來節省時間。在附錄五，你會看見一串六百二十五個英文單字的入門列表。這些單字非常實用、易於視覺化且能立即翻譯——例如「狗」、「學校」、「汽車」、「城市」等。我會指引你如何將這些單字製作成記憶字卡，並佐以圖片（零翻譯）置入你的間隔重複系統中。

由於你的記憶字卡上沒有任何母語提示，所以你將學會看見一隻狗的圖片後，就能立刻想起所學語言的對應單字。過程中不會有惱人的翻譯步驟干擾，這因此會為你帶來豐盛的學習果實。第一，你能鞏固在前一章中所奠立的發音基礎。每學一個單字，你就會愈漸熟悉所學語言的發音和拼字系統。因此，你會發現單字變得愈來愈容易記住。

第二，你也會習慣連結發音至圖片和概念。就和你還是小朋友時所做的一樣，你學習著將單字吸納進你的字彙庫中。那時候，你會好奇的問父母：「那是什麼？」「那是一隻臭鼬。」「噢……」你的每一次詢問都會讓這單字的印象益加深刻。

現在，你將利用學習工具來自行發掘這些資訊。除此之外，間隔重複系統能讓你的單字學習速度比小朋友還來得快，從學習之初你就能具備讀寫的能力。

第三，你不必特別費心就能常常學到重要的字首與字尾——你所學的語言中如同英語teacher裡的「-er」、train station的「-tion」的字——這會讓你對往後具有相同字首與字尾的單字更容易記住。

最後，當你開始著手文法和抽象字彙時，你已經知曉絕大部分的必備單字了。這使你接下來的學習旅程變得輕鬆多了。當你已認識「狗」、「貓」、「追趕」、「樹」這幾個單字時，處理「我的狗把貓追趕到樹上」這樣的句子並非難事。若你知道故事情節中的角色和動作，文法只不過再補充說明是誰追趕誰罷了。

關鍵摘要

- 優先學習較常用的單字。
- 在附錄五，我提供了六百二十五個簡單、普遍的常用單字表。
  這些單字很容易視覺化，你能以圖片取代翻譯學習之。這會幫
  助你建立輕鬆學習抽象單字和文法（接下來的兩章）的基礎。

和單字玩遊戲

　　　　沒有什麼比置身遊戲情境更讓我們感覺活力十足、暢快
完整和全神貫注於某件事。

　　　　　　　　　　　　——查理斯・雪芙爾（Charles Schaefer）

　　本章有兩個目標：我們要學會聽見及記住單字中的樂曲。在
第二章裡，我們談述了心智過濾器是如何讓我們免於資訊過載。
為了有效學習字彙，我們必須藉由創造難忘和有趣的單字經驗來
戰勝這些過濾器。

　　你能透過一系列學習新單字的簡短遊戲來達成上述目標。遊
戲一是讓你了解單字的真正意思，遊戲二則會將單字的意思連結
至你的個人經驗。在此，趣味是不可或缺的因素。若你感到乏味
厭倦，你的心智過濾器將會啟動，而你曾付出的努力就前功盡棄
了。所以，試著在這當中找樂子吧；這會讓你的學習更有效率。

　　要為單字建造一個深刻且多感官的記憶，你必須結合多種要
素：拼法、發音、單字意思和個人關聯。

使用精簡版的字典

寂寞星球公司出版的慣用語書籍和文法書末附上的辭彙表都是很
棒的學習資源，因為它們只收錄最基本的單字。例如「房子」這
個單字，大部頭的字典可能會提供你數十個同義字，但此刻你並
不需要過多的資訊，辭彙表或慣用語書籍反而能讓你輕鬆獲得必
要內容。

我們在前章節裡討論了拼法和發音，而現在你將用每一個學
習單字來強化那些知識。你能在字典或文法書的辭彙表中同時查
閱到單字的拼法及發音，再搭配Forvo.com上的發音檔來學習。

接下來是單字的意思。

遊戲一——找出哪裡不一樣：透過谷歌圖片找尋單字的意思

我們在本章一開始談論到翻譯的局限——翻譯是如何刮落單
字的樂曲。要如何復原單字的樂曲呢？我們將利用史上最偉大的
插畫作品：谷歌圖片。

谷歌圖片是專門找尋圖片用的谷歌搜尋引擎。你或許早已
使用過，一點都不陌生了。你連上image.google.com網頁，輸入
「帶著一隻鬣蜥蜴的微笑男人」果不其然，顯示出二十萬張鬣蜥
蜴與男人的圖片。太好了！若你願意，你可以採用一些圖片，查
閱字典並製作「la iguana」（鬣蜥蜴的西班牙文）、「el hombre」
（男人）和「sonreír」（微笑）的記憶字卡。這是不錯的例子，但

宛如一本故事書的谷歌圖片

要尋找谷歌圖片中的故事，你可以搜尋一個單字，再將畫面拉至頁面的最下方，你會看見一個切換至基本版的連結選項。按下後每一張圖片將配上標題說明呈現。

還不算有趣至極，你可以搜尋所學語言的單字來盡情發揮。

在谷歌圖片的華麗外表下隱藏了珍奇的寶藏：每張圖片都附有一個標題說明，而這些標題具有一百三十種語言形式。你能搜尋某些較晦澀的單字——「aiguillage」（法語「鐵道轉轍器」）——會得到十六萬筆包羅萬象的單字例句。這是一個有效廣大的資源，充滿了無數你必需學習單字的迷你圖片故事。[1]

這些圖片源自用你所學的語言所書寫的網站，因此，你能從中徹底了解這個單字的使用方式。devushka是俄文「女孩」的意思，夠簡單明白了吧，但谷歌圖片會告訴你更多微妙（和古怪的）故事。在谷歌圖片中，幾乎每一位devushka都是十八歲的年輕少女穿著比基尼的胸部特寫照片。你瞧見這些畫面，想著「嗯……」而這彷彿明白了什麼似的「嗯……」就是我們渴望追求的。正是這一瞬間讓你體會俄語單字不是發音滑稽的英語字串；它們是貨真價實的俄語單字，且這個字的意思或許比你認為

---

[1] 谷歌不定期會關閉某些服務項目（事實上，谷歌提供的功能有百分三十五最後會面臨遭移除的命運，原因可能是缺乏利潤或使用者不多）。假使谷歌圖片也不幸面臨這種下場，我將在Fluent-Forever.com/GoogleImages的頁面公告某些替代的選項。

的（特別考量那裡的寒冷氣候）還穿得清涼。

　　這些「嗯……」的片刻因為有趣而烙印在你的腦海裡。你的注意力被devushka隱含的性暗示攫取時，想當然爾你會記住這個單字。當你使用谷歌圖片來探索單字時，你其實是在玩「找找看，哪裡不一樣」的遊戲；你設法在預期所見和真實所見間找出不同。這個遊戲樂趣無窮；網際網路中充滿各式各樣語言古怪和有趣的圖片。德國的祖母是什麼模樣呢？Hindi cake（北印度蛋糕）又是什麼玩意兒？花個十到二十秒玩玩吧（緊接著就進到下一個單字——以免你一發不可收拾地耗了一個小時！）

　　你對這個遊戲的記憶也將儲存進你的記憶字卡中。在你每次體驗「嗯……」的片刻，你的新單字便經歷了豐富和多感官的經驗。你會希望你的記憶字卡能還原當時的那些感受。你可以挑出一至二張你覺得特別生動的圖片——或許是當中看起來特別有德國風味的祖母，再把它們置入你的記憶字卡中。若你採手繪圖片的方式，更能隨意發揮，畫出具提醒作用的圖樣。我想圓頭、線條手腳的devushka會穿著線條比基尼。

遊戲二——記憶遊戲：透過個人關聯增強單字的意思

　　圖像本身就具有非常強大的威力。你在大腦的某處儲存下所有你看過的圖像。在尋找圖片的過程中，你為自己字彙庫中的每一個單字量身打造了獨特和難忘的經驗，而你的記憶字卡將會負責提醒你在遊戲一中得到的個人體驗。由於你親自挑選（或手繪）了圖片，就算是很容易混淆的圖片，像是女孩、女人、女兒、母親、孫女和祖母，你也能分辨出各個單字。

　　你還可以加入個人關聯讓你的單字記憶更清晰明確。接下來是一場記憶遊戲：你「grand-mère's」（祖母的）名字叫什麼？你會先想起哪一種「chat」（貓）？這麼做是為了要找尋能連結至新單字的任一記憶。若你找到了，你的單字難忘度便加深了百分之五十。即便遍尋不著，找尋記憶的過程也讓你往前跨了一大步。我曾試圖為匈牙利語數字「三十二」（harminckettő）找尋連結。我苦思著，卻一無斬獲。這簡直是個糟糕的數字啊。我甚至懷疑過去是否曾用英語說過「三十二」。現在，每當我看見harminckettő，我的第一個念頭便是「噢，那是史上最糟的數字三十二。」任務達成。

　　記憶遊戲的規則是，你必須要花一小段時間捕捉大腦中和你的單字有關的任何記憶。那有可能是你孩童時期的小貓或是朋友的T恤。試著牢記新單字的樣貌，而不是翻譯的結果。你會造出一些古怪的雙語混合句，例如「我上次看見我的「grand-mère」（祖母）是在上週末。」不必擔心缺乏文法架構；我們正在學習。當你製作記憶字卡時，你會寫下關於這個記憶的提醒註記——你上週所在的城市名稱、和你同行的朋友名字，諸如此類。

　　往後當你複習記憶字卡時，你會再玩一次這個遊戲。你看見一隻貓的圖片，接著在記憶中搜尋與之連結的事物，若你想不起來，你也能在字卡背面找到有用的提醒註記。這些連結並非主要焦點，你希望能看見一隻貓，反射想起chat這個單字，但它們讓新單字和你的生活經驗變得更緊密，因此，也使得你的學習任務更簡單、記憶內容更難忘。

關鍵摘要

- 透過兩種方式讓單字變得深刻：
- 探索單字所述說的故事
- 將那些故事連結至你的生活經驗
- 當你製作記憶字卡時，請利用一流的說故事工具：谷歌圖片。
- 接著為每個單字和你的個人經驗找尋連結。

大頭菜的性別

> 我不要說一口標準的文法。我想要如花店的淑女般言語。
>
> ——伊萊莎・杜立德（Eliza Doolittle）
> 致亨利・希金斯（Henry Higgins）（「賣花女」，蕭伯納）

　　至此，你做得很棒；你明白了單字的拼法和發音，並將單字連結了琳瑯滿目的圖片。藉由「找找看，哪裡不一樣」的遊戲，你挑選出中意的圖片，再透過記憶遊戲讓單字與你的個人經驗連結。你為你的新單字打造了多感官的記憶，你也擁有在需要時刻會提醒你過往經驗的記憶字卡。你腦中的管弦樂隊已開始鳴奏，聽起來很不賴哩。

　　大功告成了嗎？不算是。你還缺少了大提琴組——文法——但你目前可能還不需要。你究竟是要現在先學一點文法還是往後再說，取決於你學的是什麼語言。我會解釋說明。

　　在英語世界裡，我們平等對待大多數的名詞。我們能造一個句子，「我買了一隻狗」。再抽換不同的名詞，「我買了一隻

貓」，文法不會因此而錯誤。遺憾的是，這種規則在許多語言中並不管用。某些語言裡的貓與狗歸屬於不同的文法類別。英語也曾是如此；一千年前，我們會說「án docga」（一隻狗）和「ánu catte」（一隻貓），若你張冠李戴，那可不妙。最終，我們對文法漸漸馬虎，也忘了狗和貓之間的文法差異，然而，許多語言並不健忘。在那些語言裡，你必須記住各別名詞的文法類別才能順利造出正確的句子。這便是我們熟知的文法屬性（gender），相當惱人。

現代英語也具有相似的麻煩之處。

「為什麼，究竟是為什麼？」我的英語課學生問，「難道我們不能買『一個牛奶』（a milk）嗎？」

這是老問題了。「因為牛奶是不可數名詞，」我回應道。「你想買的可能是一加侖或一杯牛奶、一滴或一整缸游泳池的牛奶。」

「那為什麼我們不能告訴你『一個消息』（an information）呢？」學生們反駁。「你很有可能要說『一個消息』（one information）呀。」

的確如此。德國人常常會不假思索地把英語單字「消息」（information）視為可數名詞。我試著圖像化說明：「在英語中，『消息』就像是……一種比喻。我們把消息想成是一片遼闊汪洋，而我們掬起一瓢，然後互相告知分享。」

「那我們也不能說『一個行李』（a luggage）嗎？『行李』也是一種比喻囉？」

學生們真正的問題是「文法為何如此複雜難懂呢？」

問題的答案深具啟發性：文法是一面映照我們自身的鏡

子。它是一部關於人類渴望理解單字的活生生歷史。在英語世界裡，我們漸漸將sneak這個單字的過去式從「sneaked」轉變為「snuck」。對許多人而言，「snuck」似乎「聽起來比較順耳」，但這並不是轉變的原因。真正的原因是，這會讓另兩個不規則變化的動詞——stuck（stick的過去式）和struck（strike的過去式）——變得較有跡可循。數百年前，人們也對catched（原型catch／過去式caught）這個字動了手腳，將它與taught, bought, thought等動詞過去式歸於同類，而在下個世紀到來前，我們說不定會把「drag」的過去式從現今的「dragged」轉變為「drug」。我們希望擁有遵循固定模式的單字群組，即便有些模式真的無道理可言——像是上述例子中的不規則動詞。

　　因此，不意外地，我們同樣為名詞建立了沒道理的類別，像是不可數（luggage／行李）和可數（bags／袋子），或是德文有陰性（大頭菜）、陽性（起司）和中性（少女）之分。這些做法是一體兩面的；我們就是喜歡分門別類，不管這是否是明智之舉。

　　不久後，你就會遇見如上述沒道理的單字群。若你學的是日

你所學的新語言是否具有性別屬性（gender）？

極有可能。屬性是原始印歐語的顯著特徵，那是西元前四千年生活於俄國西南方的遊牧部落所使用的語言。它孕育出在歐洲、美洲、俄國和南亞等地使用的絕大多數語言。原始印歐語族包含了三十億名講述各種語言的母語人士，因此你所學的語言很有可能正是當中的一種，也就是說，你必須學習性別屬性。若你想進一步確認，請參考網頁 TinyURL.com/wikigender.

耳曼語、羅曼語、斯拉夫語、閃語或印度語，你現在就必須處理這個課題。你的每一個單字都有性別屬性，且這些屬性的構成沒有任何原因。引用馬克吐溫（Mark Twain）所述：

> 格莉清：威廉，大頭菜去哪兒了？
>
> 威廉：她在廚房裡。
>
> 格莉清：那位美麗優秀的英格蘭少女呢？
>
> 威廉：它去歌劇院了。
>
> —— 馬克吐溫，「可怕的德語」（*The Awful German Language*）

很遺憾，在任何具有性別屬性的語言裡，你必須先知曉單字的屬性才能更進一步的運用，這也是為什麼你的文法書會在前一、二章便以長長篇幅滔滔講述屬性。你的教材書籍要不就是告訴你「背起來就對了」，要不就是給你一大堆附上例外情況的規則，這對你來說依舊是「背起來就對了」。這些教材說得沒錯，你確實必須背記這些內容。然而，有更簡單的達成方法，我會在接下來的遊戲裡告訴你要如何辦到。

若你所學的語言不具性別屬性，例如東亞、菲律賓或土耳其等地的語言，那麼你可以暫時喘口氣。放輕鬆，你很快就能在記憶術遊戲中找到大展身手之處。

遊戲三──記憶術影像遊戲：如何記住一些不規則的文法

> 繼續談論德語的性別屬性：樹是陽性、樹抽出的芽是陰性、長出的葉是中性；馬無性別，狗是陽性、貓是陰性──

當然了，包括公貓在內；人類的嘴巴、脖子、乳房、手肘、手指、指甲、雙腳和身體都是陽性，而頭顱是陽性或中性，是依據選定用來說明的單字決定，而不是看頭顱的主人是男是女——在德國，所有女人的頭顱非陽性即中性；人類的鼻子、嘴唇、肩膀、胸部、雙手和腳趾都是陰性；頭髮、耳朵、眼睛、下巴、雙腿、膝蓋、心臟和良心卻不曾有過性別。這個語言的發明者對良心的認知大概是道聽塗說而來的吧。

——馬克吐溫，「可怕的德語」（*The Awful German Language*）

歡迎來到記憶術影像遊戲！在接下來的篇幅中，你將記住馬克吐溫所描述十二個麻煩的名詞屬性。你能快速且輕易地辦到，你甚至還會感到樂在其中呢。現在就開始吧！

樹——陽性；樹芽——陰性；樹葉——中性；馬——中性；狗——陽性；貓——陰性；嘴巴——陽性；脖子——陽性；手——陰性；鼻子——陰性；膝蓋——中性；心臟——中性。

你或許能用死記硬背的方式，花上幾分鐘就記住這些詞性。然而，讓我們試試較有趣（且較持久）的方法吧！我希望你能想像所有陽性名詞都爆炸的畫面。樹怎麼了？轟！殘枝碎屑散落四處。一根樹枝卡進你身後的牆縫間。狗的屍塊飛濺四周。你抹去額頭上的毛渣和血漬。請讓你的想像畫面在你可忍受的範圍內儘可能生動逼真。

陰性名詞則會著火。你的鼻子像噴火龍般噴出火焰、一隻著火的貓讓你的臥房陷入火海。請感覺每一個畫面散發的熱度；你

能融入愈多感官愈好。

　　中性名詞會像玻璃般碎裂。閃亮尖銳、紅棕色的馬瓷器碎片散落滿地，就如同你破碎的心（嗚噎）。請試著自行想像剩餘的畫面：爆炸的嘴巴和脖子（陽性）、燃燒著的手和樹芽（陰性）、碎裂的樹葉和膝蓋（中性）。

　　別急著往下看。請從頭再想一遍。這過程應該不會超過一分鐘。我等你。

　　你看我們插入了多少畫面。我們甚至能攪混次序，讓故事變得更詭異：樹、樹葉、馬、狗、貓、嘴巴、脖子、手、鼻子、心臟、膝蓋、樹芽。

　　結果還不賴，對吧？你的想像畫面愈是生動清晰，就能記得愈多，假若你忘了某些環節，沒關係，多練習幾次就會得心應手。你或許猜到了影像記憶術有效的原因：我們非常擅長於記憶影像，特別是暴力、性愛、好笑的影像或是三種元素的任一組合。「性別」也能在你的腦海中浮現一些影像——你或許會想像一隻公狗——牠躺臥在什麼上面（像是中性的膝蓋——嗯，有點無聊）。活潑、動感的動詞更是讓人難忘。

　　你必須為所學語言裡那些沒道理可言的文法類別想出一些畫面，這就是開啟語言影像記憶術的鑰匙。由於此刻我們只處理名詞的屬性，因此你會需要二至三個特別活潑的動詞（這些動詞能與名詞完美結合）。

　　往後當你製作記憶字卡時，你可以依照需求使用影像記憶術。若「男人」在你所學的語言裡是陽性名詞，你就不需要想像這個單字的畫面。但若你正量身打造「少女（maiden）」（中性

名詞）的記憶字卡，那麼請花幾秒鐘在腦海裡將她粉碎成上千片優雅的碎片。你的畫面要盡可能地生動及具多感官經驗。愈是如此，你就能在複習時輕鬆回想起各個單字的屬性，但假若你想不起來，你也可以立刻想像新的畫面。經過幾千個單字的洗禮後，面對往後的新單字，你會漸漸不假思索地完成想像任務，從那一刻起，性別屬性便不再是惱人的問題。

　　當你學得愈多，你會發現這個學習工具能應用在任何地方。只要你遇到某些難以處理、「背起來就對了」的不規則類別，你就能利用記憶術來打造影像。你甚至能為拼法創造影像——若ch代表「chat」（法文／貓），那隻貓就可以坐在「cheval」（法文／馬）的頭頂上。我們將在第五章揭曉更進階的用法。（我運用這個遊戲來迎戰各種討人厭的學習項目：動詞形態變化、介系詞、名詞的格、不規則複數……等等）屆時，我們會再創造一些畫面，拭目以待吧。這是非常好玩的學習工具，此外，它也讓語言學習中最為艱澀困難的一環變得容易多了。

關鍵摘要

- 名詞在許多語言中，有各自的文法屬性，這也是語言學習者常會面臨的困擾來源。
- 若你所學的語言具有文法屬性，你能賦予各個屬性極為活潑的動作，再想像不同名詞演繹這些動作的畫面。如此，你就能輕鬆記住。

現在就開始：優先學習六百二十五個單字及樂曲

你會快速地學習很多單字。你會一邊玩遊戲，一邊製作記憶字卡，你的字彙庫在一至二個月內預計會有六百二十五個單字量。但你擁有的不僅是指認某些對象名稱的能力，而是堅實的基礎。

在這個階段，你要學習將發音和拼法連結至有意義的單字。這遠遠超越了我們在語言課堂上所做的一切。你會學習把新單字──「gato」（西班牙文「貓」）──連結到記憶中關於貓的影像、感覺和發音。你不再是純粹翻譯，而是學習把樂曲置入你的單字中。這是了不起的工程；你開始以新語言的思維思考，而這項技能將會伴隨你走過語言學習的路程。

你會藉由學習間隔重複系統中的記憶字卡來習得這項技能，然而，故事的最初也是最關鍵的時刻，也就是當你打造那些記憶字卡的時候；你把玩那些新單字，並將它們與你找到的豐富圖像、想法和記憶經驗連結。你創造出能構成你的語言基礎的核心連結，同樣重要的是，你在過程中感到樂此不疲（是以也讓學習內容變得難忘）。坦白說，你的記憶字卡只不過是這些學習經驗的實體紀念品，你僅將它們用來加深早已形成的記憶。

我們將在本書的集錦談述製作記憶字卡的重要細節。若你準備好要製作字卡時，不妨參照當中的內容。在此，我們將討論我們所建立的連結──發音、圖像、拼法和每個單字裡的記憶，以及如何快速地建立那些連結。

各種連結：發音、拼法、單字意義、個人關聯（和屬性）

我們在前章節中講述了聲音和拼法；這些是單字中能讓我們想像畫面的獨特成分——例如，一隻獨角獸——也讓我們能把畫面傳送給其他人。它們同樣是每個單字的基本要素，當你學習單字時，你會發現這些要素日漸熟悉且不難記住。

接下來談談單字的意義。你會希望探索單字的真正意涵，而不是翻譯後所呈現的樣貌。俄國的devushkas（女孩們）都穿什麼衣服？法國人的「déjeuner」（午餐）都吃什麼？你會期望在每一個學習單字裡打造嶄新、有意義的聯想關係。

最後，你需要用到個人關聯。你的新單字不以翻譯後的結果為準，而是要與你的自身經驗相符。我們都見過「devushka」（女孩），也吃過「déjeuner」（午餐）。我們必須取出這些記憶，回想當時的感受和所見所聞。

若你所學的語言具有性別屬性，你會希望也能收納在你的單字中。打從一開始，你的陽性名詞就該與陰性名詞截然劃分，你可以藉由生動的影像記憶術創造差異點。

這些連結都能讓你的單字變得更容易記住、更能在未來運用自如。你打造的每一張記憶字卡將成為彙集大量鮮明記憶的幽微提醒物。複習這些字卡時，它們會帶回記憶的片段，而你的大腦會突然湧現色彩、感覺和單字樂曲讓記憶更完整。如此，你就可以前進至下一張字卡了。

這將是一段深刻難忘的學習經驗。

資源

翻譯（拼法）： 附錄五收錄了六百二十五個在每種語言中都頻繁出現的單字列表：狗、汽車、城市……等等。你會希望把這些單字翻譯成你所學的語言。你能利用谷歌的翻譯功能，但你往往會得到古怪、亂七八糟的翻譯結果。機器翻譯的品質並不是很好，特別是針對一整串的單字列表，而不是完整的句子。

若你查閱傳統字典，你也許會得到過多的資訊；你並不需要了解「房子」的十個同義詞。你購入的口袋版會話書此時便可派上用場了。口袋版會話書易於快速翻閱，並提供了每個單字最普遍使用的翻譯說法。若你沒有這種參考書籍，你也能從文法書中的辭彙表獲取相同的資源效益。

或者，你學的是相對普遍的語言，你或許能在我的網站找到關於此六百二十五個單字的專業翻譯。請參考網頁Fluent-Forever.com/Appendix5。

發音： 你可以到Forvo.com找尋所學單字的發音檔。請用心聆聽，特別是在學習之初、你的單字發音和拼法間的連結力仍不牢固之際。若你同時參照單字的音標，將會更有助於你了解耳朵聽見的發音。你可在你的辭彙表中找到音標資訊，若沒有，請再參考你喜愛的字典或維基詞典（Wiktionary.org）。

單字意義： 請到谷歌圖片搜尋你的單字。在此，你有兩種作法，第一種很容易操作（也很不錯），第二種則需要一些初步設定（但非常棒。建議使用第二種！）：

作法一（基本版）：若你直接連至images.google.com網頁，

你能找到搜尋單字的圖片，但你無法看見真正的精華——圖片的標題說明。讓我們打開它吧。

- 步驟一：隨意搜尋任一單字。此處我們搜尋「cheval」（馬）為範例。
- 步驟二：滑鼠拉至網頁的最下方。
- 步驟三：你會看見切換至基本版的選項，請點選。
- 步驟四：將此頁面存為書籤，你就不需每次重覆操作。

　　或者，直接輸入網址 TinyURL.com/basicimage，同樣將網頁存為書籤。

　　完成後，你將會看見附有二十張圖片和標題說明的精彩頁面，呈現如下：

Chevalworld.com
雪中的馬

　　作法二（基本版，自動翻譯）：這些標題說明很棒，都是以你學習中的語言書寫，只不過你目前仍無法處理這些資訊。要是

這些標題說明全都能經由電腦自動翻譯成你熟悉的語言會是什麼模樣呢？你可以將頁面網址黏貼到谷歌翻譯（translate.google.com）欄中。現在，二十張圖片的標題不再是以法文標記，而是以下畫面（此例以英語作為翻譯結果）：

雖然翻譯的品質並不是很出色，但當你隨著圖片瀏覽這些文字時，你能清晰掌握每個單字的意義。我認為這是探索單字最棒的學習資源。你可以在我的網站（Fluent-Forever.com/chapter4）上找到這個功能的設定指南（需花幾分鐘的時間完成設定）。

在此我們違背了我的基本主張──拒絕翻譯，但別擔心；你並不會永遠記住這些翻譯結果。雖然你先以母語接觸單字，但接下來就不是了。當你離開谷歌圖片，進入你的記憶字卡時，你會抹除母語的所有痕跡（僅留下圖片）。屆時，你會忘掉原本的母語句子，只記得圖片和裡頭述說的單字故事。

　　這本書將以節省你的時間，但不破壞你邁向語言流利之路的前提使用翻譯。若你想知道「砂紙」的法文單字（papier de verre），你大可以查閱字典，或有另一個讓你沉浸在百分之百全法文環境的做法，那就是耗盡數小時瀏覽法文版的維基百科，祈禱著某天你可以正確點選「papier de verre」（砂紙）的相關連結。判定翻譯何時會幫助你、何時會幫倒忙，你可以記住這個基本原則：你看見的翻譯結果絕不會出現在你的記憶字卡上。若你遵循此原則，就不會有什麼問題。

　　讓我們回到谷歌圖片。

　　你偶爾會為了找尋某些單字的適當圖片而遇到困難。假設你正在學習「jolie」（漂亮、可愛）這個法文單字，若你搜尋谷歌圖片，你會得到約一億張圖片，但前七千八百萬張顯示的都是安潔莉納裘莉（Angelina Jolie）的倩影。（幸好你不需要「Smith」；威爾史密斯在網路上的圖片就有五十億張。）

　　當你遇到類似麻煩時，你有兩種作法。假若你明確知道這個單字的意思（或許你找不到一張適合的圖片，但你已經看過一些這個單字的清楚句子），那麼你可以用母語來搜尋合適的圖片。在短短幾秒鐘內，你就能找到「jolie」的代表物（或你採手繪圖片，你也能想出自己獨特的「jolie」）。然而，假使你無法得知單字的意思（或許你從找到的句子和圖片中看不出個所以然），那就先跳過吧。你探索的單字或許較複雜或具有多方面的意義，超乎你目前能處理的範圍；再說，還有許多其他單字等待你學習，前進吧。

警告標語：谷歌圖片很容易讓人上癮；至少就現階段而言，請不要在一個單字上耗上一整天。每個單字限制自己在二十秒內（若你非得要更長時間，那就三十秒）完成。一旦你的文法功力足夠深厚了，那時你要徹底鑽研俄國的大腦模仿病毒等等的議題也不遲。但此刻，你還有某些字彙需要優先學習。

個人關聯：我無法給予你個人的關聯性，但我可以提供你幫助激發記憶的問答題。當你在為新單字找尋恰當的記憶，但卻遇到瓶頸時，請利用我提供的方法。試著用新單字，而不是翻譯文來反問自己。例如：不要問自己最後一次見到「母親」是何時，試著問自己上次見到「mère」是幾時。即便某些單字的發音聽起來幾乎一模一樣（英語timid／法語timide），你也能藉由聆聽新語言的口音來創造出更多有用的連結。

具體名詞：我上次見到我的「mère」（母親）是何時？

具體名詞：我第一次見到「moto」（摩托車）是什麼時候？

抽象名詞：「économie」（經濟）是如何影響我的生活？

形　容　詞：我是個「timide」（膽小的）人嗎？不是的話，我有認識這樣的人嗎？

形　容　詞：我有什麼「rouge」（紅色的）物品嗎？

動　　　詞：我喜歡「courir」（跑步）嗎？我有認識喜歡跑步的人嗎？

回答以上的題型，並在記憶字卡的背面記下給自己的提醒備註。或許你會寫下你「timide」姪女的名字、你第一次騎「moto」的所在城市，或一張痛楚的臉（我真切不喜歡跑步）。

這些提醒要簡短及像謎題一般，像是「莎莉」，你在複習過程中再次看見它時，你會瞬間思考「莎莉？……噢，我想起來了，莎莉有一條那樣的短裙。」

請盡可能以人名和地名為主，它們不會違反拒絕母語的原則，但假使有一、二個擾亂學習的母語單字潛入，例如「去年聖誕節」，語言警察應該也不會逮捕你。但千萬不要養成這種習慣。

性別屬性（若為必要）：若你不確定你所學的語言是否具有詞性，請至維基百科查詢（en.wikipedia.org/wiki/List_of_languages_by_type_of_grammatical_genders）。若具有詞性，請打開你的文法書，找到性別屬性的介紹與討論內容，然後仔細研讀。你會從中明白你所學的語言共有幾種屬性、是否有固定的模式（也許所有的陰性單字都是以a結尾）。

你也會瞭解是否有辨識各個單字詞性的一般方式。舉例來說，德文單字通常會與定冠詞並列，所以，你不會只單純看見「狗」、「貓」、「馬」，而會始終見到「der Hund」（〔陽性的〕狗）、「die Katze」（〔陰性的〕貓）、das Pferd（〔中性的〕馬）。你會在你的辭彙表或字典中找到每個單字的詞性。

為你的每一種詞性創造有助於記憶的影像。它們可以是任何事物。我喜歡使用較暴力的動詞來描繪名詞屬性；我的名詞往往難逃粉碎、爆炸、溶化、燃燒或斷裂的命運。性愛動詞是很典型的選擇。二〇〇六年美國記憶大賽冠軍，喬許·佛爾（Joshua Foer），在著作《記憶人人hold得住》（*Moonwalking with Einstein*）中寫道：

　　當你在腦中塑造畫面時，下流的思想非常有幫助。演化法則使我們的大腦變得對兩件事情特別感興趣，也因此讓記憶深刻難忘：笑話和性愛——特別是兩者合一的黃色笑話……即便是產於相對保守年代的記憶著書也都持相同看法。雷文納的彼得（Peter of Ravenna）是十五世紀最出名的記憶教科書作者，他在述說以下祕密前，先請求純潔虔誠的人們寬恕，「一個我始終忍住不說的祕密：若你想快速記住某事物，那就把美麗動人的處女身影放入記憶宮殿；美女圖像會不可思議的激發記憶力。」

　　然而，當你正以某種方式努力朝向自己的學習道路時，你或許對觀看每種花、鼻子、購物袋和網球的圖片感到乏味厭倦，而比較喜歡跳著搖擺舞的花和鼻子，甚至是會唱歌的購物袋吧。一切由你決定。

　　當你處理抽象名詞時，請特別留意，你必須發揮無窮的想像力。「一顆燃燒的網球」確實會比「一段燃燒的歲月」更容易想像，但兩種都是可能的情況（「一段燃燒的歲月」還是比「一段有男子氣的歲月」更好記）。

　　我們準備好了。請參照附錄五的單字列表，開始打造你的記憶字卡吧。你也能在本書後半部的集錦中找到記憶字卡的設計說明。

給中階程度學習者

　　附錄五中的許多單字，你大概都已經學過了。你不需要重覆

學習，就算是你所學的語言具有性別屬性，而你或許想再重新學習你還不確定屬性的單字。

請瀏覽這六百二十五個單字，並將它們分為三種類型：

1. 你會的單字：你快速地回想這些單字，你知道它們如何發音也清楚它們的屬性。你不必浪費時間重學一遍。
2. 你有點懂的單字：當你在字典中查閱這些單字時，你會有一種「噢……沒錯，就是這個意思！」的想法。你或許已經忘記這些單字如何準確發音，也不太確定它們的拼法或屬性。但這些單字對你而言絕對不算陌生。
3. 新單字：你可能在某時候學過這些單字，但現在它們似乎是一張張新面孔。

跳過類型一的所有單字，你不需要和它們消磨時間。請使用集錦（221頁）中的重拾記憶牌組（Refresher Track）來處理類型二的單字。至於類型三的單字，請比照初學者，跟著集錦中的說明來學習。你也可以依據你所學語言的需要和難易度使用一般訓練牌組（Normal Track）或加強訓練牌組（Intensive Track）。

第五章

句子遊戲

　　一開始你先認識樂器，接下來學習樂譜，最後你會忘掉那些規則束縛，只是盡情演奏。

——查理・帕克（Charlie Parker）

　　你學會了與簡易單字一起玩耍，而簡易單字正是簡單平凡故事的必要元素。睡覺——吃飯——工作——吃飯——工作——吃飯——睡覺，是任何語言共同的故事情節，基本上你完全不需要文法知識就能說出來。假使你加上某種戲劇化的停頓、手裡搖晃一杯葡萄美酒及用道地的法文腔調說話（dormir（睡覺）……manger（吃飯）……travailler（工作）……），你很有可能在某些特定場合被誤認為是一名法國哲學家或詩人。

　　然而，語言的內涵當然不僅止簡單平凡的故事情節，再說很少人能長期忍受「你漢堡給！我漢堡吃！你快給！」這樣怪裡怪氣的語句。

　　現在就進入文法的世界吧。

　　你將在這一章學習如何用文法魔杖對你的單字施加神奇魔法。借助文法書中的例句和故事情節，你會知道如何喚醒兒時自然學會文法的本能。你將學會把複雜的文法句構分解成簡單易學

的小部分,再利用間隔重複系統逐一記住這些內容。你將開始講述屬於你的故事。在新式線上工具能讓你與母語人士交流的幫助下,你會將自己的故事轉變成一個量身打造的自營語言教室、善用時間提供你所需的知識教導。

在這趟旅程的尾聲,你將擁有以新語言思考的能力,也會以嶄新的方式來編織故事。這是一段刺激有趣的過程。

語言輸入的力量:你的語言機器

天才就是能隨心所欲回到童年的人。
——查理斯・波特萊爾(Charles Baudelaire),「現代生活的畫家及其他隨筆」(*The Painter of Modern Life and Other Essays*)

你或許不曾察覺,你的大腦裡隱藏了一個迷你機器。它會根據聽見的句子而運轉、吸收句型模式,不久後就會自然產出完美的文法語言。你的兒時歲月便是用這個機器來學習你的母語,如今你要再次利用它來學習新的語言。讓我們來了解一下它的運作方式吧。

孩童具有驚人的文法學習能力。因此,到了六歲他們就能確實造出生平從未聽聞的句子,每一句都是文法傑作。若你身邊有一些孩子和玩偶,你不妨親自測試。在一群三至五歲、以英語為母語的孩子面前展示一隻怪獸玩偶,並說道這隻怪獸喜歡吃泥巴。這群孩子們會告訴你,這是隻「mud-eater」(泥巴食怪)。若你拿出另外一隻喜歡吃小老鼠的玩偶,孩子們會稱牠為「mice-

兩種文法

我們在生活中會遇見兩種文法：在兒時學會的口語文法及學校教導的書面文法。說到單字文法時，大多數的人都會想到後者：我們在學生時代學習逗號的正確用法、省略句末介系詞及 your、you're、which、that 所扮演的角色功能等等。這些規則往往會讓人感到挫敗，因為它們是根據眾多的學術資料而來。以句末不可使用介系詞為例，這是從拉丁語引進的近代產物。一群倫敦出版商發行了一系列權威手冊，不知不覺地，民眾漸漸相信這些規則才是「正統」英語的模樣。事實上，書面語言是我們的第一外語──或可稱為母語的同源語，每個人能學會的程度階段各不相同。

eater」（小老鼠食怪）。但若你說這隻玩偶喜歡吃田鼠，他們絕不會說那是隻「rats-eater」；而會說「rat-eater」（田鼠食怪）。

　　上述例子中有著微妙的文法規則，即當不規則複數名詞（例如 mouse—mice）組構成複合名詞時，會使用複數形態（例如「mice-infested」），而規則複數名詞（例如 rat—rats）形成的複合詞會採用單數型態（例如「rat-infested」）。這種惱人且莫名的規則對我的英語課學生而言簡直是一場惡夢，然而，每一個尚未識字、說英語的孩童都能完美學會。

　　他們究竟是怎樣辦到的呢？無疑地，孩子們是藉由家人和玩伴學習英語，但他們並非只是模仿聽見的詞語。他們極有可能從未聽過「rat-eaters」的說法或是英文複合名詞的形成規則，但他們在這些單字用法上絕對不會出錯。他們以某種方式把從生活周

遭吸取的語言輸入轉化為更重要的資訊。他們學會了一種能自創新單字和句子的完美自動化文法。

可理解輸入（comprehensible input）

讓我們確切的說吧。孩子們並不是從任一型式的語言輸入來學習語言。唯一重要的輸入是孩子們能懂的資訊。這在語言學領域稱作「可理解輸入」。基本概念是：孩子們必須理解所聽到的內容的意思，才能從中學習語言。

若你在剛學步的幼童面前揮動一塊餅乾，並說「你想要吃這塊餅乾嗎？」即便她從沒聽過「餅乾」這個單字，她也一定能理解你所表達的意思。物體、肢體語言和互動都是一種能幫助孩童初步理解單字意義的萬能翻譯機，也能將這些單字轉變為可理解輸入。往後，當他們明白「餅乾」所指為何時，你就不必實際拿出一塊餅乾來問他們是否想嚐嚐，他們絕對能聽懂你的意思。

相反地，你無法只藉由讓孩童觀看日本電視節目而教會他日文，即便你讓他坐在電視機前看上數百個小時都不會有效。電視並未提供充分的意義理解；它缺少了萬能翻譯機——真實的餅乾和實際的互動，所以電視節目不是可理解輸入。至少在人類發明能烘培出餅乾的電視前，教會孩童新語言的唯一方式就是找個活生生的人和他們以該語言說話。孩子從人們身上獲取足夠的可理解輸入後，就會漸漸看懂電視播映的內容，屆時比起你和你的餅乾，孩子們會覺得芝麻街裡的餅乾怪獸還比較有趣咧。

若你問語言學家，孩子們究竟是如何辦到的呢？他們大多會告訴你，孩子的大腦裡存有語言學習的機器。而這部機器的種類

始終是語言學領域激烈爭辯的議題——孩童或許擁有完整的語言機器，也或許是語言與其他領域構成的機器，但兩種說法都承認孩童的大腦裡裝有某種能消化句型模式的厲害機器。孩子從父母身上獲得語言句子，經過大腦咀嚼吸收，到了六歲左右就會自然而然說出正確的文法。好消息是，大腦裡的神奇機器並不會停止運轉。若我們想要學習新語言，我們就必須學習如何操作。

成人的文法天賦

我們怎麼知道成人的大腦裡仍保有語言機器呢？這似乎不太對啊。孩童的語言成功學習率幾乎是百分之百；基本上在年滿六歲時，每個人都能學會母語，然而，成人很有可能學習一種語言好幾年卻徒勞無功。

目前尚未有人實際證實我們的大腦中有語言機器，畢竟這是語言學家的說法，而非出於神經科學，我們也無法鑽入或轟掉腦袋來一探究竟。但我們可以觀察它的產出物：孩童在剛學習一種語言時所造出的句子。我們可以將這些句子和成人初學第二外語的情況作個比對。

孩童學習語言時會依循一連串可預期的歷經階段。以英語為例，他們會從簡單的句子開始，類似我們一開始所說「睡覺——吃飯——工作」的故事情節：「birdie go」（The bird has gone ／小鳥飛走了）、「doggie jump」（The dog is jumping ／小狗正在蹦蹦跳）。在快滿三歲時，他們會開始使用動詞ing的形態（doggie jumping）。接著在半年內加入不規則過去式（birdies went）及be動詞is（daddy is big）。最後才會使用規則的動詞過

去式（doggie jumped）和第三人稱動詞現在式（Daddy eats）。
每一個母語為英語的孩童都會依序經歷這些階段。研究人員指
出，孩子在會使用第三人稱動詞現在式（Mommy works）前，
絕對會先學會動詞ing的形態（Mommy working），無一例外。

　　反之，從學習第二外語的成人所造出的句子中，你無法觀察
出任何順序模式。畢竟，孩子是在家人和玩伴的相處環境下學習
語言，但成人的語言學習管道相對多元。有些人會參加語言課
程，有些人移居國外讓自己沉浸在外語環境中，有些人藉由閱讀
書籍學習，有些人則是與異國戀對象學習語言。[1]這些成人學習
者說著各式各樣的原生語言，再加上包羅萬象的學習管道，但在
這些不規則中你仍可掌握住一些訣竅。一位日本年輕人從交往中
的美國女友身上學習英語與一位德國女人從教科書上學習英語，
你很難去預料兩者會有什麼共通點。

　　然而，若你仔細觀察成人學習第二外語的過程，你會發現一
件非常詭異的現象。那位透過英語教科書學習的德國女人與那位
擁有美國女友教導的日本小伙子，兩者完全依循相同的發展階
段。德國人也許會在學習階段中取得較快的進展，畢竟德語和英
語非常相似，但她仍舊無法躍過任何階段。不僅如此，這兩位英
語學習者將經歷與孩童口說能力的發展相當類似的階段。和英語
孩童一樣，他們先學會動詞ing的形態（He watching television）
才接著學會be動詞is（He is watching）。他們也會先掌握不規

---

[1] 本日單字介紹：教你學習外語的男（女）朋友，俗稱枕邊字典（a pillow dictionary）。

則過去式（He fell）再進而通曉規則過去式（He jumped）。到了發展階段末，他們才逐漸熟悉第三人稱現在式（He eats the cheeseburger）。

　　這些結果讓人感到困惑，部分原因在於這和語言教科書及課堂教導的順序完全不符。母語為英語的學生通常會先遇見發展階段末的句子，像是「He eats the cheeseburger」，這通常在課堂第一週就會學習到。他們能在無數作業和測驗的練習下成功學會最後一個發展階段的規則——he加上eat會等於he eats，然而，當他們自然開口說話時，學習到的規則往往就被拋諸腦後。口說的速度太快了，學生們來不及有意識的運用這些文法規則。在口說層面，他們必須依序通過每一道發展階段（一、動詞ing形態：He eating carrot；二、be動詞is：He is eating a carrot；三、過去式：Yesterday he ate a carrot；四、第三人稱現在式：He eats carrots daily）。英語學生也和孩童的學習一樣，沒有人會顛倒學習的發展順序，除非他們有足夠時間有意識的先在腦中整理句法再說出來。

　　研究人員解釋，這就是人類大腦學習英語的順序。某些學習者的確能以較快的速度通過這些階段，然而，不管你怎樣努力鑽研某一文法規則，像是I eat, he eats, we sit, she sits, they fall, it falls，都不會跳脫此學習發展階段。絕對如此。

　　當然了，不單只有英語是如此。雖然各種語言的發展階段不盡相同，但每一種語言都有特定的發展順序，孩童也好、學習第二外語者也好，都必然會依循此順序邁向精通之路。針對這些不變和必經的發展階段，最合理的解釋為：我們的語言機器從不停

止運轉。我們在學習第二外語時會和孩童經歷相同的發展歷程，那是因為我們和孩童牙牙學語沒有兩樣。假使我們能讓自己的語言機器吸收足夠的可理解資料，便能像兒時一般自然而然學會新語言的文法。

　　孩童似乎比成人更能成功學習語言，但這僅因為他們獲得的輸入資料遠比我們多出太多了。他們在一至六歲的六年時光，有好幾萬個小時都暴露在母語環境中。我們在學校課堂也上了好幾年的語言課，少說也超過上百個小時都在學習外語，只不過大多數的時間我們都用於談論語言，而不是用這種語言說話。這也難怪我們的語言機器似乎不管用；因為它缺乏輸入資料。假使一個講西班牙文的成人連續六年、每天花十二至十六個小時以西班牙文和我們交談，我們至少就能達到六歲西班牙孩童的語言程度。

　　客觀來說，孩童比起成人確實擁有某些先天的優勢：他們並不擔心犯錯，此外，他們的耳朵在一歲時會發展成與母語發音極為協調的狀態。然而，成人也有自身的天賦。我們非常擅於辨認模式，比起剛學步的幼兒及學齡前的兒童，我們也具有較佳的學習策略。假設不論孩童與成人在語言暴露時間上的懸殊差異，我們會發現一個奇妙現象：普遍來說，成人學習語言的速度會比孩童快。

有效餵食你的語言機器

　　我們曾討論，在你能不假思索地運用文法前，學習文法規則對學習進展並不會有任何影響。儘管學習英語的學生反覆練習「he runs」，「she goes」，「it falls」等第三人稱現在式的文法

規則，但在他們能掌握動詞ing形態（he is running）、冠詞（the dog is running）及不規則過去式（the dog ran）前，他們絕對無法直覺地造出跳過某學習階段的句子。若是如此，那埋頭鑽研文法練習不就是浪費時間嗎？嗯，的確。但請先不要扔掉你的文法書。

如前所述，你只能以可理解輸入餵食你的語言機器；你必須先理解所讀及所聽內容的意思才能從中學習。所以，若你學的是中文，就不該從閱讀中國文學作品開始，這和你不會把狄更斯的《雙城計》作為學習英語入門書是一樣的道理。

那要怎樣才能學會你還不懂的知識呢？在你的兒時歲月，大人們拿著餅乾、牛奶圍繞在你四周並對你說一些簡單的句子。但身為成人，你或許無法負擔這般昂貴的對待（你可能也不想吃那麼多餅乾）。

這就是你可以發揮成人具有的兩種能力之處：查找及運用翻譯的能力與學習文法規則的能力。我們詳盡討論過翻譯會造成的問題──不易牢記且很難讓你領會單字的全貌，但對於讓你明白陌生句子的主要意思，翻譯是不錯的工具。簡單的翻譯句，例如：

Voulez-vous un cookie?

Want you a cookie?（你想要一片餅乾嗎？）

翻譯能告訴你這個句子背後的基本概念，即便它缺乏語言的魔法、樂曲及每個單字的故事全貌。你的文法教科書就像是可理解輸入的黃金礦坑，充滿大量精彩、翻譯出色的例句等待你

挖掘。

　　文法書不僅收錄了有用的翻譯句，其中的文法規則也值得學習；相關研究指出，當你學習文法規則時，語言學習進度將會加快。你不必深入鑽研，我們知道，探究某一文法並不能讓你跨越任何發展階段，不過短暫的熟悉文法能幫助你將複雜的句子以邏輯角度分解成容易理解的小片段，而你讀懂愈多句子，就會學得更快。

　　以「He buys flowers for them」（他買花給他們）為例。句中有一個男主角、許多花和花朵的新主人。這句子的意思和「They buy him a flower」（他們買花給他）完全不同，即便兩個句子的主要角色──他、他們、花都相同。然而，我們藉由文法明白這是兩個截然不同的句子。

　　第一個句子──「He buys flowers for them」（他買花給他們）非常複雜；對英語初學者而言，這並非能自然脫口而出的句子種類：buy變為第三人稱單數動詞形態buys、they改成受格them、flower使用複數flowers，介系詞for憑空出現，除此之外，每個單字的出場順序也很重要。學生也許記住了個別的文法規則，但卻很難不經思考就自然造出這樣的句子。同樣地，若你學的是法文，你也無法不假思索地就造出這句話的法文版本──「Il leur achète des fleurs」（他──他們──買──複數不定冠詞──花），就算你知道每一個單字和文法規則。就一個初學者而言，這個句子就像是微積分，而你仍在學習代數。

　　但初學者也能透過文法規則的基礎知識理解上述例句，就算暫時無法自然造出這樣的句子也無妨。你的語言機器透過理解例

句而獲得了養分，你也同時往精通的目標跨前一步。

　　這是很微妙的觀點。假使你每理解一個句子就能使你邁向精通，那鑽研文法又有何不可呢？難道那些知識不算可理解輸入嗎？

　　沒錯，它們也是，只不過沒那麼有趣罷了。但假使你是喜歡玩動詞形態變化填空的人（I sit, you sit, he sits, she sits, it sits, we sit, they sit......），就請繼續玩樂學習吧。這些都是很容易理解的句子，也能為你的語言機器提供不錯的原料。

　　但假使你不是文法控，你就不必費心做每一道文法練習題。相反地，你可以把文法書視為所學語言的快速導引手冊。你閱讀了規則說明、學習一到二個例句後就可以跳過（往往是單調乏味的）練習題。你所學的例句能幫助你記住個別的文法規則，也能讓你的語言機器獲得可理解輸入，並漸漸拼湊出該語言文法的樣貌。

　　以義大利文為例，絕大部分的義大利文文法書在前幾章節就會講述複數名詞的規則。義大利文的複數都是在單字字尾動手腳，像是pizza的複數會變成pizze。文法書會告訴你規則、提供幾個例句（one「calzone」一個乳酪餡餅、two「calzoni」兩個乳酪餡餅；one「gnocco」一顆餃子、two「gnocchi」兩顆餃子），最後則進入一到二頁的練習題。你可以放心跳過所有的練習題，只要挑出一兩句你覺得特別有趣的（I'm a fan of「pizze」and「gelati」myself.我本身是披薩和義大利冰淇淋的愛好者）例句；再將它們製作記憶字卡（稍後我會提供你建議），神奇的事就會發生：你能永遠記住這個文法。如此就可以進到下一個文法章節。

你很快就能概觀所學語言的文法系統,而這幾乎就能讓你理解和吸收所有的內容。你同時也學會了大量的單字;當你學習「fritelle」(無敵美味的威尼斯油炸圓餅)的複數時,你必定是先學會用以描述「無敵美味的威尼斯油炸圓餅」的單字(請嚐嚐塞滿「crema」(奶油)餡料的口味)。

這個過程非常刺激;你能感覺新語言在你心中逐漸茁壯。不再浪費時間於單調乏味的文法練習,你不斷遇見新單字、新文法形態和新的表達方式——你的語言機器不停吸取源源不絕的可理解輸入,且每天都幫助你理解更多知識。這就是激發語言學習狂熱的力量——整個週末埋首你的教科書或筆電裡學習新的文法和字彙、製作記憶字卡並吸收新的語言。這是我最喜歡的學習階段。若你的朋友對你沉迷學習感到吃驚,那是因為他們還不理解箇中滋味。事實上,你並非埋頭辛苦工作;你只不過是享受學習的趣味。

 關鍵摘要

- 利用語言機器會學得更快。這是一個能咀嚼模式並教會你母語文法的機器;它的動力來源是可理解輸入,也就是你能了解的句子。因此,你需要找到簡單清楚且具有翻譯和說明的例句來源。

- 學習之初,請從你的文法書中學習句子。如此一來,你的句子能發揮雙重作用,在你學習文法規則的過程中,你的語言機器會也會默默運作、拼湊出文法的直覺理解力。這會讓你快速達成精通語言的目標。

精簡再精簡：將巍峨高山夷作小土丘

所有宏大事物的本質其實都非常簡單。

——奈特莉·芭比特（Natalie Babbitt），
《永遠的狄家》（*Tuck Everlasting*）

當你仔細看清文法所能達成的任務，你就會得出文法一點都不複雜的必然結論。畢竟，你無時無刻都能取用一些普遍的單字來造出前所未有的句子，神奇的是，人們往往都能聽懂你的意思。噢，我在這一節的開頭說「畢竟，你無時無刻都能……」這句話在谷歌搜尋引擎裡只找出一條完全相符的結果。文法從有限的單字集合中創造出無限的可能性。這簡直是一種不可思議的魔法，然而，我們每天都不假思索且毫不費力地使用著。

當你翻開文法書，你會發現有二百到六百頁篇幅的文法種類。這些書籍的內容並非無窮多，而且它們都是存在已久的知識，但就文法具有無限可能的層面而言，它的內容的確非常龐大。只是文法畢竟有太多任務要執行；它必須告訴我們誰做了什麼事、什麼時候做的、如何做，以及各式各樣我們腦袋所想、嘴巴想說的意思。文法最後以任何方式讓我們將某一概念與其他概念連結，再將所有組合結果傳送到嘴巴，讓聽者明白我們的意思。這理應是無法描述的知識，然而，文法書的作者卻一步一步完成了不可能的任務。

文法的複雜性讓人驚嘆，但其精簡度也讓人備受啟發。文法所有的無限可能都是三種基本運算的產物：我們增加單字（「You like it」你喜歡它→「Do you like it?」你喜歡它嗎？）、

改變單字形態（「I eat」我吃→「I ate」我吃了）、變換順序（「This is nice」這很好→「Is this nice?」這很好嗎？）如此而已。而不僅是英語，每一種語言的文法都是依據這三種運算將單字轉化為故事情節。

　　舉例來說，文法主要的說故事任務之一就是讓我們明白誰做了什麼事。在英語中，我們藉由移動單字順序來表示：「Dogs eat cats」或「Cats eat dog」。俄文則是改變單字形態來達成相同的目的：若一隻狗正在咬一隻貓，那麼「狗」在句中會用原型「собака」，反之，若狗是被咬的對象，字尾就會改變，成為「собаку」。而日文會增加一個虛詞：狗的日文為「犬」（讀作inu），狗正在吃就是「犬は」（讀作inu wa），狗被吃就會變為「犬を」（讀作inu o）。

　　這種精簡性讓文法變得很容易學習，再複雜的文法形態也都是根據這三種基本概念而來。以英語的被動式來說，試想以下兩句話的差別「My dog ate my homework.（我的狗吃了我的家庭作業）」（主動）與「My homework was eaten by my dog.（我的家庭作業被我的狗吃掉了）」（被動）。這是很複雜的文法轉換；兩個句子幾乎長得一模一樣，且當中的意思變化也非常細微。儘管兩句話表達的是一樣的事實，但我們通常都會以那隻壞狗當作故事的開頭，以可憐不幸的家庭作業簿作為故事的結尾。

　　但所有複雜結構都是簡單運算式的產物：上述被動式的例子中有兩個新增單字（was和by）、一個單字新形態（ate轉變為eaten）及單字順序改變。一次要吞下這些內容也許不容易，但若一口一口慢慢嚼食就變得容易多了，而你就是要以這種方式學

習新語言。

　　要學會一種新文法形態，你必須做的就是從文法書中尋找例句並理解句子意思。你會參照文法書中的說明和翻譯，再反問自己以下三個問題：

- 你在此例句中有看見新的單字嗎？
- 你有發現新的單字形態嗎？
- 單字的排列順序是否和你想的不同？

　　接著，你就能針對想學習的內容製作記憶字卡：

My homework was eaten ___ my dog.	My homework was ___ by my dog. (to eat)
正面	正面
新單字	新時態
My homework by my dog (was eaten)	My homework was eaten by my dog.
正面	背面
新順序	新順序

你會發現在上列字卡中，我利用例句學習「by」這個單字。這就是你學習抽象字彙的方法。像「by」這樣的單字很難視覺化或明確定義，你通常不會在日常生活中看見「by」這種事物。因此，你可以選擇用某種正規定義來處理──「『by』是介系詞，代表被動句構的重點」──或更輕鬆地從例句中創造定義：「By」是填入「My homework was eaten ＿＿ my dog.」的字。這才是它的真正意思和用法啊；我們會在那特殊情境中使用到這個單字。此外，這個例句的故事情節非常真實，我們可以找尋一張圖片來幫助這個單字的記憶──谷歌圖片中有超過一百萬張犯錯的狗與濕爛作業簿的相關圖片。

這種方法能應用在每一個單字嗎？幾乎是。針對功能詞，像是「of」或「what」，這種方式屢屢見效。這些單字若脫離句子的脈絡就沒有太大的意義，因此，例句能準確告訴你這些單字的用法。「Of」用於填入「I'd like a glass ＿＿ water.」而「＿＿ 's your name?」則會搭配「what」。某些例句也許不是該單字的唯一用法；以「what」為例，在各式各樣的內容中都會出現：像是「What did you do today?」（你今天做了些什麼？）或「I'll eat what he's having!」（我要吃他正在吃的東西！）你可以新增記憶字卡來學習一個單字的各種新例句。在此過程中，你會在包羅萬象的句子情境裡培養出對這些單字充實及具有直覺力的印象。這比又臭又長的字典定義或一大堆翻譯解釋要來得有效千倍（例如：我的字典表示，德文「bei」這個單字指「for, at, by, on, with, during, upon, near, in, care of, next to......」坦白說，沒－有－太．大－幫－助。）

　　對於某些表達抽象概念的單字，像是change（改變）或honesty（正直），你就需要額外的幫助。你可以用任何例句來學習這些單字——「He's an honest man.」（他是個正直的男人）——但你往往需要特別的句子來幫助你記住單字的意思：「Abraham Lincoln was an honest man.」（亞伯拉罕‧林肯是位正直的人）。一般來說，你不太常遇到這類問題，因為文法書的設計會為內容單字及概念提供適當且清楚的例句。但若你真的碰到難以應付的單字，就先跳過吧。當你累積足夠的文法實力時，你就可以放下你的教科書、改從網路上搜尋你中意的例句，我們將在下一章討論這種學習方法。

　　藉由擷取文法書中的例句，再將它們分解為新單字、單字形態及單字順序的學習，你會從每一個例句中獲得巨大無比的助益。你也因此會學得比「預期」還快得多。你的文法書一心一意的解釋「eat」（吃）的過去式用法（「She ate her sister's birthday cake.」她吃了姊姊的生日蛋糕），但你卻全面學習了這個例句中提供的資訊——「her」在句中的位置、「sister」變成所有格「sister's」等等。當你的文法書進入所有格的說明講解時，你早就記住它的用法了。這是一場有趣的遊戲——你和你的文法書賽跑，而你是否能在文法書講述到某學習內容時就已完全掌握了該主題。當然了，你總是贏得先機。

關鍵摘要

- 你的文法書是取得簡單例句和對話句的來源。
- 為每一個文法規則挑選出你最中意的例句。再把那些例句分解成三部份：新單字、單字形態和單字順序。最後你會擁有一大疊有效且容易學習的記憶字卡。

故事時間：把模式變得難忘

> 與其學一個德語形容詞，我寧願少喝兩杯酒。
>
> ——馬克・吐溫（Mark Twain），
> 「可怕的德語」（*The awful German Language*）

　　你已從文法書中挑選了一些例句，並將它們分解成新單字、單字形態和單字順序。當你開始摸索文法時，卻突然迎面遇上讓人畏懼的詞尾變化表——那是一個非常龐大的資料，內容可能是俄語名詞的十二種形態、德語形容詞的十六種變格或法文動詞的六十五種詞形變化。怎麼辦呢？

　　你可以為一個法文動詞找出六十五個例句，那下一個動詞呢？再下一個動詞呢？動詞的詞尾變化表可以集結成冊，一點都不誇張；我自己便擁有法文、德文和義大利文共三本各五百五十頁的動詞表。若你嘗試記住每一個動詞的每一種詞形變化，你會枯坐在教科書前度過非常非常漫長的時光。我們必須找出能通過這個瘋狂變化的道路。

　　首先請記住：不需要全部都死記硬背。任何一個五歲的法國小孩都能說出我的法文動詞書裡絕大部分的內容，但他們從未硬背過任何一個法文動詞的詞形變化。他們利用語言機器學習；他們理解和吸取了足夠的輸入資料來直覺應用語言中的句型模式。而我們也將如法炮製。

　　我們曾說過，語言機器只會吸收可理解輸入。我們需要故事情節及完整的變化句。

　　你的文法書通常會提供你一些故事，但內容卻不夠豐富。你通常會在書中看見這種解說方式：先從一個簡單的例句開始「I am a student（我是學生）」接著解釋句子的意思，說明各個單字的功用等等。最後它會丟給你一張動詞變化表（I am, you are, she is, we are......）便進到下一個主題。你必須記住變化表中的所有內容，但你只有一個關於學生的極簡故事。怎麼辦呢？

　　你將創造自己的故事。利用那張動詞變化表快速造出文法書中的例句變化。你可以寫下「She is a doctor（她是醫生）」並將這個句子做成記憶字卡。與「She is」這樣無意義的（或哲學式的）詞組相較，「She is a doctor（她是醫生）」更容易視覺化且比課本中的原句「I am a student（我是學生）」多出另一種不同意思。你很容易就能記住這些內容，此外，這也是一種能讓你的語言機器成功運作的可理解輸入。

　　在創造故事的過程中，你可能會犯一些錯誤。像是「We are a teacher（我們是一個老師）」的用法也許會不經意的出現在某處。但不用擔心——你在幾天內就能揪出這些錯誤。我在本章結

束前會告訴你哪裡可以把你寫下的句子讓母語人士修改。若你在句子中犯錯了，那再好不過；你可以學得更多。

正面	正面
易於記憶的故事	抽象的文法練習……不好記憶

　　你可以為單一動詞創造出這樣的故事情節來學習它所有的詞形變化。你甚至可以為任何遇到的形容詞或名詞形態想出片段情節（「one potato chip」一片洋芋片、「two potato chips」兩片洋芋片）。但你要如何學習每一個動詞、形容詞和名詞的所有形態呢？那六十五個法文動詞形態只不過是序曲呀。若你學的是法文，針對 ir 結尾（「finir」完成）及 re 結尾（「vendre」販賣）的動詞，你必須再學習一整套新的動詞形態，更別說還有一百至二百個不規則動詞。那些還不具有識讀能力的法國小孩究竟是如何辦到的呢？

　　孩子依據模式學習，就算是最不具規則性的語言也充滿了模式。舉例來說，英語有著名的動詞三態不規則變化：「go ／ went ／ have gone」、「do ／ did ／ have done」、「have ／ had ／

have had」。像這樣的類型有上百款，而這也往往讓學習英語的學生感到抓狂。然而，在這混亂之中往往藏有模式，它就像是一片充滿規律性的小綠洲，例如「steal ／ stole ／ stolen」、「choose ／ chose ／ chosen」及「speak ／ spoke ／ spoken」。當你開始學習文法形態時——假設你學的是英語，而「steal ／ stole ／ stolen」是你學到的第一組不規則動詞——那麼，就和前述方法一樣用例句學習吧：「Jon stole a delicious hamburger yesterday」（喬恩昨天偷了一個美味的漢堡）、「George has stolen pizzas in fifty states」（喬治在五十五個州偷竊披薩）。你就不需要為下一組不規則動詞「choose/chose/chosen」尋找例句。因為你已經學過這種變化模式了；你只要將它套入即可。

　　這就是詞尾變化表派上用場的地方。雖然要從詞尾變化表中學習新的變化模式並不是那麼容易，但它卻能讓我們輕鬆對照學過的模式。我們非常擅於理解形態；這也是我們能流利說母語的原因。若你確實掌握了「steal」這個動詞的用法，那麼你就能一次輕鬆學會相似動詞的三種變化——「choose/chose/chosen」。你可以把動詞的三種變化形態（或甚至是龐大的法文語尾變化表）貼在你的記憶字卡背面。就算你學的是法文動詞的六十五種不同詞尾變化，你也絕對能牢記腦海。畢竟你並不是真的一次記住六十五個不同的動詞形態；你只是記住了這個動詞和某些較熟悉的動詞，是遵循一樣的變化模式。

　　我們將藉由新版的影像記憶術遊戲讓這個過程變得更簡單和有趣。

關鍵摘要

- 語言往往充滿了複雜難記的變化模式。將這些模式嵌入簡單易懂的故事情節，你就能輕鬆學會。
- 當你在文法書中遇見讓人傷透腦筋的詞尾變化表時，請就近選擇一個例句，利用它來創造出可涵蓋每一種變化形態的故事情節。
- 把這些故事轉變為圖文並茂的記憶字卡——和前述方法一樣，分成新單字、單字形態、單字順序三個部份。你將透過這些字卡來學習新語言的變化模式。

關於阿諾史瓦辛格和爆炸的狗：文法的記憶術

　　叛軍領袖Kuato：奎德先生，你想要什麼？

　　道格拉斯・奎德（Douglas Quaid）：和你一樣；我想要記憶。

　　　　　　　　　　——電影「魔鬼總動員」（*Total Recall*），
　　　　　　　　　　三星影片公司（TriStar Pictures）發行

　　你還記得那隻爆炸的（陽性）德國狗嗎？在上一章中，我們將名詞附上記憶影像，讓惱人的抽象概念——文法屬性，變成一則生動難忘的故事。我們也選派了活潑的動詞到每個抽象觀念上——「燃燒」（陰性）、「爆炸」（陽性）——在過程中為記憶工程創造出有趣和好玩的學習工具。

　　現在，我們要著手處理新的、難應付的抽象概念。我們談論了記住語言基本變化模式的方法，例如，法文的六十五種動詞形

態。但我們要如何知道哪個單字使用哪種模式呢？說穿了，實在很難預料啊；你很難總是透過一種簡單的方式就能知道單字是依循某個變化模式（teach ／ taught ／ had taught），還是另一種模式（reach ／ reached ／ had reached）。

假設你可以創造出代表「這個動詞的變化和『teach ／ taught ／ had taught』是一樣的模式」或「這個俄文形容詞和某個形容詞是相同的變化模式」的記憶影像，你就可以把這些影像附加在同一變化模式（例如「teach ／ taught ／ had taught」）的每一個新單字上（例如：caught, thought, bought），從此一勞永逸。

可惜的是，我們熟悉的影像記憶術在此並不管用。影像記憶術用於名詞時非常有效，像是「爆炸的狗」和「粉碎的馬」能構成難忘的故事，但相同的影像若套用在動詞和形容詞上，便頓時失去作用。你要如何將「爆炸」附在動詞「catch ／ caught ／ had caught」上呢？或把「粉碎」與形容詞『tall』連結？「高大的粉碎」並不是一則生動難忘的故事；這只能說是拙劣的仿詩作用語罷了。

你甚至會在名詞上遇到麻煩。德語名詞有三種可能的詞性及十種可能的複數形態。若你為三種詞性個別打造了記憶影像，那麼你要如何再為複數型態新增十種影像呢？「爆炸的狗」無法一次做兩件事情。牠已經爆炸了；我們無法期待牠也同時游泳或唱歌。

若你希望藉由記憶術來學習文法，你就必須了解如何將多重影像套入單一單字，此外，你也需要能應用於動詞及形容詞的記憶影像。

人物──動作──對象：記憶冠軍的影像記憶術

　　我們的解決辦法來自相當奇特的領域──記憶競賽。這是競爭相當激烈的國際性比賽，參賽者必須記住好幾疊卡片的內容、長篇幅的詩作和上千個數字來贏得獎金、名氣和榮耀。這些活動也開創出一種心智武器的競賽，參賽者創造出能記得更多、更快的新式改良影像記憶術。

　　許多參賽者最重要的武器之一便是著名的「人物──動作──對象」（person-action-object, PAO）法。我們將使用簡易的版本將記憶影像附在單字上。PAO法依據一個簡單的前提運作：故事的三大基本要素，即人物（阿諾史瓦辛格）、動作（爆炸）、對象（一隻狗）。

　　PAO法在連結記憶影像至任何單字上具有相當的靈活性。舉例來說，若你要學習德語名詞的十種複數形態，你可以選出十個人物代表。接著你就可以無時無刻運用這些角色。「阿諾史瓦辛格（複數形態一）引爆（陽性）一隻狗」是一則古怪、生動且簡潔的故事，它告訴你德語「狗」的詞性和複數形態。德語的「桌子」和「狗」是相同的變化模式（也是陽性、複數形態一），那麼我想阿諾不會介意也引爆那張桌子。

　　若你想記住「fight ／ fought」（打架）、「buy ／ bought」（買）、「think ／ thought」（想）是遵循一樣的變化模式，你可以將這些動詞擺放在PAO法的「動作」位置。如此一來，你就能選擇一個記憶人物或記憶對象來代表「過去式ought結尾」的變化模式。

　　舉例來說，若你選擇的是一個記憶人物，嗯，假設是派崔克‧史都華（Patrick Stewart）[2]，你可以想像他和某事物「打架」、他「買」某樣東西或他「想」某些事情。若你選擇的是一個對象，比方說，烤麵包機，你便能想像和麵包機「打架」或「買」昂貴烤麵包機的畫面。因為這些故事都具有視覺性，因此比起一堆抽象的動詞形態，它們更容易記憶，特別是當你需要一次學習很多動詞的情況下會更有幫助。

　　形容詞也適用於PAO法，但它們本身並不複雜，所以不適合用於太詳盡的故事，像是「Bruce Lee eats a large/cold/happy hot dog.」（李小龍吃下大尺寸、涼掉的幸福熱狗）。相反地，你只需使用一個簡單的記憶對象。例如，法文有五個形容詞會依循相同的不規則變化模式——漂亮的（beautiful）、新的（new）、瘋狂的（crazy）、柔軟的（soft）、老舊的（old）。我們可以將這五個形容詞與同一對象連結：「a beautiful football」（一顆漂亮的足球）、「a new football」（一顆新足球）、「a crazy football」（一顆瘋狂的足球），往後就能輕鬆記住這種變化模式。

　　你該如何記住所有的故事呢？這和你記憶單字是一樣的方法：你能為記憶影像製作個別的記憶字卡再交由間隔重複系統分類。在一至二週內，你不會忘記派崔克‧史都華種種荒腔走板的鬧劇及那些關於他的動詞。

　　影像記憶術是一種將龐大的語尾變化表轉變為生動難忘故事的有效工具。你不再無止盡鑽研動詞形態或名詞的語尾變化，而

---

[2] 英國知名演員，近期作品為飾演電影《X戰警》（X-MEN）中的X教授。

這個記憶術意指為何？ 記憶術：派崔克・史都華 	過去時態動詞 以 –aught／ought結尾 範例：teach／taught／had taught buy／bought／had bought
正面	背面

是一次學習一種變化模式，再附加想像畫面，利用畫面快速記住
與變化模式相關的每一個單字。

　　然而，並不是所有的事物都需要使用影像記憶術來記憶。在
某些語言裡，單字的拼法就顯露了本身的特定變化模式，如此你
就不需要創造牽扯了派崔克・史都華或棒球棍等情節的瘋狂故事
來記住這個單字。但你在學習中還是無可避免地會遇見不規則的
變化。畢竟語言是人造工程，有時候並非都有道理可循。當你在
學習上遇到記憶困擾時，不妨使用影像記憶術讓複雜的不規則性
變得簡單和有趣。

 關鍵摘要

- 語言往往含有遵循相似變化模式的「不規則」單字群。你能藉
  由富含畫面的故事輕鬆學習每一種變化模式，但你也需要使用
  一些方法記住哪個單字搭配哪種變化模式。
- 當遇見複雜的變化模式時，選擇人物－動作－對象幫助記憶。
  動詞的變化模式請挑選記憶人物或對象。名詞則使用人物或動
  作。形容詞和對象一拍即合，副詞則與動作完美搭配。

輸出的力量：為你量身打造的語言教室

老兄，沉浸吸收是精通某樣技能的第一步啊。

——老皮（Jake the dog），「探險活寶」（*Adventure Time*）

　　你從文法書的每一章裡擷取了一些例句，把它們分解成小片段後置入你的記憶字卡中。你知道怎樣學習文法的變化模式，也明白如何為新單字附加記憶影像。你正踏實地往新語言的文法系統前進。最後你還有一個祕密武器，那也是所有知識學習的匯集：輸出。

　　你將以新語言書寫，然而，這不會像學校要求你完成的作文那樣麻煩。反之，你會記下所有你想學習的知識。若你希望具有在法國點餐的能力，那就寫些和食物相關的內容。若你想談論俄國的政治，那你可以記下些議論對象的名稱。

　　自我導向的書寫是最具個人化特色的語言教室。當你想寫些即將到來的度假計劃，但卻寫不出「度假」有關的詞彙或不會使用未來式，你便清楚知道自己遺漏了哪些學習內容。書寫也能訓練你實際使用記憶過的變化模式。在此，你會學習將原始資料轉變為活用的語言。

　　若你沒有校正資源，你很難期待透過書寫獲得太多的學習效益。你需要母語人士協助，告訴你如何表達出你真正的意思。幸運的是，你能在網際網路裡找到這些母語人士，只要你願意交換語言資源，他們會很樂意幫助你修改練習作業。你花幾分鐘的時間以自己的母語知識修改某人的練習，相對地，你就會得到最實

在的外語回饋。某些語言交換社群對學習語言有無比的幫助；在 Lang-8網站中，我通常能在一小時內獲得俄國網友的詳細訂正答案，過沒多久，往往又會有幾個俄國人針對我的俄文段落文章給予建議評論。太美妙了。

若你不喜歡修改別人的寫作練習，你有另一個參考社群 —— italki.com，它是數一數二的學習網站，能讓你以合理價格找到個人家教。基於線上繳費的方便和在家學習的自在誘惑，不管是任何語言，你都能在此用非常低廉的費用雇請專屬家教。

一旦你獲得了訂正資源，你的寫作目標就是大膽犯錯。你不必精雕細琢、完美成就你的寫作練習，相反地，若你不經太多思索、快速地完成寫作練習，經過幾次錯誤反而會學得更多。試著表達出自己真正想說的話，假若你不知道單字或不清楚該使用哪種文法，請使用谷歌翻譯（translate.google.com）查詢。當你收到修改回饋後，你會真正弄懂自己的問題點，也能學會母語人士是如何表達相同的想法。這是最棒的學習材料；因為它出自你本身的書寫和想法，因此會比文法書中的任何內容都來得難忘。

將你得到的每一個訂正意見製作成記憶字卡。如此一來，你就不會忘記正確的用法，這也是間隔重複系統很棒的特色之一；它能賦予你記住所有事情的能力。過去你在學校學習某種語言時，你或許得到了上百次相同的批改訂正，但事實上，你卻從未記住過。藉由系統幫助，你只需要得到一次訂正，這些內容就會在幾週內成為長期記憶庫中永久存在的一部分。

I went to Rome because I ~~want~~ eat gelato.
 I went to Rome because I **wanted to** eat gelato

I went to Rome because
I ___ eat gelato.
(to want)

I went to Rome because
I **wanted to** eat gelato.

正面　　　　　　　　　　　　　　　　背面

 關鍵摘要

- 藉由寫作來充分檢驗你的知識並找出你的學習弱點。以文法書中的例句作為範例，再寫下你感興趣的主題內容。

- 把你的寫作練習交付給線上語言交換社群。將你收到的每一個訂正意見製作成記憶字卡。如此一來，你就能找出並補強自己還沒學會的文法和字彙。

　　你還不確定要寫些什麼嗎？一開始請利用文法書找靈感。根據你學習的文法句構寫出你生活中的大小事。你的工作是什麼？在餐廳你會點什麼食物？將文法書中的對話句和例句轉變為你實際上會使用的表達方式，再從中獲知錯誤和遺漏掉的單字。

　　我們之後會介紹使用常用字表——比六百二十五個單字還多的內容版本，好讓你的寫作練習更有效率。你將會在學習重要字

彙的同時也能學習文法。但現在還有許多遊戲任務待你完成。請
利用寫作練習好好認識和學習文法書中的單字和文法。不久後，
你就能擱下文法書，藉由網際網路的幫忙來掌握你所學語言中的
重要字彙。

現在就開始：學習你的第一個句子

　　我們將在這一節論述要到哪裡找例句，及該如何利用這些例
句。於此，你必須具備一項技能：將句子分解成小片段的能力。
你將反覆運用這項技能直到你能徹底掌握所學語言的文法和字彙
為止。

　　這是語言學習開花結果的關鍵。你把學過的單字套用在句子
的過程便彷彿將文法的生命注入到單字裡。它們不再只是拼法、
圖片和發音；而是活生生的語言。

找尋你的句子

　　請利用你的文法書，這是輕鬆學習的祕密花園。你會找到一
系列簡單易懂的例句和對話、詳盡的說明和我們愛恨交織的——
龐大的語尾變化表。

　　請一次學習一章就好，徹底了解你的文法書究竟想要教會你
什麼。它通常會以日常問候、自我介紹、談論你的職業等開始講
起。你往往也會看見一大堆範例，像是「one apple, two apples」
（一顆蘋果、兩顆蘋果）「one horse, two horses」（一匹馬、兩匹
馬）。瀏覽這些內容後，再針對每一部分挑出一到二句你最中意

的例子。若你漏掉了重要的文法規則或例外情況（one fish, two fish）也不必擔心。在這個階段你只要吸收基本知識即可。學習愈多例句，你便會了解更多詳細的內容。

　　別忘了，你還會使用間隔重複系統學習，它會從根本上帶給你完整的圖像化記憶。你會記住句子的每一個細微末節。因此，像是「如何構成名詞複數」的文法概念，你就不需要五十個幾乎是一模一樣的例子。你只要選擇一至二句將它們做成記憶字卡後，就可以前進到下一個主題了。

將每個句子分解成新單字、單字形態和單字順序三部份

　　將每個句子分解：我們將以學習英語作為例子，逐步說明整個過程。以下為模擬英語教科書第一章的句子。

My name is George. I have a pet monkey.
（我的名字是喬治。我有一隻寵物猴子。）

新單字

　　第一步：瀏覽句子並找出新單字。若你對每個單字都感到陌生，你就有八個生字要學習（不包括人名「喬治」）。

　　下一步，想想這些單字中哪些能連結簡單的圖像。「name」（名字）、「I」（我）、「pet」（寵物）和「monkey」（猴子）都是這類型的單字（其中有兩個單字，「name」〔名字〕和「I」〔我〕，會出現在六百二十五個常用字列表中）。這些單字的處理方式和上一章描述的相同：利用谷歌圖片玩「找找看，哪裡不一

樣」的遊戲、加入個人關聯及使用影像記憶術連結詞性（若有需要）再製作成記憶字卡。如此一來，你還剩下四個生字：「my」（我的）、「is」（是）、「have」（有）、「a」（一隻）。

　　讓我們從「a」說起吧。「a」是一個很怪異的東西，俗稱不定冠詞。它代表喬治擁有哪隻猴子並不重要；他擁有的不是特定的某隻猴子（the monkey），而是任意的一隻猴子（a monkey）。若你所學的語言具有類似的概念，你的文法書一定會有詳盡的說明。請仔細閱讀說明，再使用例句幫助記憶：「a」是填入「I have ＿＿ pet monkey」的字。

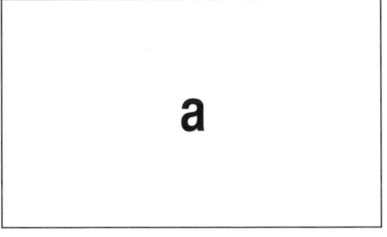

正面　　　　　　　　　　　　　　　　　　背面

　　你可以用這種方式定義其他的新單字。再以「have」為例，它用於「I ＿＿ a pet monkey」。沒錯，這個空格裡適用的單字不只「have」。喬治可以蹓（walk）寵物猴子或肢解（disintegrate）這隻猴子。然而，「I ＿＿ a pet monkey」基於三個原因能教會你「have」的用法。

　　首先，你會找尋喬治和猴子的圖片，但假使圖片裡喬治並沒有主動蹓猴子或肢解猴子，那麼這些單字顯然就不適合這個句子。

其次，這個例句故事會轉變為十幾張記憶字卡，在大量的記憶刺激下，你很難不記住「have」這個單字。

最後，也是最重要的一點，你會親手製作這些記憶字卡。我們在討論學習簡單字彙時，我曾再三強調親手製作字卡的重要性。當你利用谷歌圖片玩「找找看，哪裡不一樣」的遊戲、選擇個人關聯時……真正的學習效果才會產生。你創造的記憶字卡不只是一個重要經驗的微小提醒物。此外，你可能會和朋友分享你的記憶字卡、教他們幾個簡單的單字（這是一顆「球」、這是一匹「馬」），但只有你才能從自己的記憶字卡中獲得最完整的效益。

文法甚至比字彙更加個人化。你無法和其他人分享你的文法字卡。這些字卡的價值和意義只存在於你在創造當下所擁有的經驗。你從文法書裡挑選例句、比較句子本身和翻譯的差別、審視句子的外觀再尋找相應的圖片。過程中的每一步都會讓你與這些單字（I—have—a—pet—monkey）建立連結。你的記憶字卡只不過是活化和加深這些連結關係。

你挑出一到二張圖片，但不管你最後選擇哪一張都不重要；在決定的過程中，你就建立了永久記住這個句子的所需連結。還記得第二章裡曾出現「蘋果很美味」的抽象圖片嗎？圖片的主要目的是讓你的句子變得更難忘。你的字卡或許最後是猴子的掌印圖案，但絕不會有其他人光看見這個圖案就能想到「噢！猴子掌印啊！那一定是代表「have」（有）的意思，比方說『I have a pet monkey.』（我有一隻寵物猴子）。」然而，只要你親自選出圖片、親手設計記憶字卡，你的句子（及空格該填的單字）都會

非常清楚和難忘。

有時候，你可能會碰上一些麻煩。文法書偶爾會出現意思相當模糊的例句，像是「_____ is a good thing」就很難讓你真正學會「integrity」（正直）的意思，不管你為此製作多少張記憶字卡都不會有太大幫助。若你碰到這種類似情況請先跳過這個單字。在下一章裡，你會開始利用谷歌圖片找尋你的專屬例句並以單語字典補充，屆時，再用這些學習工具處理這類單字。

新單字形態

句子中新單字及新單字形態的界線並不總是涇渭分明。以「my」（我的）這個單字為例，它並不算一個新單字；它只是「I」（我）的變化形態之一。一般來說，你不會直覺想到這樣的關係，但若我說出這樣的句子「I favorite monkey's name is George」，你大概會糾正我正確的用法應為「My favorite monkey's name is George」。

在你開始學習新語言時，你未必能發現這類單字的關聯性，但這也沒什麼大不了。你就把這個單字當作一個新生字來學習，方法就和上述的「a」及「have」相同。

但若你察覺到了，例如你發現「is」是動詞「to be」的特殊形態，那麼你就可以在此學習單字的形態。「My」（我的）適合填入「_____（I）name is George」，而「is」（是）用於「My name _____（to be）George」。新單字和新單字形態之間的唯一差別便是後者多了額外的線索（I或to be）。這會讓你的記憶字卡更具記憶效果，也能與相關的概念更緊密連結。

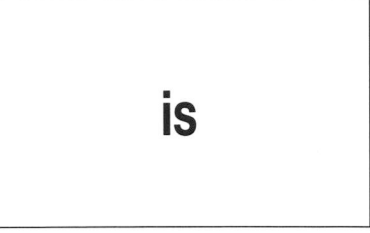

正面　　　　　　　　　　　　　　　　背面

單字順序

　　你已經學會了句中的每個單字，現在你只需要記住單字的擺放順序。這部分就簡單多了。先從句子中移除一個單字，變成「I a pet monkey」，然後再讓完整的句子顯示在字卡的背面。「have」應該擺在句中的什麼位置呢？在一個句子裡如此練習一至二次——「I have a monkey」（在哪裡插入「pet」？），你就能記住每一個相似句子的單字順序。

正面　　　　　　　　　　　　　　　　背面

　　這個過程在每種語言裡似乎各不相同。你的學習句子也許是另一種新單字、單字型態和單字順序的綜合體，但處理步驟完全相同。以下是義大利文的故事版本：

Mi chiamo George. Ho una scimmietta.

Me － I call － George. I have － a〔陰性〕－ little monkey pet.
（英文分解句構）

　　這六個義大利文單字和九個英文單字「My name is George.
I have a pet monkey.」表達的意思相同。上述的義大利文句子在
單字型態裡塞入了一些資訊：「chiamo」（I call）是「chiamare」
（to call）的特殊形態，「Ho」（I have）則是「avere」（to have）
的變形。要學習這些義大利文的成對句，你可以製作幾張新單字
的記憶字卡（可能也包括「una」〔一〕這個單字）及一大堆單字
形態和單字順序的字卡。

　　最初練習的句子可能都需經過此冗長繁瑣的過程，但這反而
能幫助你減輕往後的學習負擔。假若你為「I have a pet monkey.」
（我有一隻寵物猴子）製作了單字順序的記憶字卡，你就清楚知
道「have」和「pet」在句中的正確位置。從此以後，你就可以
跳過「She has a kid.」（她有一個小孩）、「That pet monkey has a
gun!」（那隻寵物猴子有一把槍）這類句子的單字順序。這種方
式也能應用在新單字和單字形態。每當你對單字出現的位置、單
字的形態和單字本身感到陌生或新奇時，就努力學習這些單字的
知識吧。但若你已足夠熟悉就可以放心跳過、前進到下一個例句
學習。

找尋圖片

　　圖片能讓你的學習變得更簡單。它會使你的大腦把每個句

子想成特定的故事，而不是表面上的抽象文法關係。這讓文法在各方面都變得更讓人印象深刻和更實用。你不需要了解「to have」的陳述語氣第三人稱現在式為「has」；但你必須知道如何講述喬治和他的猴子的故事，而藉由在「George ＿＿ (to have) a monkey.」的記憶字卡中加入一隻猴子的圖片就能訓練你的記憶能力。

　　除非你使用的是萊特納學習卡片箱，採親手繪製圖片的方式，否則你就會用到谷歌圖片。若你學習的單字既不陌生也不具體，那麼你就不需尋找相應的圖片。在此並不是玩「找找看，哪裡不一樣」的遊戲，但若你真的需要一張男人與猴子的圖片，就請輸入「man with a monkey」（男人與猴子）搜尋吧。這能幫助你節省一些時間，你幾乎都能找到想要的圖片。畢竟，絕大多數的網路內容都是以英語呈現；網路上也許有六億二千五百萬張「men with monkeys」的圖片，但符合法文字串「hommes avec singes」（男人與猴子）的只會剩下一百萬張。

　　為每個學習小部分挑選個別的例句時，你可以仔細找出你最滿意的「男人與猴子」圖片，然後在每一張記憶字卡中重覆使用，或者，你也可以隨意選出一些各不相同的「男人與猴子」的圖片。前者──在每張字卡中使用單一的相同圖片，或許能佔用你較少時間；而後者──每張字卡都使用不同的圖片，則會較容易記憶。

　　兩種方法都嘗試看看，再比較你的大腦較適合哪一種。我個人喜歡使用多款圖片來強調句子的不同面向。我會在「George ＿＿ (to have) a monkey」的記憶字卡中擺入一隻猴子和一隻抓

取模樣的手來強調「have」（有）這個單字的佔有特質。試試看吧。過了幾週後，你將發現你會培養出一種鑑賞力，能直覺挑選出對你最有效用的圖片。

　　請注意並不是每一個句子都會有顯著的相應圖片。「誠實是最好的策略」這個句子很難和「猴子」扯上邊。這種情況下，請隨意選擇你想到的任何事物。你或許會挑選喬治‧華盛頓的圖像，或一隻按在聖經上發誓的手，或說謊鼻子會變長的皮諾丘圖片。若這些方法都不管用，你可以搜尋有誰說過這句話，畢竟網路有十億張關於人物名言的圖片（搜尋「名言佳句」）。選出你最喜歡的圖片，任何一張都能幫助你將抽象的文法概念轉變為一個具體的故事，也能讓你輕鬆記住要學習的句子。

處理語尾變化表

　　以處理例句的方式對待語尾變化表（I am, he ／ she is, we are......）；將這些單字轉變為附有圖片的記憶字卡。語尾變化唯一的不同點是，你的文法書可能不會逐一提供你所需的例句。那就自創例句吧。從文法書中選取一個例句（「I am a student.」我是學生）再將它變化成許多句子（「he is an architect」他是一位建築師、「he is a duck inspector」他是一個沒什麼作為的督察員）。

　　儘可能讓每個句子都具有獨特性：「I ＿＿ a student and she ＿＿ an architect.」非常好記，反之，「I／he／she／you ＿＿ a student.」四張幾乎一模一樣的記憶字卡就很容易搞混。

　　當你造完自己的例句後，請將這些句子交付修正。你有兩種很棒的選擇：Lang-8.com 及 italki.com。

　　Lang-8是免費資源。你在網站註冊後，填寫你的造句作品並按下遞交鍵。在一天之內你就能得到訂正結果。將訂正的句子製作成記憶字卡，學習當中的新單字、新單字形態和單字順序。若你在遞交自己的作品時也能協助批改他人的練習，那麼你的寫作範本就會被排在一大堆待修改作品的頂端，如此你會更快得到批改結果。

　　若你希望批改進度能再加快，你可以搜尋能與你交換語言的母語人士再發送好友邀請（點選「加朋友」）。若對方同意了，他們就會優先閱覽和批改你的練習（反之，你也會優先處理他們的作品）。

　　italki.com同樣提供免費的服務功能，但就寫作而言，雖然那些功能與Lang-8很相似，但Lang-8畢竟還是略勝一籌。你可參考使用italki提供的付費服務；在網站註冊後就可以搜尋個人的語言家教。你會找到專業教師（收費較昂貴、教學品質較有保證）及一般家教（價格相對較低、未受過正規訓練但對學習很有幫助）。該網站是為口說課程而設計——基本上你是付費聘請語言私人家教，透過影音聊天來學習，但你也可以使用這個網站找尋能為你批改寫作練習的教師，再寄送你的練習作品至對方的電子信箱。多和幾位教師聯繫，參考他們給予的批閱修正。我的一位網站讀者藉由這種方式而深深愛上了寫作（他每天寫滿一整頁的德文寫作練習）。他在italki找到的家教以一頁約一美元的收費價格為他批改作品。

創造你自己的句子

　　寫作是你的試驗場。你能透過寫作和學過的單字及文法規則嬉戲，看看你能用運用這些所學創造出什麼。我們討論過將詞尾變化表轉化為難忘故事的重要性，但你沒有理由就此罷手；你可以繼續延伸，寫些你的日常生活、興趣等等。

　　每當你心存疑惑時──「某事物要怎麼說呢？」「可以這樣說嗎？」，就寫下一些句子吧，再將這些練習經由批改而獲得解答。若你完全不知道該如何下筆，你可以藉助谷歌翻譯讓自己進入狀況[3]。你的寫作練習經過批改後，你就會恍然大悟，原來母語人士是如此表達。

　　請將訂正的結果製作成新單字、單字形態和單字順序的記憶字卡。這些名目只不過是同一句子的變換遊戲。若你知道如何和一個句子玩遊戲，那麼再多的句子你也能得心應手。從中盡情玩樂吧。

　　當你過關斬將、學習完文法書的前幾章後，再來看看本書的下一章，我將告訴你更多能增添語言能力的學習工具。

給中階程度學習者

　　學習文法就像演出一段融合各種程度的即興舞蹈。每當你閱

---

[3] 請不要過度依賴谷歌翻譯。若你希望句子最終能在心中印象深刻，你必須獨自造新的文法構句。因此，假使你大概知道要如何表達意思，那就儘可能不要藉助谷歌翻譯。記住，你具有能取得母語人士協助批改練習的管道，那些錯誤最終會變成有用的新記憶字卡。

讀文法書中的課文或其他內容時，要時常反問自己：「這個句子是否有新的知識？」你熟悉每一個單字嗎？你是否有看過這些單字形態？單字的順序是否出乎意料？請利用記憶字卡學習你發現的不熟悉知識。間隔重複系統會確保你不遺忘每一段學習內容。

　　我們將在下一章講述如何利用谷歌圖片取得任何單字和文法架構的例句。你已經累積了一些字彙量及文法知識，到時你就可以立刻運用那些學習工具。仔細閱讀下一章中探索單字的章節，請利用它來補充你的文法書內容；這是相當神奇的學習工具。

　　關於寫作：若你想要拾回曾學過但卻遺忘的語言，寫作是重啟舊回憶的最佳方法。盡情揮灑練習再將訂正後的結果轉變為記憶字卡。這是徹底複習字彙和文法的有效方式。

第六章
語言遊戲

知道如何玩樂是一種幸福的才能。

——愛默生（Ralph Waldo Emerson）

學習語言的發音能讓你探見單字世界，學習單字能讓你進入文法殿堂，而帶著一些文法知識，你就能打通語言的任督二脈、悠遊流利之境。

這是一場語言遊戲。一種新的語言此刻正展現在你眼前，你可以選擇自己的遊戲玩法和要前進的道路。

就某種程度而言，這些道路沒有什麼特別，甚至人人皆知：你想增強字彙能力就必須學習字彙；你要學會閱讀就必須埋首閱讀；你想學會口說表達就必須嘗試開口說。然而，走過這些道路的方式卻有好壞之分，因此先讓我們來趟語言風景的巡禮之旅吧。我們將遊歷打造學習字彙的過程，討論如何觀看你的第一本外文書和第一齣電視劇。最後，我們會談到練習口說的策略及要到哪裡取得母語人士的協助。

以你喜好的方式漫步這片語言風景。你也許會喜歡上閱讀法文雜誌或觀賞俄國電視劇；你也許會迷戀博大精深的中文或愛上一位義大利的新朋友。這是屬於你的語言，走你想走的路，到達

你想去的目標吧。

設定目標：你的特製字彙

> 若你茫然沒有目標，你的終點也將是縹緲。
>
> ——美國棒球隊教練尤吉‧貝拉（Yogi Berra）

　　你應該學習多少個單字？又該學哪些單字呢？答案由你決定：你希望用新語言達成什麼目標？

　　我們曾在第四章討論過，如何利用常用字表幫助你有效獲取字彙。我提供你一串六百二十五個基本單字的列表並告訴你如何快速學習這些單字。當你將這些單字結合課本中的一些文法後，你就具備了掌握其他字彙的能力。

　　從新語言常用的一千個單字開始著手吧。你並不會碰到太多生字——絕大多數的單字你都在六百二十五個單字列表中學過了。當你學完這一千字後，你的耳朵能理解百分之八十五的口說內容，眼睛則會看懂百分之七十五的閱讀單字。

　　下一步驟取決於你的個人需要。若你只希望能在異國餐廳用外語暢快閒聊，那麼這一千個單字已非常足夠。但假使你想在法國索邦神學院（Sorbonne）取得博士學位，你就得繼續深入學習。再學習一千個單字，你的閱讀和聽力理解力將會提升百分之五——你的耳朵能聽懂百分之九十的口說內容，閱讀理解力則增加至百分之八十。[1]表面上看來，再學習一千個新單字只能換取百分之五相對微小的進步，但實際上，這會帶來非常大的不同。

你的閱讀理解障礙將從每四個單字出現一次延長為每五個單字。至此，你的學習成果已相當出色，但就取得博士學位而言，你還需要繼續努力。當你閱讀學術文章時，情況可能如下：

> 若當今的栽種率能和各＿＿＿的栽種理想＿＿＿＿＿，且森林保育工程能儘早進行，那麼在二○○一到二○一五，＿＿＿木材＿＿＿供應量將增加至近三千六百萬＿＿＿公尺。即便＿＿＿供應木材大多用於＿＿＿製造，其產量也能遠遠　＿＿＿＿＿＿。

當你具備了兩千個單字量，你就擁有百分之八十的理解力。你能抓住文章的重點——上篇文章段落講述的是有關木材供應的內容，但你仍缺少許多重要片段。為了理解更多，你需要再學更多單字（達到百分之九十的理解力需要約五千五百個單字量、百分之九十五的理解力則需具備一萬兩千五百個單字量），或者，你可以專攻特定單字。

每個領域都有專屬術語。學者和政客的用語不同，音樂家和農夫熟悉的字彙也不會一樣。我們在母語裡學會了充足的字彙——約一萬五千至三萬五千個單字，這些單字能應用在各式各樣的背景。我們能聽政治演說、能在大學聽課或到美容院剪髮都不會有太大的問題。儘管有時候我們會看不懂深奧的藝術評論或讓人一頭霧水的分子物理學文章，但絕大部分的情況下，我們的母語字彙能讓我們在各種環境中遊刃有餘。

---

[1] 此百分之八十的數據專指非小說類文本。若你閱讀的是小說作品，學會兩千個常用單字能帶給你近百分之九十的理解力。

　　你的新語言未必需要達到這種程度。你或許不會到大學旁聽全法語授課的課程，但你可能身處學術環境而需要使用到法文。每個人要學習的字彙各不相同，若你能針對個人需求來量身打造你的學習字彙，你就能節省非常多的時間。舉例來說，若你有閱讀學術文本的需求，你就可以學習一系列常用的學術單字，例如：「affect」（影響）、「confirm」（證實）、「facilitate」（促進）等等。以下是那篇木材供應論文的新版本。除了兩千個常用單字外，我另外學習了五百七十個學術單字：

> 若當今的栽種率能和各區域的栽種理想目標持平，且森林保育工程能儘早進行，那麼在二〇〇一到二〇一五期間，＿＿＿木材可供應量將增加至近三千六百萬＿＿＿公尺。即便＿＿＿可供應木材大多用於能源製造，其產量也能遠遠高於國內需求。

　　如今，你的文章理解力已達百分之九十，你能看懂這段內容大部分的意思（你還漏掉空格內的「annually（每年）」、「cubic（立方）」、「additional（額外的）」）。你必須具備五千五百個字彙量才能在各種文本裡達到這種理解程度，但在此，在這篇學術文章中，你只花了一半的工夫就實現了相同的成果。

　　不管你是否要踏入學術界，你都能利用特製字彙來節省寶貴時間。藉由先學習常用的一千至二千個單字來建立穩固基礎，再根據你的興趣和喜好增加關鍵單字。你能從哪裡獲得這些單字呢？參考主題字彙書——巴倫（Barron）出版社發行的主題單字書大獲好評，並從中查找你需要的單字。這類書籍會依據特定主

題提供你一系列相關單字：家庭、商務、汽車等等。若你是音樂人，你可以直接翻到音樂主題、挑選你想學習的音樂字彙。往後當你想學三十個有關麵食料理的單字，同樣地，翻開食物的章節學習你要的字彙。選擇字彙是學習新語言最有樂趣的環節之一；這就像是大腦專屬的個人化購物之旅。

關鍵摘要

- 從學習新語言的一千個常用單字開始是有效學習字彙的方法。
- 若你希望達到較高的流利程度，請繼續擴充字彙量、學會一千五百至二千個常用單字。
- 當你建立字彙基礎後，再根據個人需求選擇額外的學習單字。你能在主題單字書裡找到你想學習的內容關鍵字——旅遊、音樂、商務等等。

探索單字

> 字典就是一本按字母順序排列的完整宇宙。
>
> ——法國小說家阿納托爾·法郎士（Anatole France）

在上一章中，我們談到利用文法書的例句來學習新的文法句構和各種單字。你能將這些句子變成填空練習、加上幾張圖片來學習許多新單字和單字形態。例如「Where」這個單字，可以搭配句子「＿＿ are you going? I'm going to France!」（你要去哪裡？我要去法國囉！）

這種方法能讓你學會文法書中的單字，那文法書外的其他單字——像是我們上一節談到的各種字彙又該怎麼處理呢？你需要為每一個新單字找尋恰當的例句和用法說明，若你同時也能學到一些文法便再好不過。

我們將利用三種學習工具：谷歌圖片、自我導向的書寫和單語字典。我們對前兩種工具已不陌生，如今你累積了一些文法和字彙實力，你就能充分利用這些學習工具的效用。最後一項，你所學語言的單語字典，很快就會成為你的得力助手。不管單字本身有多複雜，它能讓你學會新語言的任何單字。首先，讓我們再次歡迎谷歌圖片登場。

谷歌圖片續集

你在第四章中，學會了如何利用谷歌圖片找尋新單字的有用圖片，也知道怎麼玩「找找看，哪裡不一樣」的遊戲。然而在你具備了一些文法知識後，可以換種方式運用谷歌圖片。假設你要學法文單字「dernier」（最後的、最近的）：在谷歌圖片裡快速搜尋「dernier」，會得到以下的插圖小故事：

最後的阿根廷獨裁者
被宣告終身監禁

若你將滑鼠移到文字上，你會看到原始的法文標題：

瞬間，你不單只是在學習一個單字。你也學到了「argentin」（阿根廷）、「dictateur」（獨裁者）、「condamné」（判刑）和片語「prison à perpétuité」（無期徒刑），此外，句子也呈現出文法的使用樣貌。這是語言的黃金礦場，它很快就能讓你得到學習素材。「dernier」代表什麼意思呢？是一個能套入以下情節的單字：「Le ____ dictateur argentin condamné à la prison à perpétuité.」

Le ___ dictateur argentin condamné à la prison à perpétuité.	dernier
正面	背面

沒錯，「dernier」（最後的、最近的）並非唯一適用於這個句子的單字。或許阿根廷的第一任或第十七任獨裁者也被判入獄。然而，每當你看到這個句子和相應的圖片，你仍會記住「dernier」（最後的、最近的）這個單字。畢竟句子的故事情節只是另一個更豐盛經驗的提醒物：當你搜尋這個單字時，你也許瀏覽了其他十九個圖文並茂的小故事——小賈斯汀「dernier」（最近的）演唱會、阿諾史瓦辛格主演的電影《重擊防線》（The「Dernier」Stand）等，最後你才挑選出阿根廷獨裁者的例句。這些搜尋經驗會在你的記憶中互相連結，而你的記憶字卡純粹只是扮演喚醒這些記憶的提醒角色。

谷歌圖片也能提供每一種文法句構的插圖例句。若你想為法文句構「avait fait」（他／她／它做了什麼？）尋找適當的句子，搜尋「avait fait」便會得到一百六十萬筆附有圖片和翻譯的相關例句。

自我導向的書寫

谷歌圖片是找尋單字例句的絕佳（和快速）管道。假使你想同時學習一些文法，你可以試著寫下你的自創例句和定義。這些句子經過批改後，你就能透過訂正結果來學習單字和文法。

這是有效利用時間的學習方式。你不僅同步學習字彙和文法，也能為你的單字創造出特別難忘的例句。這些句子不是你在某處看到的情節；而是專屬於你的故事，因此，它們會長駐你的腦海。

　　倘若你有一張學習的單字翻譯表和一小本記事簿或智慧型手機，你就可以隨時隨地書寫。你寫出的句子不一定都是正確的──匈牙利文的「紅色」有兩種單字用法；你使用的是對的嗎？當你誤用時，母語人士會幫你揪出錯誤，而你將從錯誤的經驗中學得更多。

　　我喜歡利用通勤時間書寫。我會先完成每日的字卡複習，接著開始寫下新單字的例句和定義。這簡直是源源不絕的攜帶式娛樂。

單語字典

　　一本優質的單語字典是可輸入資料的絕佳來源。你幾乎能在當中找到任何想學的單字且每個單字都搭配了單一語言的完整解釋。若你在解釋句中遇到不懂的單字，你也能直接查閱，看看那些生字的定義。在閱讀定義的過程中，你便自然學會了一些新單字和文法。你的口袋裡像是住了一位法國男子，而他無時無刻都願意用法語和你討論任何單字。

　　有些單語字典甚至會附上現成的例句。若你很幸運能找到一本這種字典，你便像擁有一間能購得所有字彙所需的全方位商店。從字典中學習例句和定義，再從谷歌圖片裡抓取相應的圖片，如此就可以進到下一個要學習的單字了。

　　當你的學習到達中階或高階程度時，你會愈來愈仰賴單語字典，一部分是因為單語字典確實是很棒的學習資源，一部分是因為它能告訴你單字間的細微區別。在前幾章裡，我們曾避免接收

過量的同義字。現在,我們願意敞開雙臂、熱情擁抱這些單字,因為字典會讓我們明白「警察」(正式)和「條子」(非正式)的用法有什麼差別。

在此之前,我曾建議你利用例句來學習抽象單字,但過程中難免會遇到一些侷限。有時要找到能幫助你記住抽象單字(例如『決心』)的適合例句並不是那麼容易。在上一章裡,我建議你先跳過這類麻煩的單字,之後再學習。如今,有了單語字典的幫忙,你沒有任何無法處理的學習項目了。

即便有了定義的助力,你也不該中斷使用例句的習慣。例句能幫助你輕鬆記住單字,也能讓你明白如何順暢地使用單字。字典則負責為單字添加額外的深度及協助你了解像是「eat」(吃)和「devour」(狼吞虎嚥)這類相似單字間的差別。

比起過往的學習習慣,查詢字典會耗費你較多時間。從前你只要花幾秒鐘找一張貓咪的圖片再製成記憶字卡就好;現在你必須搜尋圖片、找出適合的例句和定義。然而,以這種方式學習到的單字都會讓你在既有字彙庫中增加許多新單字和大量的可理解輸入。這能強化你在這項語言各面向的能力,並大大地加快你的學習步伐。假使你使用的是線上字典,則不需要花太多時間。一分鐘之內你就可以搜尋一個新單字、複製單字資訊並置入你的記憶字卡中。

關鍵摘要

- 利用谷歌圖片找尋單字的適當例句和圖片。谷歌圖片極具效率，也能提供清楚的範例和易記的圖片及句子組合。
- 若你遇到麻煩單字或手邊沒有電腦時，你可以試著寫下新單字的自創造句和定義。你能利用批改訂正後的句子同時學習文法和字彙。
- 當你具備了充足的字彙能力，你可以在自己的學習工具箱裡新增一本單語字典。如此，你會獲得學習所學語言中每個單字的能力；此外，還有另一益處：每當你探究和記住新的詞彙時，你的既有字彙庫也會跟著茁壯。

閱讀的樂趣和收穫

　　你讀得愈多，就會知道得愈多。你學得愈多，探索觸角就會延伸得愈廣闊。

——美國作家及漫畫家蘇斯博士（Dr. Seuss），
「閉著眼睛閱讀」（*I Can Read with My Eyes Shut!*）

　　我們擁有非常龐大的母語字彙量。英語的單字數量並不容易計算（「jump」和「jumping」算是不同的單字嗎？）假使我們以單字族類為主（例如：「jump」的族類包括「jumped」和「jumping」），那麼當我們年滿二十歲時，我們能學會一萬五千至三萬五千個單字族類。

　　我們究竟是如何學會這麼多單字呢？大多數人的青春歲月都

測測看你的字彙量！

在「字彙測驗網」（TestYourVocab.com）中，你能準確測量出你的英語字彙量。這個有趣的測驗只要花五到十分鐘就能完成。試試看吧。你也能推薦你的每個朋友（特別是他們的小孩）一起測測看。這個網站是由語言學家架設，他們致力於了解字彙程度是如何隨著年齡和教育而有所改變。愈多人參與這項測驗，他們就能得到愈有效的數據資料，而我們也能更了解語言的發展樣貌。

不是在瀏覽字典中度過，此外，我們懂得的大部分單字也都是極少用於口說的單字。你最後一次說到「excavate」（挖掘）這個單字是什麼時候呢？只剩下一個合理的學習來源：果不其然，我們是透過閱讀來學會絕大多數的單字，而我們當然也能用相同方式來學習外語。

閱讀外文常常會喚起某種不悅的聯想：花上好幾個小時艱苦吃力地閱讀某些晦澀冗長的文學鉅作，並要不斷在字典中辛苦地查閱單字。然而，我們不必如此折磨自己。我們擁有不需藉助字典、單憑上下文就能懂得單字意思的優秀能力——畢竟，這就是我們學會大多數母語單字的方式。大腦中的這種能力不會在一看見「en français」（用法文表達）的單字時就忽然消失。

事實上，每當我們遇見一個陌生單字時就能自然吸取單字百分之十的意思。有時候我們初次看見某個單字便能領會它的意思——狗興奮地搖「farok」（匈牙利文「尾巴」），而有時候我們會以循序漸進的方式學會一個單字。若書中的某個人物狂飲——「doboz」（匈牙利文「箱」）啤酒，我們會大膽猜測「doboz」是

某種罐子或瓶子。若接下來，他徒手把「doboz」壓扁並丟進資源回收筒，那麼這個物品大概不是玻璃製成的。

　　你能藉由大量和快速的閱讀來利用這種能力。閱讀一本小說長度的書籍──無論是托爾斯泰的作品或是《暮光之城》，能讓你自然增加三百至五百個字彙量，並能注入豐富的文法架構至你腦中的語言機器裡。因此，你不一定要從生硬的文學作品著手。你可以閱讀任何有趣的書籍。《哈利波特》系列小說至今已翻譯成無數種語言（或確切來說，至少有六十七種），你也能找到各種語言的偵探故事或芭樂情節的愛情小說。選擇你認為最吸引人的內容吧。

　　針對你的第一本閱讀書籍，請儘量先接觸你熟悉的故事內容，像是某本你讀過作品的翻譯版本或某部你看過電影的改編小說，再伴隨有聲書一起閱讀。有聲書會引領你、幫助你快速閱讀。如此一來，你就不會困陷於陌生單字，此外，你也能學到口語表達的節奏。

　　在本書前幾章，我曾要你將注意力放在個別單字的發音上，對於整體句子呈現出的唸法和聲音並沒有著墨太多。但在快速的口說表達背景裡，即便是熟悉的單字聽起來也會變得不太一樣，而有聲書便是能讓你熟悉真正口語表達最輕鬆的方式。你能聆聽母語人士一連說上十二到十八小時的故事，你能閱讀眼前的單字文本和專注在有趣的故事情節上。這簡直棒透了。你一路走來將能獲得大量的可理解輸入、學到許多字彙並樂在其中。

　　此外，你也能專注於故事情節，而不是辛苦解譯每個句子裡每個單字的確切意思。知道一根魔杖的材質究竟是紫杉或赤楊並

不總是那麼重要；有時你只需要了解那根魔杖能發揮的功用就足夠。這也是往後對你大有幫助的另一項技能；你必須具備跳過字彙坑洞的能力。你不會懂得每一個所遇單字的確切意思，但這也未必會阻礙你理解故事或對話。藉由閱讀書籍，你能學習鬆開陌生單字的束縛，讓自己沉浸在故事的魔法中。

關鍵摘要

- 擺脫字典的閱讀是增進既有字彙最簡單和輕鬆的方式。一般來說，一本書的文章脈絡就能教會你三百到五百個單字。你能藉由讀一本外文書來打通未來的閱讀之路：對你而言，往後任何類型的書籍或文本將變得更容易閱讀。
- 閱讀時配合使用有聲書，你就能相對輕鬆地讀完長篇內容，也能徹底感受語言在實際運用時的節奏。這能增進你的發音、聽力理解、字彙和文法能力；簡言之，這種訓練在你的語言各面向都能帶來強勁的推進力。

電視迷的聽力課

> 若你想藉由電視教導某人某事，你必須先教會他們如何使用電視。
>
> ——義大利作家安伯托・艾可（Umberto Eco）

學習聽力是一件麻煩事。真實世界裡的口說速度很快，有時即便是熟悉的字彙，從某人口中吐出時卻聽來異常陌生。你或許

學會了自在閱讀和書寫，甚至開始以新語言思考，但你在現實生活中突然遇見一位法國年輕人卻發現自己聽不懂她說的每一個字。句子的所有片段，像是「Je ne suis pas」（我不是），都揉攪成一個含糊的單字──「shwipa」，你困惑不解、納悶她說的到底是不是法文。

　　往後你可能還會碰到區域腔調和方言的難題。我在搬到奧地利居住前就取得了德語流利的官方證書。某天，我充滿自信地來到農場市集購買九層塔盆栽，順道詢問老闆照料植株的方法。他用奧地利德語回答我。經過了頻頻點頭和微笑的五分鐘，我只聽懂一個單字──水。顯然我必須留意和水有關的細節才能讓我的九層塔盆栽生長。

　　若你想聽懂真實世界的口說，你就必須聆聽真實世界的說話方式。然而，你不可能直接從收聽整天的外語新聞廣播開始。這太艱鉅了。你會感到挫敗，彷彿聽到的只是一堆雜亂的聲響而忍不住關掉收音機。

　　你可能會選擇聽音樂，這至少有趣多了，但音樂仍不是最好的選項。當你欣賞歌曲時，你有多常會認真專注在一首歌的歌詞上呢？你甚至能理解歌詞的意思嗎？音樂能讓我們心神遨遊，隨著敲打的鼓聲和帥氣的吉他演奏，我們跟著唱出「Slow motion Walter, fire engine guy」（慢動作華特，消防小子），儘管真正的歌詞是「Smoke on the water, fire in the sky」（濃煙瀰漫水面，熊熊烈焰滿天）[2]。我們並不總是因為歌詞故事而聆聽音樂；我們張

---

[2] 英國搖滾樂團深紫色（Deep Purple）歌曲「水上之煙」（Smoke on the water）。

開耳朵純粹為了欣賞音樂。假使你想要聽法文歌曲練習也無妨，
你的腦海中也許會縈繞幾個法文新單字，但它依舊無法讓你聽懂
現實生活裡那位法國年輕人的咕噥話語。

　　反之，你可以選擇觀賞電影和電視。在這種文本形式下，你
打開耳朵聆聽故事，因此，你也會認真專注在你所聽見的每一句
內容。不像新聞廣播，在電影和電視裡，你可以清楚看見每位說
話者的臉部表情、肢體語言和說話動作。這些視覺線索都能幫助
你理解聽見的內容。電視和電影就像是故事導向的真實人生，也
是學習聽力的完美教材。

　　電影或電視劇的光碟片往往附有各種字幕選項。請避免使
用。原因在於，看比聽來得容易。我們用眼睛學習的頻率高過耳
朵，因此我們很難在字幕顯現下增進聽力。

　　一部配有中文字幕的電影，基本上就是一本背景為外語聲響
的中文故事書。這對我們的聽力需求毫無幫助。當然了，你在幾
個小時的過程中讓自己的耳朵全然浸泡在法語或西班牙語裡，但
你並非真正聆聽了對話台詞；你只不過閱讀了一篇故事罷了。

　　若你看的是外語字幕，你仍舊是在閱讀一篇故事，不過這篇
故事就相對有用多了。這是輸入資料的極佳來源；這和配合有聲
書閱讀沒有兩樣。但它依舊無法幫助我們達成聽懂那位法國年輕
人咕噥言語的需求。你需要處在一個能讓自己完全仰賴耳朵的情
境，字幕卻會將這種條件環境從你身邊奪去。

　　你或許需要一些指引。有了字幕，你無法訓練你的聽力，但
沒有字幕，觀賞外語電影和電視劇讓人有點吃不消。你可以用兩
種方式降低困難度：慎選你的第一齣外語劇及事先在維基百科瀏

覽相關介紹。

　　首要觀念：電視影集比電影容易學習。不論你觀賞什麼內容節目，最重要和困難的任務便是弄懂角色關係及故事情節。這項任務的困難度在電視劇和電影裡不相上下；但在電視影集裡，你只需要處理一次。劇情來到第二集或第三集時，你大致明白了角色配置和故事背景，也就能放鬆享受故事帶來的趣味。但在無字幕的外語電影裡，你很難快速了解故事脈絡也因此容易嚐到挫敗滋味。這就像投注生命中的兩小時做一件你甚至無法從中得到樂趣的事。所以，你不妨從電視影集開始吧。至少在觀賞了前幾集後，你就能輕鬆了解和學習。

　　你應該看哪一部電視影集呢？擇其所愛，只要不是喜劇都好。最糟糕的事莫過於聽一串又臭又長的德國笑話，但到了最後卻發現你根本不知道笑點在哪，因為它出於德國特定方言裡相當罕用的單字雙關語。別輕易嘗試。你可以看「怪醫豪斯」（House）、「24小時反恐任務」或犯罪逃亡類的影集。這些節目大多都經過專業外語配音處理。你可以較不費力地跟隨和專注於劇情（「他在幹嘛？噢，他又開槍殺人了」），就算在這當中穿插了一個難笑的德國「笑話」你也不會想砸了電視。若你仔細挑選觀看的內容節目，你可能會就此迷上外語電視劇。這是再好不過的情況。我在兩週內狂看完四十八集的「24小時反恐任務」（法語配音版），這對我的法語學習有無比幫助。

　　你不必擔心配音的效果；相較於過去配音和台詞不吻合的狀況，當今高成本製作的電視劇已有長足進步。這是發展趨勢使然；美國電視劇在全球各地播映，再棒的影集也沒有人會想觀賞

很爛的配音版本。因此，他們會雇請翻譯員仔細注意單字和原始英語發音間的協調，所以你幾乎不會察覺配音台詞與劇中人物嘴唇開閉的落差。然而，若你還是很介意，你可以找找你所學語言的國家原創出產的電視劇。但你很有可能找到的是古裝劇或，嗯，不好笑的喜劇，呈現出的當然不會像是美式電視劇那種有趣、不用太動腦的暴力情節。

　　若你先閱讀外語版的劇情摘要，你會更輕易了解所看電視劇或電影的內容。這個小撇步讓我輕鬆看完前幾季的「Lost檔案」俄文版。到維基百科（先使用你的母語版本）查找你要看的電視劇，再將顯示語言切換成外語（連結選項位於頁面左下方）。你通常能找到該劇的相關資料和每集劇情摘要。當你閱讀這些摘要時，你也學到了每集內容所使用的一些字彙。這個方法也能幫助你處理外語電影，因為你可以事先了解人物角色和劇情。這就像先閱讀一本書，再觀賞這本書的電影改編版，這絕對勝過兩眼直盯螢幕，在電影結束後才明白劇情的情況。

　　往後當你能自在觀看電視劇後，你就可以丟掉輔具。你不需要先到維基百科上閱讀劇情摘要，此外，外語電影對你而言也不會太困難了。若你具有探險性格，你甚至可以嘗試喜劇（但若你學的是德文就當我沒說吧）。接下來，如果你有興趣，你可以更進一步聽有聲書（單獨使用，排除書本在手）、播客（Podcast）或電台廣播。

關鍵摘要

- 聽力是一種高速技能，有時會讓人感到不知所措。從最粗淺和基本的階段開始再漸漸增加難度、直到你能處理最快速和最困難的聽力挑戰為止（廣播、播客、含滷蛋發音般的火車站廣播）。
- 從有趣的外語電視劇或無字幕、外語配音的美國電視影集著手。你能事先閱讀每集摘要，讓自己預備每集的內容單字和劇情轉折來降低學習困難度。
- 當你愈來愈熟練後，你就可以停止依賴摘要輔助，開始觀賞和聆聽更具挑戰性的媒體工具。

口說和「禁忌」的遊戲

> 「我辦不到。」我說：「我不知道該說什麼。」
>
> 「說什麼都行。」他說：「即興創作寫錯也沒什麼。」
>
> 「那要是搞砸了呢？要是我把節奏破壞了呢？」
>
> 「不會的。」他說：「這就像打鼓。你漏掉一拍，就再創造一拍。」
>
> ——佩蒂・史密斯（Patti Smith），「只是孩子」（*Just Kids*）

我們常在派對上玩一種名為「禁忌」（Taboo）的遊戲。或許你也曾玩過。遊戲中，你必須讓你的隊友大聲說出某個特定單字，例如「棒球」。但你不能直接說出這個單字，也不能提到「運動」、「比賽」、「打擊手」、「投手」或「球」。這些單字是

有口難言的禁忌字，要在遊戲中獲勝，你必須找到一種方法繞過這些不能說的單字。於是，你開始即興發揮。你說這是選手群聚在一起的活動、用棍子敲擊圓形物體並在場地上跑一圈。若提示夠清楚明顯，你的隊友會大呼「是棒球！」那麼你就贏得一分。若還猜不出來，你就會換種方式說明，這是美國人最喜歡的消遣活動，也是道奇隊員很愛的娛樂項目噢，諸如此類。

口語流利和「禁忌」的遊戲本質上是一樣的。當你用外語說話時，你試圖傳達出腦中的想法，然而，你並非每次都能用最適合的單字表達。你想和你的德國友人說一件關於棒球比賽的事，但你不知道德文的「棒球」怎麼說。或許你連德文單字「運動」或「比賽」是什麼也不曉得。你該如何將你的想法傳達給朋友呢？

你立刻想到的也許是切換為英語溝通吧。你的朋友也許聽得懂英文，而你也能順利表達想說的話。遺憾的是，你的德語不會有任何長進。相反地，假使你留在德國生活，美妙的事情接著發生：你願意即興發揮表達。從那一刻起，你便朝流利之路邁前了一大步。

流利，說穿了，並不是指通曉語言中每一個單字和文法類型的技能；而是能流暢表達自己的想法、遇到障礙時也不中斷的能力。若你能成功讓你的朋友明白你所說的棒球消息：「我們在……看道奇隊。」，你就實踐了流利的要素。你漸漸懂得使用學過的單字來表達自己；若你能以這種方式面對在你腦中出現的每一個想法，那麼你就成功了。在這場語言遊戲中你獲得了勝利；你具有流利的本事。

　　這是一種透過學習而熟能生巧的能力，也是一種能運用簡易版的「禁忌」遊戲來練習的技能。這當中只有一條遊戲規則：禁止說母語。每當你和母語人士或其他語言學習者對話時，你必須謹守只說外語的規定。某些時候，你的腦中浮現出想法但你找不到能表達的單字。緊抓住這種關鍵時機！這就是能將你記得的單字和文法轉變為流利口語的機會，而這種時刻只會出現在當你頑固地拒絕說母語時。

　　這是本書中最重要的遊戲環節。我們曾做的所有努力都是為了讓你到達此刻的最後一關。所以，請不要輕易喪失這種學習機會。你遇到的人可能對「禁忌」遊戲不感興趣；他們可能是遇到表達障礙時就會切換成母語說話的外語課同儕，或是想和你練習母語的外國人士。他們（有時是不自覺地）鼓勵你說母語。千萬別受影響。找尋其他的練習夥伴吧。你的新語言將會感激你這麼做。

尋找「禁忌」的遊戲夥伴

　　世界上有許多人說著你正學習的語言。他們也許就在你家裡、也許在國外，或處於兩者之間：

在家：自家客廳內的視訊聊天

　　五至十年前，你在國內練習口說的資源包括課堂或當地家教。不久後，寬頻網際網路接踵而至，改變了學習的樣貌。你可以輕鬆待在家，只要連上網站、點選幾個按鍵就能和母語人士視訊聊天。這正是所謂科技進步帶來的美好新世界。

　　網路提供的資源無時無刻變化，然而，這當中有一些出類拔萃、值得一提的語言社群：Verbling、Live Mocha、italki。

　　Verbling.com是一個能取得立即滿足的語言平台。你輸入想學的語言後，系統就會把你配對給說這種語言且想學你所說的語言者。你先以一種語言聊天五分鐘，接著鈴聲提醒，你就得切換成另一種交換語言。這是種快速約會式的語言學習，也是能與道地母語人士交流的優良管道。你可以結交新朋友，也可以一起玩「禁忌」遊戲，不亦樂乎。

　　Verbling平台的優點是方便快速；你不必花時間尋找語言交換的對象及安排聊天時程。你會接觸到各式各樣的腔調，這對你在未來理解這些不同的口音有所幫助。你或許猜到了，在此的對話內容並不會太深入；你通常只會自我介紹、談談你的居住地和工作。若彼此聊得來，你們可以交換聯絡方式，往後再利用視訊軟體（例如Skype）聊天。

　　LiveMocha.com也是眾多的語言交換網站之一。其他著名的網站有Busuu.com、MyLanguageExchange.com及Exchanges.org。它們就像是語言學習者的交友網站。你放上自己的簡介頁面：我是母語為英語的稅務律師，我想尋找一位志同道合、能一起視訊聊天的俄語人士，然後搜尋其他使用者的頁面並試著結交新朋友。當你找到幾個合適人選後，你就能安排彼此語言交換的視訊時間。若你能在LiveMocha平台上找到幾位良師益友般的語言學習對象且安排了固定的交談時間，你就能獲得許多口說練習的機會。真正的挑戰在於當你自我介紹後，你們究竟該聊些什麼。你們要不就是談論彼此的共同興趣，要不就是玩些派對遊戲

（例如YouRather.com網站提供的選擇題：你寧願裸體還是渾身發癢？）

　　italki.com將學習價碼搬上檯面的作法大大地改變了遊戲的樣貌。它能讓你和母語人士或專業的教師連上線，而這些人非常樂意專門以你所學的語言和你交談。你的練習過程完全不會被其他語言打斷，也讓你的學習更具效率。這些指導人員都是在自家上線工作，因此收費通常都不會太高。

　　這種方式讓你更能掌握自己的學習進度。當你試過幾個人選、找出最合適的對象後（大多數的教師都會提供收費低廉的半小時入門課程），你就可以安排固定的會面時間並預先準備充分的談話主題。

　　若你希望學習更有效率，你可以參照你的常用字表、逐一討論你還不熟悉的單字。我和我的私人英語家教學生便是如此，而這種方法總是能激發有趣和好玩的對話。舉例來說，當我們試圖了解「bar」和「pub」的差別時，我們開始漫談德國和美國的飲酒文化。最後，我們話匣子打開，欲罷不能地又聊了五到十分鐘，玩了不少「禁忌」遊戲，當然也學會了「bar」（美式酒吧）、「pub」（英式酒館）和「Biergarten」（德國戶外啤酒園）之間的差別。接著我們才進到下一個單字，展開另一段嶄新的對話內容。

　　記下所有你學到的知識。這是你能學習課本沒教的俚語的大好機會。若你有興趣，你甚至可以和你的家教一起腦力激盪，造出新記憶字卡的例句。過程中，你會碰到新的文法和字彙，然而，這些內容都會以外語口說的面貌呈現。這是善用時間和金錢

的方式，也是在家練習口說最棒的方法之一。

國外：語言假期

你可以在家學習語言，然而相較之下，旅行的收穫卻無可取代。當你到一個國家旅行時，你能體驗到某種語言的靈魂，像是當地的人民、食物和文化，這些都是無法從書本獲取的經驗。我在義大利中部的城市佩魯賈（Perugia）學習義大利語。在那兒，我和一位來自拿坡里（Naples）的男人一起居住，他曾詳盡地為我解釋普通披薩和正統拿坡里披薩的差別。他滔滔不絕地說了十分鐘，彷彿演奏著一首關於披薩的狂想曲，最後他有點詞窮，只好一邊激動地揮舞雙手、一邊說道「È come... come... è come... un orgasmo」（這就像…像…這就像性高潮一樣）。那天我學會了一些義大利文單字，但那其實不重要了；真正可貴的是，我認識了義大利的靈魂。

若你希望系統化安排你的語言假期，你可以考慮報名語言課程。幾乎每個國家都設有語言機構且大多索費合理。你獲得的經驗回饋珍貴無價。你能感受上千種在其他地方都得不到的體驗——在維也納歌劇院要遵守的禮節、陌生國家的醫療體系工作方式、正統拿坡里披薩的滋味，你會在過程中愛上一個國家的人民和文化。

很多人會以英語和外國人溝通，所以請儘可能找到能以外語和你交談的人士。你通常會和一群國際學生一起上課，但你會發現大多數的同學在下課時間都是以英語對話。假使你的母語是英語，人們更會主動和你說英語、練習他們的英語會話技能。是

以，「禁忌」遊戲就更難進行了。

　　假使你正在異國度過語言假期，你可以安排一些能與當地人接觸的活動。參加義大利語的美術館導覽、法文的烹飪課程、到酒吧體驗、參與當地的宗教儀式或社區活動。儘可能創造你能開口說外語的環境。你當然能和義大利人以英語溝通，這無對錯，但畢竟這是你的金錢和出國時光。不妨和那些討厭說英語的人相處、練習外語口說吧。或者你乾脆告訴大家你是阿爾巴尼亞人而且你不會說英語。世界上很少人會說阿爾巴尼亞語。

兩者之間：沉浸教學

　　我是沉浸教學的頭號粉絲，特別是佛蒙特州（Vermont）的米德爾伯里學院（Middlebury College）提供的課程。你和一群四十到兩百人組成的學生一起出現在這僻靜的校園裡，你們全都簽署了一份禁止說母語的合約，在接下來的七至八週內你只會用所學的外語說話。這就像是語言學習的新兵訓練營，而「禁忌」遊戲正是這塊土地的法律。你用外語學習、用外語吃飯，過了幾週後，你甚至連睡覺都會用外語作夢。

　　這些課程的神奇之處在於每個人都努力朝同一目標前進。因此當你開口說話時，比較不會感到羞怯和格格不入。反之，若你是課堂裡唯一的非母語人士，那無疑會是非常尷尬或可怕的情境。當你在外國求學時，這種情況便常常發生。但在沉浸教學的課堂中，每個人都會犯錯，所以當你說錯了也沒什麼大不了。你每天幾乎都在上課、與朋友聊天、協助對語言較不熟練的同學或和較有經驗的同學學習中度過。

　　和同學朝夕相處也有一個小缺點——你會學到一些壞習慣，特別是發音。即便你在學習之初擁有漂亮的外語腔調，但長時間聽到美國口音的德語，你很容易就受影響。儘管如此，你從這些課程中獲得的口說練習量無可匹敵，你始終在玩「禁忌」遊戲，而你可以藉由和母語教師相處（或在社交疲乏時，觀賞外語電視劇）來減低不道地口音的影響。

　　這些課程也許要價不斐，但它同時也提供了多種學費補助和無與倫比的學習成果。若你有機會參與，不要猶豫，這些課程會是你永生難忘的學習經驗。

關鍵摘要

- 隨著網際網路的普及和高速發展，無論你身處何處，你都能取得練習口說的良好環境。
- 無論你在何時何處練習，請遵循語言口說遊戲的黃金準則：禁止說母語。以這種方式練習能培養你對已知單字和文法的流利運用度。

現在就開始：探索你的語言

　　出發探索吧。開始閱讀一本書或猛嗑二十本。動手寫一本小說。坐上飛機參加國外的密集課程。你已擁有必備工具能隨心所欲打造你的語言，你可以憑自己的喜好、用任何方式（和任何學習順序）來使用這些工具。

　　話雖如此，但若你能知道關於第一步和下一步的建議也不賴。我很樂意提供。

　　我曾在前三章提出以下建議：

1. 聲音遊戲：學習如何聆聽和讀出你所學語言的發音；了解單字拼法和發音之間的關聯。

2. 單字遊戲：學習六百二十五個常用的具體單字；方法為透過谷歌圖片庫玩「找找看，哪裡不一樣」的遊戲、尋找個人關聯性，若有需要再為文法詞性新增影像記憶。

3. 句子遊戲：開始將文法書中的句子轉變成新單字、單字形態和單字順序的記憶字卡。透過書寫練習補足文法書中缺少的例句。

下一步的建議：

1. 若你尚未完成上述任務，請先學完文法書的前半部內容。將所有你感興趣的內容製作成記憶字卡。

2. 學習你所學語言的前一千個常用單字。當你不太確定某個單字意思時，請試著寫出這個單字的定義和例句。不久後，你會發現自己能漸漸看懂單語字典了，此時再利用單語字典學會剩下的單字。

3. 回到文法書，再一次瀏覽內容，學習任何你遺漏的部分。

4. 搭配有聲書閱讀你的第一本外文書。

5. 觀賞完整一季的外語配音電視劇。你可以事先閱讀每集劇情的外語摘要。

6. 大量練習口說。藉由沉浸教學、國外語言假期或italki.
com平台上的教師資源，竭盡所能地練習。若你擁有私人
家教，你可以利用機會一起討論常用字表的下一千個單字
和你感興趣的特殊單字。和你的老師一起協力造句再將句
子消化、置入你的間隔重複系統。

接著，根據你的學習步調不斷反覆複習。

註：就算你正忙於看一本書或電視劇，也不要中斷記憶字卡
的複習任務。你的字卡會隨著使用時間的累積而變得愈來愈有
用。我通常會花一整年的時間徹底複習我的記憶字卡。也因此，
我能輕鬆記住學過的單字和文法，就算不再複習也不會遺忘。

同樣地，也不要全然中斷創造和學習新的字卡。我曾在過往
經歷一種情況，那就是我為了記住學過的內容而完全冷落新的知
識。雖然我每天按時按量的複習，但卻絲毫沒有學到任何新的字
卡。我很快就感到乏味了。至少就我的經驗而言，唯有同時學習
新事物，你的字卡複習任務才會變得有趣。因此，請確保你有源
源不絕的學習活水——就算一天只學少少幾個新單字也會有很大
的不同。

資源

常用字表和字典

在附錄一，你能找到前十一大外語的常用字表推薦。若你
所學的語言不在其中，請參看我的網站（Fluent-Forever.com/
language-resources）裡的評論和建議。若你還是無法取得所需，

你可以在維基百科（en.wiktionary.org/wiki/Wiktionary:Frequency_lists）找到絕大多數語言品質還尚可的常用字表。

在附錄一和我的網站裡，你也同時會看到字典推薦。若你能取得線上單語字典的資源，你可以將內容轉貼到谷歌翻譯使用。這能讓你在學習初期就擁有運用字典的能力。

書籍

書海無窮浩瀚。當你準備好要閱讀一本書前，想必你會先用外語在網路上查找資訊並向書商訂購你想看的書籍和有聲書版本。就我的個人經驗而言，我會極力推薦你閱讀《哈利波特》的系列小說。這系列作品的翻譯本都很出色，也有許多有聲書的版本。我在我的網站裡附上了書商的連結網頁，不妨參考。

電影和電視

電影和電視劇的取得方法有點麻煩；一部分是因為主要的媒體公司向來打擊網路盜版的效果不彰而選擇鎖定影片的智慧財產權。因此，你需要有專門的光碟播放器才能播映其他國家的光碟片。若你想在其他國家的iTune網路商店租借外語電影或電視影集，你必須擁有海外信用卡或到拍賣網站eBay購買一張國外的iTune禮品卡。你只不過想購買和觀看一齣電視劇，卻要經過如此麻煩的手續，著實讓人火大。

然而，製片商和電視台漸漸意識到消費者的不便。因此，你經常能在線上影像租賃公司Netflix找到外語影片，你甚至偶爾可以在某些外國電視台的網站發現合法串流播映的熱門電視劇配

音版本。

要取得串流或可購得的媒體播放器,透過維基百科是最輕鬆的方式。你必須先知道你要看的電視劇的外語名稱才能進一步搜尋(例如:「白宮風雲」的法文名稱是「À la Maison-Blanche」)。維基百科是也是查閱外語名稱最方便的管道。先用你熟悉的語言輸入名稱,再切換成你所學的語言(位於頁面左下方)。最後利用谷歌搜尋此外語劇名,你通常就能找到一些合法的購買選項。

口說機會

我們在本章討論到口說的主要資源和「有口難言」的遊戲,為了方便起見,我們將在此作一次統整回顧。

在家:依據你的居住地和你要學習的語言,你可以找到在地的語言課程或家教(分類廣告網站克雷格列表〔Craigslist.com〕是找家教的不錯管道)。但只要你能連上寬頻網路,你同時也擁有以下選擇:

- Verbling.com(方便快速,快速約會般的風格)
- Livemocha.com(須經過較長的對話,和一般的約會網站相似)
- 也可參考Busuu.com、MyLanguageExchange.com及Language-Exchanges.org
- italki.com(付費的專業教師和家教)

若你正在尋找談話主題,可參考:

- Fluent-Forever.com/conversation-questions（方便的談話主題清單）
- ConversationStarters.com（例如：你最懷念的兒時記趣是什麼？）
- YouRather.com（例如：你寧願裸體還是渾身發癢？）
- 葛瑞格利・史塔克（Gregory Stock）的著作《答案，在你心中》（*The Book of Questions*）（例如：與人交談時，你傾向於聆聽還是分享？）
- 麥克・史密斯（Mike Smith）和杜比爾（Bill Doe）合著的《血淋淋的問題》（*The Book of Horrible Questions*）（例如：你願意為了一百萬美金而吃〔去骨的〕人類腳掌嗎？）

國外：若你正在尋找國外的語言密集課程，那麼你需要藉助谷歌（搜尋「在法國學法文」）和口碑介紹。在此並沒有一個專門搜集這些課程資訊和評論的中央機構。你可以在專門學院或社區大學找到價格最低廉（但教學往往最出色）的課程：位於義大利佩魯賈（Perugia）的外籍生專門大學（the Università per Stranieri）；西班牙境內林立的公立語言學校（the Escuelas Oficiales de Idiomas）等等。

兩者之間：美國佛蒙特州的米德爾伯里學院（Middlebury College）提供了最密集的沉浸課程。它是一所官方強制執行零母語學習策略的學校。若那裡未提供你要學的語言，那麼你也可以參考美國境內許多沉浸課程。請參考網頁Fluent-Forever.com/immersion。

給進階程度學習者

　　若你具備使用本章學習工具的能力，你的學習程度至少已達中階水平。但假設你真的懂得非常多外語知識；或許你學了好幾年，只不過大部分都忘光了。也或者你正在尋找一種能精進聽、說、讀、寫四種主要技能的方法。

　　我想給你的建議與給其他人的幾乎一模一樣；若你想增進聽力，那就多打開耳朵聆聽，若你希望口語表達更順暢，那就多開口說。然而，我可以推薦你一些策略來幫助你更有效學習。

　　若你希望花最少力氣複習和維持你的語言能力，那就多觀賞電視劇吧，我最近就用這種方法面對我的法文。我在學習俄文和匈牙利文期間淡忘掉不少法文，而我希望再重拾我的法文技能，因此我開始大量觀賞電視劇和電影。我在一個月內看完了三季法文版的「24小時反恐任務」和五部法文電影。一個月後，我又再次能以法文作夢了。這是一種維持語言能力樂趣無窮的方式。

　　只要再多付出一點努力，你就可以持續增進你的進階程度語言。最有效的方式便是利用Lang-8.com訓練寫作以及和家教練習口說（使用italki.com平台）。把你所犯的錯誤知識和每個你想學的新單字製作成記憶字卡。利用常用字表作為對話或寫作的素材。找出陌生的單字，再與你的家教討論這些生字（或根據這些單字練習寫作），儘可能大膽犯錯吧（提醒你的家教為你抓出錯誤）。若你不斷練習口說和寫作，並能利用間隔重複系統學習所有你曾犯錯之處，那麼你就會進步神速。

第七章
結語：學習語言的收穫和樂趣

　　大腦就像身體上的肌肉。當它發揮功能時，我們會感到
無比暢快。領會是一件快樂的事。

——美國天文學家卡爾・薩根（Carl Sagan）

　　你買了這本書，也添購了一小批書籍和（或）應用軟體——
包括課堂教科書、慣用語寶典、一兩本字典、發音指南等等。你
或許報名了語言課程或找到了個人家教，甚至參加了沉浸課程。
你花了幾百個小時製作和複習上千張記憶字卡。你付出時間、努
力和金錢交換了什麼？在這趟語言之旅的尾聲，你得到了什麼回
饋？

　　若你審視每一個小片段，你會發現你的收穫無數。

　　從經濟角度觀之，你開啟了在國內外的新就業機會大門。儘
管英語盛行，但隨著全球相互依存關係變得愈來愈緊密，近年來
對外語能力的需求日益增加。就此方面而言，美國尤其落後其他
國家。由於經濟全球化益漸頻繁、勢不可擋，美國勞工統計局預
估在二〇一〇年到二〇二〇年間，口譯及翻譯人員的需求量將成
長百分之四十二——並將這些工作類項列為高預期增加的前十大
職業。

　　若從事翻譯工作並不是你的志向，你或許可以考慮成為祕密特務。我不是在開玩笑。若你學會所謂的關鍵任務語言──阿拉伯語、中文、達利語（Dari）、韓文、普什圖語（Pashto）、波斯語、俄語或烏都語（Urdu），美國中情局會迫不及待地延攬你，錄取第一天就會以精通一種語言三萬五千美金的高酬勞作為聘用獎金，更別提往後還有額外的每月「語言進修」津貼。每次我到米德爾伯里學院參加語言沉浸課程時，中情局的招募人員總是頂著一頭俐落髮型、西裝筆挺的現身公告有關招募研討會的消息。他們亟需吸納精通多國語言的人才。

　　就算你不想轉換跑道，你的潛在薪資實力也增加了百分之五至二十。雇主們願意高薪聘用精通雙語的員工，即便這些員工的現有工作不需要用到外語。雇主將語言技能視為才智和能力的象徵，而這讓你──也就是他們的新進雙語人才，變得炙手可熱。

　　這些雇主並非以外貌作為錄用的衡量標準。若你懂得另一種語言，你不僅看起來很聰明；實際上你的腦袋也變得更靈活了。藉由學習語言，你恆久改變了自己的大腦結構。懂得雙語的大腦和單語腦袋有顯著的不同，某些大腦部位較發達。近期研究指出，你不一定要從小就獲得雙語能力才能證明你具有雙語天賦，你只要透過學習和不斷精進就能達成；你學得愈好，你的成果就能維持愈久，你的大腦結構也會改變愈多。

　　這對你的日常生活會帶來什麼影響呢？當你學習語言時，你會恆常增強你的記憶力──將能更快速和更輕易地記住事物。你的多工處理能力也會提升。精通雙語的人更擅於排除干擾、專注於眼前任務。他們具有較高的創造力，也是解決問題的高手。具

備雙語能力的學生在英語、數學和自然科學的一般考試項目上勝過單語學生。

這種種優勢統稱為「雙語效果」，這並非天生自然的智能結果。大多數的雙語人士從未事先選擇要具備這種能力；他們只不過碰巧在雙語家庭的環境中成長。雙語效果是一種習得的智能，而藉由學會一種新語言，你也能得到。

為什麼會有雙語效果呢？許多研究值得繼續探討，但近期的研究成果指向一個特別古怪的成因：學習語言會讓思考變得困難。

當你學習法文時，你彷彿將一個喋喋不休的法國佬植入你的腦袋。甚至在當你試圖以母語思考時，他就會坐在大腦幕後，自顧自的用法文咕噥著什麼。你完全找不到關閉的開關。你還記得第二章提到單字在你舌尖上翩然起舞的回想時刻嗎？雙語人士比單語人士更常遇到這種情況，因為他們的大腦必須搜尋兩倍的單字量。雙語人士甚至較不容易陳述簡單的物件名稱——那是一張桌子、那是一隻貓。儘管他們最後往往能找到想說的單字，但需要較長的搜尋時間，那是因為他們總要對付腦中那位碎碎唸的法國佬。

這乍聽之下很糟糕，就像一種後天習得的精神分裂症。但你的大腦終究會適應。在學習說另一種新語言的過程中，你不可避免地學著降低和忽視使用母語的機會。面對語言的持續干擾，你學會了集中注意力，是以，你的大腦通常會變得更擅於專注。這就像你的腳踝上包覆了重量四處行走；不久後，你的身體就會習慣——你變得更強健有力——而你也感覺不出那些附加物的存

在。學習語言是一種大腦的體力訓練。

　　你的大腦不僅更強健，也變得更健康。懂得雙語的大腦較能抵抗年齡增長帶來的退化問題。研究指出，雙語人士能明顯延緩老年癡呆和阿茲罕默症的發病時間。平均來說，年長的雙語人士出現癡呆症狀的時間比單語人士晚了五年；假使他們懂得兩種以上的語言，效果更是顯著。

　　除了經濟和腦力上的益處，學習語言最珍貴之處在於：你的內心吸取了多元養分。它以你意想不到的方式讓你接觸陌生的人群和新鮮的文化。義大利人說義大利語時會表現出不同風情，德國詩歌精緻優美──但僅限於當它們以德文或德語呈現的時候。你開始看見人們和文化的不同面向──那些被英語世界遮蔽的真實風景。你甚至也開始看見自己的不同面向。

　　我會像義大利人般用豐富的手勢溝通。我必須如此。當我說義大利語時，我會渴望到處旅行、欣賞美麗的事物、在燦爛陽光下放鬆心情和品嚐美味的食物。回味無窮啊，我的心裡充滿了義大利語的快樂回憶，因為我的所有單字都和學習及使用當下的片刻緊緊相連。「Gelato」不是「冰淇淋」的義大利文單字──而是指六個星期、幾乎像信徒朝聖般追尋義大利最好吃的gelato回憶；它是羅馬的草莓gelato和佩魯賈的開心果gelato ──它代表一邊吃著世界上最美味的椰子gelato，一邊在五漁村（Cinque Terre）欣賞海浪捲入陽光明媚的港灣。我的義大利文單字不只是我一輩子都在使用的尋常單字；它們是我用自己的雙手和腦袋創造而生的一套清晰回憶。在學習義大利文的過程中，我為自己打造了新的內在和個性。那便是語言學習帶來最珍貴的禮物──

你開始認識新的自己。

　　這絕不是我個人的狂言囈語；在我遇見的所有多語人士身上，我都發現了這種特性。我的一位法文老師是個美國女人，她嫁給一名法國男人並移居巴黎。當她開口說法文時，她簡直是我見過最優雅和聰明的女性。在最後一堂法文課上，我們終於切換成英語交談。就在那一瞬間，這位在我腦中始終優雅的女人突然轉變為一個來自美國德州，伶牙俐齒、像是隨時會爆粗口的派對少女。這並不意味她的法國形象是虛假的；這只不過是她個性的不同面向，而她透過法文展現出屬於自己的某種個性。

　　外語有時像是一張面具，而你彷彿置身在這場假扮遊戲中。你扮演某位法國男人的角色，和某些朋友演出對手戲、說出你的台詞對話。在這些時刻裡，你偶爾發現自己會說出一些你不會用母語說的話。你的心胸變得更開闊、更具包容力。你更能無拘無束地說話。畢竟，這並不是真正的你；這只不過是一場遊戲。

　　這麼說其實不正確。

　　那就是你。

　　而你只能透過外語認識這種面向的自己。

學習工具箱

學習集錦　指引你如何運用記憶字卡學習語言　　　　221

使用記憶字卡的藝術　　　　229

集錦一　發音訓練教材自己動手做　　　　237

集錦二　第一批單字　　　　247

集錦三　使用並學習你的第一個句子　　　　267

集錦四　最後一組字彙卡　　　　293

術語與工具的辭彙表　　　　303

學習集錦
指引你如何運用記憶字卡學習語言

　　本書探討了許多事情：語言、人類的大腦、學習的過程與文字的精髓。不過真正進入正題時還是在於：你要如何運用記憶字卡來學習語言。

　　大家在學校都會用到記憶字卡。卡片的一側通常是提示（提示：渡渡鳥），答案則會寫在另一側（答案：這是一種不會飛行的鳥類，現在已絕種，曾經棲息於模里西斯島……），而你可能會在學校大部分的測驗中用上這個答案。若是這樣，你會將卡片集中洗一下牌，看看哪個卡片你已經記熟了，接著找出那些還沒記熟的卡片再考考自己。如果你真的對緊接而來的測驗感到相當焦慮，可能還會把所有卡片翻到另一面，試試看自己能否從這一面的資訊說出另一面的內容（新的提示：這是一種不會飛行的……新的答案：渡渡鳥）。接下來你便能輕鬆駕馭這次的測驗，並把那些卡片束之高閣（或是丟到垃圾桶）。

　　這種記憶字卡使用法可能有些無趣，不過對你準備測驗卻有大用。假使你專從一面來記憶（提示：渡渡鳥），便能針對特定的測驗題做準備（什麼是渡渡鳥？）。假使你從另一面研讀卡片（提示：這是一種不會飛行的鳥類……），你便能為其他測驗題

做準備（何種不會飛的鳥類曾棲息於模里西斯島？），而假使你同時精通卡片兩面的資訊，你便能完全掌握所有關於渡渡鳥的課題。

若想成為渡渡鳥專家，可試著做一大疊記憶字卡，內容盡可能含括渡渡鳥的每個面向。渡渡鳥生活在何處？（模里西斯島。）渡渡鳥體型多大？（三呎高，體重介於二十二到四十磅之間。）渡渡鳥會飛嗎？（不能。）諸如此類。你從越多方向研讀同樣資訊，就越能了解手上的素材。

我希望你成為自己學習中的語言的專家，但你應該也要能從學習過程中得到樂趣。因此我會在這種無趣的，以索引卡形式為主體的模式中做些變化。

最初，也最重要的，就是我們要將所有記憶字卡納入間隔重複系統（SRS），它將會告訴你何時研讀每張與所有卡片。正如我們在第二章所討論的一般，這會讓卡片使用起來更有效果也更添趣味。你就是固定在跟自己玩遊戲，看看你持續了多久才會忘記其中一張卡片的內容。因為有這個遊戲，你手上的記憶字卡便能一直保持挑戰性，每當你重新檢視這些卡片時，也能一直獲得莫大的成就感。

再者，你將會藉由這些記憶字卡記住多種角度的經驗，而非只記得單一事實。當你看到像是déjeuner（午餐）這個字，就會聯想到美食的記憶。接著，每次你看到déjeuner時，你的內心將會直接飄至你曾經在巴黎街上向小販購買的那種，上面塗滿奶油的爽脆法式長棍麵包，還有布里乾酪（以及蜂蜜和核桃）。你得以從三個方向完成這項體驗：藉由照片而非翻譯（一條美味的布

里乾酪法式長棍麵包）；藉由找到能帶入這個字的記憶（在巴黎的午餐）；以及藉由在你的記憶字卡上留下對這段記憶的小小提示（巴黎，二〇〇二年）。這樣做能讓你在檢視這段過程時得到更多樂趣，也能夠更有效的學習。

最後，你並非為了枯燥乏味的測驗而學習；你是在自學某項自己極為感興趣的主題。是在探索隱藏在每個單字與文法規則下的謎團。為什麼西班牙人用 gato 來稱呼貓，其中的差異為何？要如何運用德文文法從一種全新的角度思考？而不僅僅是強記那些記過即忘的翻譯。你是在學習如何成為一名寶藏獵人，而你將會使用記憶字卡作為探險中的提醒。

就讓我們開始進行吧。我們會先從如何製作卡片的基本法則開始，接著會按照：發聲（第三章）、基本字彙（第四章）、文法（第五章），以及進階單字（第六章）的順序來製作每份卡片組。你必定會緊緊抱著自己創造出來放進間隔重複系統中的卡片不放，每天玩賞這些卡片遊戲會變成必做事項，最後讓這項語言在你的大腦中成形，並做好閱讀日文漫畫、看德國電影或是跟巴西籍服務生閒聊的準備。

基本卡片組設計法則

我們會基於在第二與第三章所介紹的想法建構卡片。假使你還沒讀完上述章節，現在先讀吧。第二章解釋了為何我們要使用記憶字卡，如何使用間隔重複系統來排程，讓你的複習規劃效率最大化，以及如何藉由連結聲音、拼法、觀念，以及每個學習的事項與個人的連結性，盡可能讓你牢記每張記憶字卡的內容。在

第三章的結尾，我們對「多即是少」悖論做了研究——即學習一項主題時盡可能了解更多資訊，能幫助你在更少的時間內學得更好。

我們也將會在這些想法中加入兩項基本設計法則：

- 大量內容簡單的卡片比少量複雜的卡片更有效。
- 每次都只要求一個正確的解答。

上述所有的法則大多數是在強調專注的重要性。你一次只要專注在一件事情上即可。間隔重複系統能幫助你學習並快速留住大量的事項，但它無法讓你一次想起許多不同的事項。英文的單字組合有四百六十四個定義。假使你為了某種瘋狂的理由，想要學全所有的定義，就不會只使用一張記憶字卡。而是需要四百六十四張卡片來協助指引你個別定義的資訊。

你不會為每個單字製作四百六十四張記憶字卡；也不需要這樣深刻的記憶單字。但你會需要多張記憶字卡。你終究會在腦中創造出一個複雜的結構。你會期望每個單字帶出爆炸性的關連：聲音、拼法、多重定義、文法上的特色、記憶，以及情緒。若你一次在一張記憶字卡上處理好這些項目，就能用最快速度建立起這些項目的關連性。

第二個法則是，永遠都是一次只寫一個正確答案——這是由第一法則延伸而來。我們希望這些記憶字卡能更簡單易懂。如果你卡在一次要記住一年十二個月的發音與拼法，那學習這件事絕對無法讓你覺得快樂的；正如我們之前所述，你一次只能專注在一件事情上頭。因此若一張記憶字卡問了超過一個正確解答的問

題——在英文中，我要如何發出「K」這個音？（答案：發C、K
或是CK音）——只採用一個答案（發C音！）作為正確解答即
可。你可藉由製作額外的記憶字卡（例如：rock這個單字中哪個
字是發CK音？）來得到所有答案。這樣一來，你在檢視記憶字
卡時就能一直保持樂趣、速度與效果。

你需要多少張記憶字卡呢？
要為不同需求製作不同牌組。

　　你為同一個資訊製作越多記憶字卡，就越容易學會一件事。
設想你正在學習chèvre（山羊）這個單字。你可能會做一張卡
片，上面寫道「chèvre是什麼？」而另一張卡片上則寫道「這是
什麼？」

　　兩張記憶字卡都會教授你同一個單字，但它們是用不同的概
念訓練你了解chèvre這個字——稱為相關性技巧。假使你同時使
用這兩種類型的卡片，學習時就能用較少的時間記住chèvre這個
單字。

我們還可以繼續用下列的方式延伸：

- 你會怎麼發「chèvre」這個音？
- 你會怎麼拼寫以「sheh-vre」（ʃɛvʁ）來發音的單字？
- chèvres 都以什麼為食呢？
- chèvres 能認得什麼顏色呢？
- 你對 chèvres 最不好的回憶為何？

　　不過，到最後你會開始厭惡 chèvres 這個字，你的記憶字卡難度也會太低。很快你就會感到厭倦，而且得花一輩子的時間來製作記憶字卡。自然的，我們得找個平衡點，你只需要找出最適合自己的程度來做為自己的學習課程。

　　我會就三種不同學習情境提供三種不同牌組：

　　加強訓練牌組（INTENSIVE TRACK）：用於學習中文、阿拉伯文或韓文，而你過去從未學習過其他語言。你需要額外的卡片來幫注意你記憶單字與文法規則，因為那些語文的單字與文法概念跟你所知的語言概念差距甚遠。

　　一般訓練牌組（NORMAL TRACK）：你正在學習其他第一次碰觸的語言（像是法語）。你需要一些協助來讓你記住單字與文法規則，但需要記憶的資訊不像學中文時這麼複雜。這個牌組是用於你正在學習除了最難學習的四種語言以外的其他語言時，所採行的中庸之道。

　　重拾記憶牌組（REFRESHER TRACK）：過去你已經在學校學過四年法語了，但現在你把大部分都還給學校了。你只需要一些小小提醒來讓自己回憶那些單字與文法規則。

學習中文與日文的策略

中文與日文（還可小小延伸至韓文）使用的字元我們稱之為表意文字（logogram）。相對於表音（字母）文字，表意文字是相應於文字的形態而非聲音。要學習這類語言會較為棘手。假使你正在學習這類語言（或假使你真的想學一些像是埃及象形文字等較為古怪的語言），那麼就請上Fluent-Forever.com/logograms查閱協助你設計較為棘手語言記憶字卡，並為你制定學習策略好讓你能更輕鬆的學會這類語言。

　　這三種牌組不同之處在於每個讀音、單字或是文法觀念使用的卡片數多寡。假使你已經有一定的法語基礎，要記住一個單字像是portefeuille（皮夾）時，就只需要一張記憶字卡。就算你的卡片倉庫中有三張關於這個單字的記憶字卡，你也只需使用一張，並在其上標註「重拾記憶牌組」。

　　另一方面，若這是你初次接觸法語，你可能會需要用兩張卡片來記憶同一個單字portefeuille。你將會使用兩張卡片，並在其上標註「一般訓練牌組」。依照同樣的脈絡，假使這是你初次接觸阿拉伯語，你可能會需要全部三張記憶字卡，並在其上標註「加強訓練牌組」好讓你能牢記這個單字。

　　以上的準則就是：準則而已。假使你在某些特定觀點上遇到阻礙（例如：chèvre），那麼請務必增加一些圍繞在這個資訊上但有些許差異的卡片：chèvre寶寶該怎麼稱呼？（chevreau）；當chevreau長大後會變成什麼？（一隻chèvre）。無論何時，只要

在學習單字或文法規則上遇到問題，就多做幾張圍繞這個主題打轉的新卡片吧，這樣做會讓你更容易記憶它。

　　假使你使用萊特納學習卡片箱（Leitner box）而非電腦，那便會比使用Anki軟體的朋友耗費多點時間。他們可以輕鬆按下一個按鈕便創造出三張卡片；你得自己一張一張製作。假使製作加強訓練／一般訓練牌組似乎有點難倒你了或是太過枯燥乏味，就算你才剛開始學習這個語言，也請先製作重拾記憶牌組吧。在你只有較少的卡片需要重新瀏覽時，你可能會發現自己其實不需要重讀這麼多資訊，因為你已經花了許多時間和努力製作實體卡片了。若你真的需要其他卡片，之後都還是可以製作新卡片的。

使用記憶字卡的藝術

如何製作卡片？如何使用卡片複習？

在本書的每個章節，我們都會提到如何探索你目標語言的方法。我們會先從發音開始，並探索聆聽並創造新發音的世界。仔細觀察每個單字，找出隱含在每個翻譯、圖像與等待我們的關連性交織而成的共鳴。我們會看著那些句子，探索文法如何將一堆單字串連成無盡的複雜想法。

探索一種語言的過程，便是學習一種語言最重要的核心。每次探索出新的發音、新的單字，或是新的文法架構，就是在你心中播下一粒種子。那些種子將會生出流利語言的枝芽。是你能夠留住它的明證。要達到這個地步，你會使用到記憶字卡。每張記憶字卡將包含一到兩樣這段探索過程的紀念品——恰好足以對你的旅程以及其探索作些小小提醒。

記憶字卡的創造過程相對來說還算簡單，這個階段我們會按部就班將它完成。我們會找出你可以使用的記憶字卡模組，然後討論你需要哪些卡片。接下來，當你準備好開始學習了，就能有效利用這些記憶字卡，當成你自己的模組來使用。

假使你是手工製作記憶字卡，只要輕鬆的複製剛剛的模組，並加上你的單字、圖像與本書教你的記憶法即可。若是使用 Anki 軟體，那麼你將需要打字、複製或將你自己的資訊拖曳至適當的方格中：

接下來，你只要按下增加卡片按鈕，就能得到類似以下的卡片：

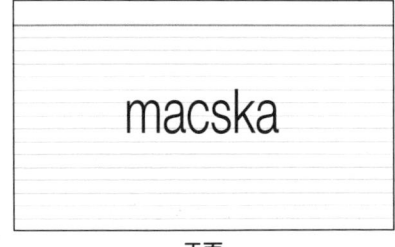

正面

背面

　　你做出了屬於自己的卡片了。在這張卡片上,「莉莉」幫助我記憶我最愛的macska,但這對你不會有太大幫助。以此類推,這張圖片能夠提醒我自己在谷歌圖片得到的體驗,搜尋了一大堆匈牙利貓。我甚至還記得要從Forvo.com下載一段錄音,並試圖模擬狡猾的匈牙利語的ɒ母音(其發音介於英語的「ah」與「oh」之間)。這些體驗每一項對我來說都非常有趣,因此我的記憶字卡也能讓我找回所有這些macska相關記憶的樂趣。當你複習自己的記憶字卡時,它們也將帶給你同樣的樂趣。

複習程序

　　無論何時,你在複習記憶字卡時,首先會看到的就是卡片正面。上面記載著以下問題:「卡片背面寫著什麼呢?」你可能會看到一張貓的圖片而記起匈牙利語單字macska,或是你可能會看到macska這個字而得記得後面有一張貓的圖片。

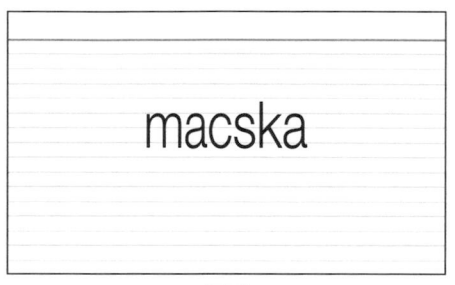

正面

　　你正在腦中建立起刺激(macska這個單字)與回應(一張貓的圖片)。不過讓我們再明確些:你需要記得macska的圖片長

什麼樣子嗎？要怎麼念這個單字呢？

　　這些連結比用單一思路連結兩個想法還要複雜得多；你正在創造發聲、拼音與圖像之間的連結網路。這樣做，到最後會有好結果，記憶會呈現網路狀態，其中包含越多連結，就越容易喚回記憶──就像神經元開始啟動並相互接通。每一次你遇到自己的macska時，就會想要盡可能的啟動神經元。

　　理想上，你會想要自己正在學習的單字在你大腦中激起一陣爆炸性的連結：拼法m-a-c-s-k-a，發音（mɒtʃkɒ，同「moch-ko」），會怎麼用它造句，找出曾看過的上千張macska照片。你甚至會想聽聽看其他相關字，像是farok（尾巴）或是類似發音與拼法，像是matrac（床墊）。你會盡可能的試著創造出引人注目與多樣化的回應，而你將能在一張記憶字卡中完全滿足。

　　要實現這個想法，你需要先做出權衡。若是你挑到一張記憶字卡後，得花十分鐘不斷沉思反芻所有你曾見過的macska，便無法很快學會匈牙利語。你得找到一個方法能讓自己在不浪費太多時間的情況下增加你與那個單字的連結。

　　因此當我介紹記憶字卡的設計方法時，我會明確指出其關鍵重點。在這個例子中，假若你不清楚macska的意思，或假若你無法正確的大聲讀出這個單字，也不會跟macska這個單字過於陌生。以下便是我們需要的關鍵重點：

關鍵重點（你得牢記下列事項！）

　　照片：你能記得這個單字的意思嗎？它看起來像什麼？

　　發音：你能大聲的念出這個字嗎？

　　但這裡也需要很多事實好讓你能輕易的記憶。我們會將這些事項稱之為紅利點。每當你增加一個與這個單字的非實質連結，都能得到一個紅利點。雖然，你能記住如何說出「macska」才是重點，但若你能記得matrac（床墊）跟這個單字的第一個字母是相同的，那也不錯。這也替自己取得了一個紅利點。耶！下次你在看到macska時（就這個例子而言，還有matrac），你將會記得更清楚。若是沒記住，那也沒關係。那就只是次要的重點罷了，而你下次可能會用另一個東西試試看。以下是我為了macska記憶字卡所設的幾個紅利點：

紅利點（假使你能在複習時想起其中幾點，下次就能夠比較容易記住）

- **個人關聯**：你有辦法想到任何跟這個單字的個人關聯嗎？（你喜歡貓嗎？你想得到任何你知道的貓嗎？）
  （我的貓名叫莉莉。）
- **類似發音的單字**：你想得到其他開頭拼法或念法跟那個單字相同的（匈牙利語）單字嗎？
  （Matrac〔床墊〕也是「ma」開頭。）
- **相關字**：你能想到任何其他（匈牙利語）單字，字義上跟這個單字有關連嗎？（farok〔尾巴〕，kutya〔狗〕，állat〔動物〕）

　　複習自己的卡片時，給自己五到十秒鐘。喚回任何你能記起的事情，接著將卡片翻面（若你是使用電腦的話，就按下翻面按鈕），並檢查卡片背面的答案：

關鍵重點！ → macska
　　　　　　　mɒtʃkɒ

發音 →
（錄音或是拼法
的語音）

按下便能播放錄音
〔僅限電子卡片〕

莉莉

精華重點！
圖像

紅利點
個人關連
（我的貓名為莉莉）

背面

　　假若你記住了所有的關鍵重點，你就贏了。又或者你是使用萊特納學習卡片箱，就可以將這張卡片移至盒子裡下個區塊，幾天或幾星期後，再將它拿出來複習。如果是使用 Anki 軟體，可以按下「我記得了」按扭，這樣做能確保你不會這麼常看到這張牌出現。

　　假使你忘記了某個關鍵重點，那麼你一定會想多複習這張牌幾次。使用萊特納學習卡片箱的情況下，你要將這張卡片挪回至卡盒的第一部分。使用 Anki 軟體時，你得按下「我忘記了」。這樣一來你便能更常接觸到這張卡片，直到它永遠留存在你腦中為止。

省時小秘訣

假使你使用 Anki 軟體，可以下載我的（免費）示範牌組。這個牌組已經設定好自動產生這本書中的所有卡片。你只要收集資訊（拼法、錄音、個人關聯等），它便會生成所有你想要的卡片。請至 Fluent-Forever.com/gallery 下載。

　　假使你記住了一些紅利點，接下來你便可以給自己一點喝采。畢竟你讓自己在之後的學習過程中，可以更輕易的好好複習了。就算沒有，你還是贏得了這場遊戲。無論如何，好好恭喜自己一番吧。你記住了macska是貓，發音是mɒtʃkɒ，同「mochko」這兩個最主要的目標。花個幾秒鐘思考一到兩個下次能用上的連結：想想你喜歡的macska或一些你曾學過的任何能與macska扯上關係的單字。接下來，就可以前往下張卡片了。

三種訓練牌組

　　你為每個單字、發音或文法觀念製作越多卡片，學習起來就越輕鬆。每次介紹一個新的卡片設計技巧時，我也會順道討論如何將之運用在加強訓練、一般訓練與重拾記憶，或是三種同時討論。

　　舉例來說，接下來我將會展示記憶字卡如何明確地告訴你新單字的拼法。你會看到像是下方的卡片：

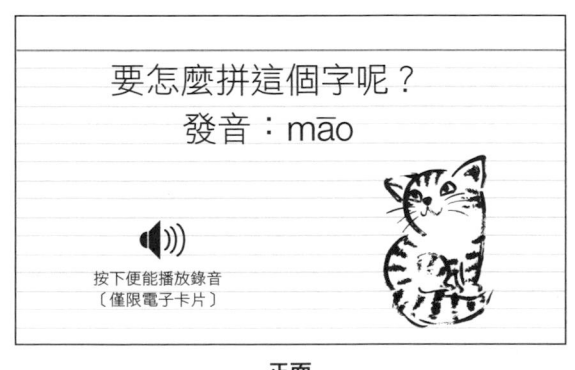

要怎麼拼這個字呢？
發音：māo

按下便能播放錄音
〔僅限電子卡片〕

這張卡片會用在：
✔ 加強訓練牌組
■ 一般訓練牌組
■ 重拾記憶牌組

正面

　　請注意卡片右方的確認明細。這張卡片只用於加強訓練牌組；設計來幫助你牢記複雜的字元，像是中文字的貓。或許你在學習西班牙語時，並不需要使用額外的卡片來學習這項語言每個單字的拼法，那就跳過這張卡片，只使用上面標註著「這張卡片用於：✔一般訓練牌組」的卡片即可。

　　我們即將開始製作記憶字卡了。這裡我們會先回顧一下你剛剛學到了什麼，接著就會繼續深入研究每一章的卡片。

學習回顧

第二章（建立你的間隔重複系統）

　　假使你選擇了Anki軟體，那應該已經觀賞過如何使用它的教學了。它會教導你如何製作基礎記憶字卡，如何將語音檔與圖像插入卡片，以及當你準備好要開始用卡片來學習時，該如何複習。你也會下載並安裝我的示範牌組，這樣一來，你的主要工作，便是尋找資訊與錄音，將這些資料放進同一個方格中，然後按下增加記憶字卡的按鈕。

　　若你決定要使用萊特納學習卡片箱，你得閱讀附錄三，去你家附近的文具行購買所需的材料。你得擁有一個裡面有許多分隔插牌的索引卡資料盒、一大疊空白索引卡、一些鉛筆，書桌前還得擺一份月曆（今天是第一天！）

　　你也得牢記我早先的提醒：儘管紙本記憶字卡無法發聲，你還是要額外撥時間學習字母的發音法，並在製作記憶字卡時，一邊聽著單字發音示範的錄音才行。

集錦一

發音訓練教材自己動手做

為第三章製作卡片

在這個篇章，我將會示範如何替你即將學習的新語言建立一項發音訓練教材。這些訓練教材用起來非常有趣；你要聽一大堆令人抓狂的新發音，並學習怪異的拼法與範例單字（以及字母表，視你學習何種語言而定）。接著你便在電腦／智慧型手機上按下按鈕，或隨機打散萊特納學習卡片箱中記憶字卡的順序，直到那些聲音與拼法都深植你的大腦為止。除了有趣以外，這樣做還能為你省去大量的時間，因為這樣學習能讓你在接下來的學習時間裡能更輕鬆的記起來（或許你還記得我們在第二章討論 mjöður 的內容）。

在我們開始之前，需要先說明：製作這些訓練教材得花些時間。它一次包含了許許多多的資訊，像是錄音、拼法、字母語音，以及大量的範例單字。我會示範如何按步就班完成，但這裡還有另一個選項，即跳過所有這些喧鬧：我已經為你要學習的語言準備好大多數的訓練教材了。假使你看到接下來的教學說明時，感受到那種完全不拘謹的輕鬆感，那麼，就可以到我的網站下載訓練教材（Fluent-Forever.com/chapter3）。它非常有效，而

且很有趣，我不知道還有任何比這種方式能更快或更輕鬆學會一種新語言發音的方法。我會製作這些教材是因為我想讓學習過程盡可能簡單。畢竟我不希望你甚至都還沒開始學習詞彙就尖叫著逃跑了。

若我還沒完成你目前要學習那種語言的訓練教材，或你比較喜歡身體力行來製作教材，那我們接下來就要開始動手了。

步驟一：找到你的學習關鍵

打開你的文法或發音教學書，並閱讀這個新語言的字母表與發聲系統。閱讀並仔細聆聽，並搭配隨書附贈的錄音或是Forvo.com。那些難以聽懂的發聲是首要任務，你手上那本書可能會探討這些發聲，並列出當做範例的最小對立體（minimal pairs，將在發音上有微小差異的一對單字進行比較）。（韓國語教科書時常會使用令人畏懼且幾乎無法分辨的例子，像是pul〔草地〕，ppul〔號角〕，與bul〔火焰〕）。不斷重複聆聽或是使用我其中一種線上教學來使用這些單字進行最小對立體測驗，直到你開始感覺到這些發音的差異為止。

一旦你能聽出每個聲音之間的差異，就專注在每個似乎不適合你目前舌頭的新發音。假使你手上那本書沒有探討如何產生那些聲音，就去附錄四看看要怎麼

可任你使用的資源

你將能在第三章的現在就做這件事部分找到完整的發音資源。最小對立體測試，請至Fluent-Forever.com/chapter3找尋更多資料。

適切的用你的嘴巴發出那些聲音。當你全神貫注在你的舌頭、嘴唇與喉嚨時，請持續模仿手上的錄音，直到你大略了解如何形成每個聲音為止。假使你對發出特定聲音有嚴重的困難，就參照YouTube或去italki.com尋找合適的導師，直到你能自在的發出那些聲音為止。

　　現在你可以開始製作些記憶字卡了。你將會製作八十（西班牙語）到兩百四十張（日語）卡片，製作卡片將會耗費你三小時，並花費三到八天，一天三十分鐘來學習。在這個過程中，你將會學到一大堆新的單字，聽一大堆的錄音，並開始讓自己跟新語言更加熟悉。

　　若是使用Anki軟體，你要下載範例單字的錄音，並將它放進你的記憶字卡之中。若你願意，請放膽忽略所有在這本書上所有記憶字卡範例上的音標標示（phonetic transcriptions; fə'netɪk trænsk'rɪpʃnz）。另一方面，假若你使用萊特納學習卡片箱，則會大力仰賴這些音標標示。當你意識到這一點後，請確保你也有規律地聆聽錄音作為補助。假使你不知道ɛ的聲音怎麼發，就算牢記德語的ä跟它的發聲接近也沒有任何意義（它的聲音聽起來像是「eh」）

步驟二：收集資訊

　　我們會為你的新語言的每個聲音與三種資訊連結：

● **聲音**：這個聲音為何？聽起來像什麼？（假使這對你來說是個全新的發聲，它是如何符合你的嘴型呢？）

- **資源**：你的文法／發音教學書，附錄四，維基百科的「IPA for Spanish/French/Whatever」區的文章，Farvo.com
- **拼法**：我怎麼拼這個聲音？
  - **資源**：你的文法書，自己選擇的字典，或是寂寞星球口袋會話書。
- **範例單字**：這個發聲的範例單字為何？
  - **資源**：你文法書中的詞彙表或是口袋會話書中的字典區。

步驟三：製作你的卡片

加強訓練／一般訓練／重拾記憶牌組：每個聲音有兩種卡片類型（我已將這些卡片拆解，只留下最精華的部份，因此三種牌組皆同）。

> **今日德語面面觀**
>
> 德國人所有名詞第一個字母都要以大寫字母書寫，這也是為何我在書中會這樣做的原因。

卡片類型一：這個聲音拼起來像什麼？
（例如：ä在德語的Lächeln〔微笑〕聲音像是〔recording〕／lɛçln）

卡片類型二：**要如何拼出範例單字？**
（例如：〔Lächeln（微笑）的錄音〕／lɛçln拼法是L-ä-c-h-e-l-n）

卡片類型一：這個聲音拼起來像什麼？

　　以下是教導你如何將拼音與發音結合。你需要將每個範例單字的拼法／讀音在你要學習的語言中結合起來。你可能要在文法書的開頭部分找出一些合用的單字清單，若找不到，也可以參考

維基百科（搜尋「IPA for Spanish」或是「IPA for French」，諸如此類）。如若你是使用 Anki 軟體，請直接忽略音標字母的部份；你只要直接使用範例單字並找出每個單字的錄音即可。

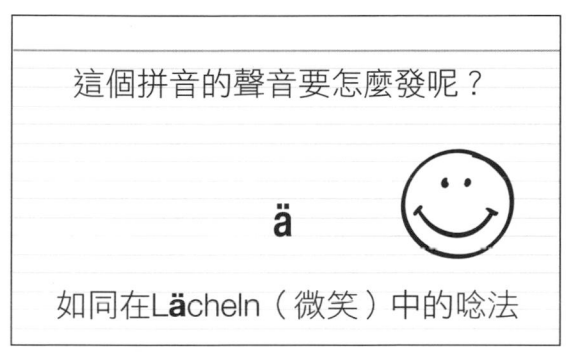

正面

關鍵重點（你一定得牢記的事情！）

● 聲音：拼這個音時要怎麼發聲？你能大聲的念出來嗎？假使這個拼法可發出幾個不同的聲音（像是在英文中臭名昭著的 tough ／ though ／ through ／ thought），接下來你將要幫每個不同的聲音製作記憶字卡，上面並為每個發音附上適切的範例單字。（這張卡片的 ä 在 Lächeln 中發的聲音類似「eh」。）

紅利點（假使你在複習的時候能想到其中幾點。下次你便能用比較少的時間記住這個音。）

● **完整單字**：你能讀出完整的單字，而非只是發出中間那個字母的聲音嗎？

- **範例單字**：你能否想到其他使用這個讀音的單字呢？能不能記得那個字的拼法、如何讀那個字或是它的意思？

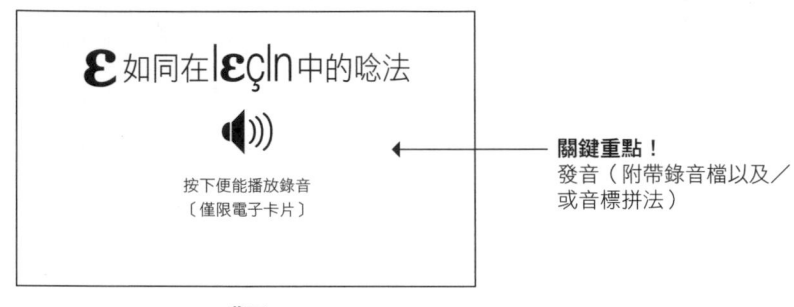

背面

　　請使用範例單字的完整發音（Lächeln），而非單一字母（「eh」）的讀音。不建議擷取部分字母的原因，是因為要在某個語言中找出每一個獨立字母的讀音是非常困難的，更別說是念出來了。要記得，這些是聲音，而非單純的字母，有時候發出的聲音不全然就是它們的長相。儘管我們知道怎麼發出字母u的聲音，但還是很難正確無誤的發出「u」在p跟t中間時的讀音。因此，為了保險起見，請在卡片放入範例單字的完整錄音。你可以輕易的在Forvo.com找到所需的資源。

　　無論如何，可能的話在挑選範例單字時都請選擇較容易看出讀音的單字。一般來說，你手上教科書的前兩章，都會給你一個範例單字清單。假使這些單字非常具體且很容易用直觀的方式看出讀法（p就用pizza，gn就用gnocchi），那就用吧。若違背此原則（a用了abstraction），那就在教科書最後的詞彙表找類似拼法的單字吧。假如你手上的教科書完全沒有探討發音，那就把這

本丟掉，找本更好的吧。（這時，還要記得寫一封表達憤怒的抗議信給作者才行。）

　　等到你為每個發音／拼法都找到好的範例後，去谷歌搜索一些圖片放在卡片正面。這能幫助你記憶拼法、發音，以及未來的範例單字。

　　你可以用這些卡片來學習基本的字母。這裡我們先來學習記住俄羅斯語的p，它看起來很像圓周率的數學記號（π）。學習這個字母時，我們使用俄羅斯語的「passport」（護照）來學習，它唸起來像是「pahspert」。

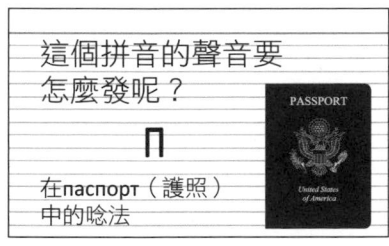

正面

背面

若你正在學習中文或日文

兩種語言使用的字元主要是與字義相符而非語音學資訊。但既然我們現在要專注在發音上，就使用另一種文字系統。學中文時，你應該用拼音來學習發音（相對於寫成「你好」，你應該寫成 Nǐ Hǎo），至於日文，你應該用平假名或片假名書寫，這兩種日本人使用的文字系統其中都已包含了發音資訊。

卡片類型二：你要怎麼拼出這個字？

　　你可以重新利用你手上的範例單字來幫助你加深新語言的拼音規則。下面我們重新利用德語單字Lächeln（微笑）。這張卡片看起來會是這個樣子：

正面

關鍵重點（你一定得牢記的事情！）

● 拼法：你能否牢記如何拼出這個單字？

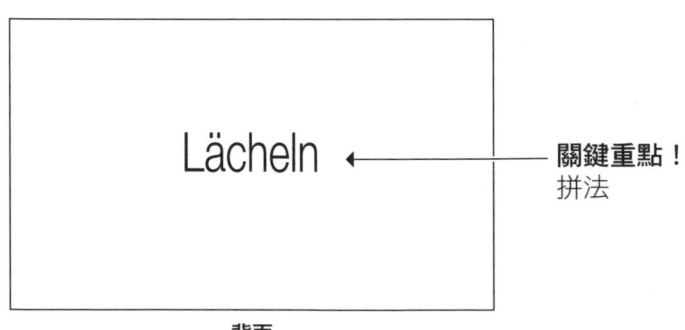

背面

這裡沒有紅利點！學習拼法本身就夠複雜的了！

這些卡片剛開始使用時可能會有些棘手。每張卡片一次都包含了一大堆拼音規則。既然你還沒學全所有的規則，這時要牢記每個單字的拼法會是一段難熬的日子。別擔心，幾天後你就能完全掌握所有可能的拼法與讀音，而你也將開始覺得學習越來越輕鬆。你的間隔重複系統將確保你能夠有效率的複習記憶字卡，你也將在短時間內說出流利的德語。

步驟四：跟隨著你的間隔重複系統並使用你的卡片來學習

一天學習三十張記憶字卡。當你使用它們學習時，會告知你的間隔重複系統自己記下了什麼。若是使用 Anki 軟體，你會按下相應的「耶！我記住了」或是「喔喔，我忘了」按鈕，軟體便會自動按照你的回應將卡片進行排程，這樣你就能在快要忘記那張卡片前，在最理想的時刻重新複習它。若你使用的是萊特納學習卡，就得按照萊特納學習卡的遊戲規則，將你已經記住的卡片往前移，忘記的往後移。這樣學習了一到兩週後，你便可以準備往詞彙的部份（第四章）前進了。

集錦二
第一批單字

為第四章製作的卡片

　　還記得第四章那六百二十五個單字嗎？這裡要教導你如何學習這些單字。你可以在製作這些卡片的過程中得到許多樂趣（會用到許多很酷的工具：谷歌圖片、記憶術、錄音與個人體驗），而且這些工具都極為有效。因為你並不是使用自己的語言在學習，而是用你的目標學習語言來思考，這會讓你更容易將那些單字牢記腦中，並且就長期來看，這比單純（且無趣）的轉譯還要更加有用。

　　在集錦一，每個發音／拼法會使用兩張卡片。到了這個部分，最多會使用三張，端看你採用何種牌組（重拾記憶、一般訓練、加強訓練）而定。我們將會先探討這三種記憶字卡基本牌組，接著再講述少數特殊情境：當你要學習的單字擁有多重定義（像是bar這個單字可當做酒吧〔a bar for drinks〕，或是巧克力的量詞〔a bar of chocolate〕）或是同義詞（a dish跟a plate都有盤子的意思），如何學習範疇單字（fruit〔水果〕、animal〔動物〕、noun〔名詞〕、verb〔動詞〕），以及如何那些光看圖片容易讓人混淆的單字（像是to kiss〔接吻〕與a kiss〔一個吻〕；

girl〔女孩〕與 daughter〔女兒〕；sea〔海〕、ocean〔洋〕）。

再來，這裡會為你舉幾個為記憶術而製作的卡片類型，若你覺得合適，也可以在學習過程中使用這些卡片。

待你完成後，將會擁有六百二十五到一千八百七十五張卡片，用間隔重複系統法來學習，大概會花上一到三個月（若你一天花超過三十分鐘來複習，時間會更短些）。這樣一來，就能夠在這個語言的單字與發音上打下結實的基礎。等到你把文法搞懂時，也已經記住了大部分需要的單字，之後便能專注在將那些單字串連起來，拼湊成完整的想法與故事。

探索程序：得到你需要的資訊

我們要試著去為你要學習的新語言所有單字都能與四到五種資訊連結：

- **拼法**：我怎麼拼這個字？
  - **資源**：你文法書中的詞彙表或是口袋會話書附錄的字典區。
- **發音**：念這個字時要怎樣才能符合嘴型？
  - **資源**：從 Forvo.com 找到錄音檔、到 Wiktionary.org 找國際音標的發音、你手頭上那本字典裡附錄的音標標示。
- **照片──玩一場找出不同處的遊戲**：這個單字真正的意思為何？跟你預期的不同嗎？我要怎麼抓到照片的重點？
  - **資源**：谷歌圖片（理想上，是從谷歌翻譯再連到谷歌圖片；請參考 Fluent-Forever.com/chapter4）。
- **個人關聯──記憶遊戲**：這的字對我來說代表什麼？上一次我遇到這件事／動作／形容詞是何時？

> **用多重搜尋來節省時間**
>
> 有一種利索的方法可以將你網路搜索的流程自動化，這樣一來你便能對一個單字只用一次搜索，如此也能在同一時間搜索到你期望的最多網站。一個單字我通常會搜尋雙語字典、單語辭典、從谷歌翻譯再連到谷歌圖片以及Forvo.com，而這只需要按一下滑鼠。你可以在Fluent-Forever.com/multi-search找到如何設定的指引（只需要花費你幾分鐘的時間）。

- **屬性──記憶術影像遊戲**（假使你學習的語言使用語法屬性時適用）：若這個單字是名詞，其屬性為何呢？假使運用了記憶術影像法，你能否想像記憶術與這個新單字之間的互動呢？

　　在調查這四到五個要點的過程中，對所學的每個單字你都將會形成深刻、多種感覺的體驗。這整個過程是相對快速的（一個單字一到三分鐘）並能從中得到許多樂趣。你是在探索正在學習的單字，而不只是單純的記憶它，因此，你能牢記它更久的時間。接下來，你將對探索到的資訊做一些小小的註記，並將那些註記放進記憶字卡之中。

製作你的卡片

加強訓練牌組：每個單字三種卡片類型。
一般訓練牌組：每個單字兩種卡片類型。
重拾記憶牌組：每個單字一種卡片類型。

下面我們來看看用三張卡片來學習法語單字Chat（貓）的情形：

卡片類型一：這個單字的意思是？你能大聲的念出來嗎？

（例如：Chat是一隻〔照片裡的〕貓，發音是「shah」〔在國際音標裡的音標是ʃa〕。）

卡片類型二：這個單字的圖像長什麼樣子？你能夠大聲的念出來嗎？

（例如：〔照片裡的〕貓＝chat，發音是ʃa）

卡片類型三：你怎麼拼這個字呢？

（例如：〔照片裡的〕貓，發音是ʃa＝c-h-a-t）

三種牌組

這三種類型的記憶字卡焦點放在單字的三種不同面向：理解、產出與拼法。這些卡片齊心協力一起幫助你記住一個單字代表的意義、用在何時，以及如何拼音。

就如同本書中的其他卡片，我也會一併提出要製作幾張卡片的建議；假使你是學習中文、日文、韓文或阿拉伯文，每個想學起來的單字都應該製作三張卡片（加強訓練牌組）。若是學習其他語言（一般訓練卡片），就可以跳過第三張記憶拼音的卡片。假設你已經擁有中等程度的聽說能力（重拾記憶牌組），那麼你便能略過第二張用圖像來記憶單字的卡片，只需為每個單字製作第一張卡片。

　　一旦你謹記這些指導原則學習了大約一百個左右的單字，就能對自己獲得的進展感到開心。但假使你完完全全是名初學者，不管是學習何種語言，一開始時請三張卡片都要製作。在早期階段，你的卡片有兩個職責，教導你此語言的語音學系統，同時也傳授單字。在你能自在的拼讀與發音前，絕對會需要一點幫助，因此，就算你正學習的是像西班牙語這種相對簡單易懂的語言（它是語音學上來說較容易了解的語言），也請別跳過拼法卡片。等到你再也不需要這張卡片時，自己一定會感受得到。學習匈牙利語時（它擁有**極為**友善的拼音系統），在學了兩百四十個單字後，我已經受不了那些拼法卡片了，於是我便在這個時間點捨棄它們，只用兩張卡片來學習。但如果是學習一種擁有新文字或擁有更複雜的拼音系統，像是希臘語、泰國語或法語，使用一個單字三張卡片的時間就會拉長些。

卡片類型一：這個單字的意思為何？（理解）

正面

這張卡片會用在：

✔　加強訓練牌組

✔　一般訓練牌組

✔　重拾記憶牌組

關鍵重點（你一定得牢記的事情！）

- **圖片**：你能否回想起這個單字的意思？它看起來像什麼？
- **發音**：你能大聲念出這個字嗎？
- **屬性（假使你學習的語言使用它的話）**：若這個單字是名詞，它的屬性為何？

紅利點（假使你在複習的時候能想到其中幾點。下次你便能用比較少的時間記住這個音。）

- **個人關連**：你是否能想起第一次／上一次人生中遇到這個單字的事情／行動／形容詞或範例嗎？
- **其他單字**：你能想到任何其他與這個單字擁有類似拼法或字義上有關連的單字嗎？

關鍵重點！
文法
（un 告訴了我 chat
是陽性）

關鍵重點！
發音

（使用錄音或
音標字母）

關鍵重點！
圖像
（un 告訴了我 chat
是陽性）

紅利點
個人關連
（我的貓名叫莉莉）

un chat
ʃa
◀))
按下便能播放錄音
〔僅限電子卡片〕

莉莉

背面

卡片類型二：這個單字的圖像長什麼樣子？（產出）

正面

這張卡片會用在：

☑ 加強訓練牌組

☑ 一般訓練牌組

☐ 重拾記憶牌組

關鍵重點（你一定得牢記的事情！）

- **發音**：哪個單字能夠呼應這張圖片，你能大聲念出這個字嗎？
- **屬性（假使你學習的語言有這特性的話）**：若這個單字是名詞，它的屬性為何？

紅利點（假使你在複習的時候能想到其中幾點。下次你便能用比較少的時間記住這個音。）

- **拼法**：你記得要怎麼拼出這個單字嗎？
- **個人關連**：你是否能想起第一次／上一次人生中遇到這個單字的事情／行動／形容詞或範例嗎？
- **其他單字**：你能想到任何其他與這個單字擁有類似拼法或字義上有關聯的單字嗎？

關鍵重點！
文法
（un 告訴了我
chat 是陽性）

關鍵重點！
拼音
（使用錄音或
音標字母）

紅利點
拼法

紅利點
個人關連
（我的貓名叫莉莉）

背面

Ess-Pee-Ee-Ell-Ell

你是靠著用心眼觀察這些字母將它拼出來的嗎？還是用嘴巴大聲的念出來（see-aitch-ay-tee = chat）呢？若是後者，你可能會想藉這個機會學習你目標語言的字母名稱。你能夠藉由為每個字母製作記憶字卡（字母D要怎麼發音呢？Dee）來學好這件事。這樣你便能獲得一項能力，即當你說出說話時，能夠輕易的拼出你的名字／地址／任何東西，以及無論使用母語的說話者說了什麼，你都能清楚知道他說出來的字要如何拼寫。你能在Fluent-Forever.com/gallery找到可作為範例的字母名稱記憶字卡。

卡片類型三：要如何拼出這個單字？（拼法）

這張卡片會用在：

☑ 加強訓練牌組

◻ 一般訓練牌組

◻ 重拾記憶牌組

正面

關鍵重點（你一定得牢記的事情！）

● **拼音**：你還記得怎麼拼出這個單字嗎？

紅利點（假使你在複習的時候能想到其中幾點。下次你便能用比較少的時間記住這個音。）

● **屬性（假使你學習的語言有這特性的話）**：若這個單字是名詞，它的屬性為何？

● **個人關聯**：你是否能想起第一次／上一次人生中遇到這個單字的事情／行動／形容詞或範例嗎？

● **其他單字**：你能想到任何其他與這個單字擁有類似拼法或字義上有關聯的單字嗎？

背面

　　使用這三種卡片類型，你便能夠記住六百二十五個單字其中的任何一個。你將會發掘出創造與複習它們的樂趣所在。當你創造自己的卡片時，將會找到各式各樣可笑的法國貓照片或德國老奶奶。當你複習時，你將會記起自己第一次看到這些照片時的感受，甚至會對這段記憶增添一連串的興奮之情（真不敢相信我還記得這些事情！），這會讓每個單字更容易讓你印象深刻。

　　下一段，我們會提出幾個特殊案例，也會因此微調基本的三種卡片類型來因應更多富有變化的單字。

四個特殊場景：
多重定義、同義詞、範疇單字與很容易混淆的圖像。

多重定義

　　設想你正在學習英語單字 bar。bar 通常是指喝酒的場所，但它同時也是黃金與巧克力的量詞。製作這樣的卡片問題不大：

正面

a bar
bɑɹ

🔊))
按下便能播放錄音
〔僅限電子卡片〕

莫耶餐廳

背面

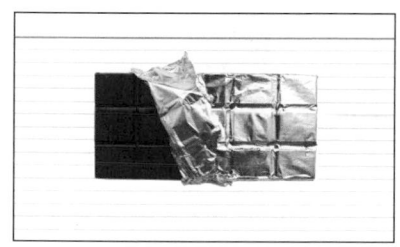

正面

a bar
bɑɹ

🔊))
按下便能播放錄音
〔僅限電子卡片〕

賀喜
巧克力

背面

不過還有另一種比較狡猾的狀況。下面這張卡片的背面會出現什麼呢？

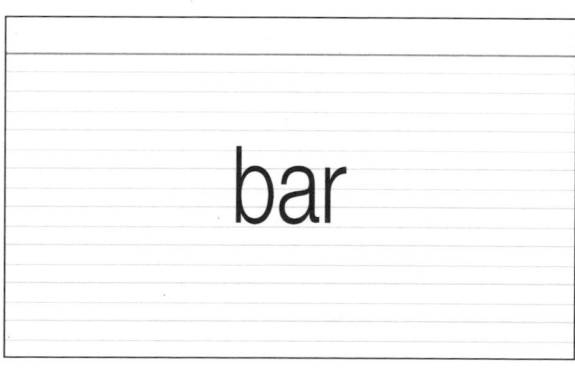

bar

正面

　　你有兩個選項。可以將主要定義放在卡片背面，或是將多重定義的所有解都放上去（而若你記住任何一個定義，就可以將這張卡片標示「正確」）：

背面

　　上述範例並沒有哪個單字算主要定義，你可以交替使用。你可以先記住一個意思，往後這個意思便能成為記憶新定義的錨點。當錨點設定好了，便很容易以此連結新觀點（巧克力的量詞bar也可以當成酒吧的bar！）。

同義詞

　　學習前六百二十五個單字時，請不要學習同義詞。你不需要先學這個。沒人會在街上攔住你然後問你plate的同義詞為何，你已經有足夠的能力應對路人了。若你遇到想認識的單字卻有數個不同翻譯，就選一個最喜歡的意思然後繼續學習吧。

　　未來等到你回頭來學習同義詞時，要記住世界上沒有兩個單

字是完全一模一樣的。Policeman跟cop可能意指同一個人，但在禮貌上還是有其差異。當你享用a plate或是a dish時，可能不知道誰的頭上正戴著a metal dish。一旦你已牢記其文法與大量的單字後，便可以開始學習這些意思相近單字的不同之處，不過在這之前，請先學好其中一個意思再接下去學。

　　偶爾你還是得在學習語言初期了解一些同義詞。你可能會在學到某個單字時，像是dish，然後發現你的文法書在同一個意思上卻使用了plate。你可以用以下方法來學習：

正面	背面
plate	a plate pleɪt 🔊 按下便能播放錄音 〔僅限電子卡片〕　「感恩節」
dish	a dish dɪʃ 🔊 「感恩節」

　　你可能還會想要前面放圖片的第三張卡片，像這樣：

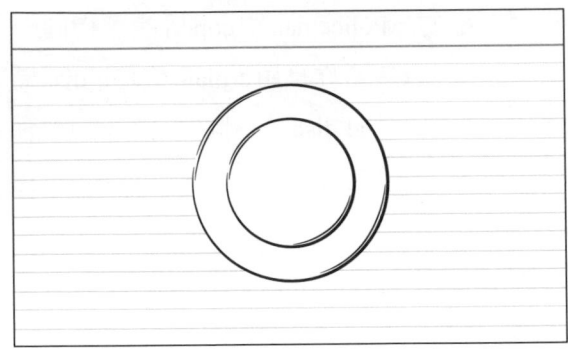

正面

就像前面的多重定義情境，記憶這張卡時有兩種選擇（寫在背面）。你可以兩種意思都寫下來，或是只寫下你最喜歡的單字。要記住，回答出任何正確答案（plate 或 dish）都算答對；不需要把這張照片所有同義詞都條列出來。

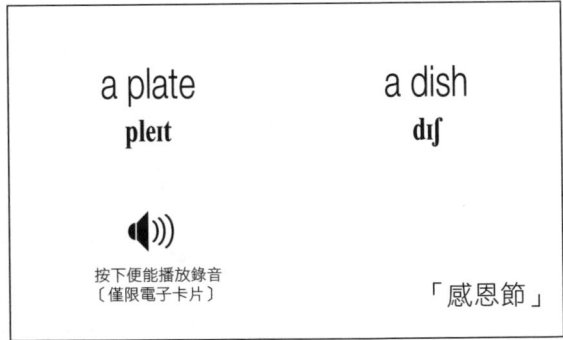

a plate
pleɪt

a dish
dɪʃ

🔊

按下便能播放錄音
〔僅限電子卡片〕

「感恩節」

背面

挑一個你最喜歡的答案回答，然後繼續下個字。不過，可以的話請避免同義詞。

範疇單字

　　六百二十五個基本單字中大部分是簡單的名詞（貓、香蕉、男人），有幾個會是範疇單字（動物、水果、人）。可以靠著結合二到三個簡單的單字來學習這些單字。下面的例子是德語單字Tier（動物）：

正面

背面

正面

背面

　　你要怎麼知道Tier的意思是「動物」而非「哺乳動物」或「有時外表呈現灰色的有機物」呢？要記住，你是製作卡片的人。是你選擇了用這些單字來說明「動物」這個意思的。若你決定最能表達「動物」這個字的是豬、魚和山羊，那你就沒理由忘

記這些圖片代表的意義。你不會靈光一閃突然想到,「豬、魚,山羊?這一定代表著『比牛還小一些,以肉組成的物體!』」而會想到「動物」這個字。

你甚至可以將這種策略用在抽象的單字像是noun(名詞)(= cat、banana、man……)與verb(動詞)(= to kiss、to eat、to run……)這將使你得以在處理一些看起來非常相像的單字時(例如:to kiss與a kiss)使出一些較華麗的步驟,就如同我們接下來要討論的部分。

圖像很容易讓人混淆的單字

假設你想學習德語的「女兒」(Tochter)與「姪女」(Nichte)。兩個女孩看起來是一樣的,但每個字的意義卻有很大的差異。你需要除圖片外的更多資訊,但你沒有足夠的德語詞彙來寫出完整定義(像是「哥哥或姐姐的女兒」)。你有兩個好選項:你可以在這些卡片上加上個人的附註,像是姪女的名字,或者你也可以從六百二十五個基本單字中加入一些德語線索,既然女兒都有母親(與父親),姪女會有姑姑(與舅舅),你便能使用Mutter(母親)或是Tante(姑姑)。

首先我會使用我姪女的名字愛麗安娜來學習Nichte(姪女)這個字。要注意die Nichte並不像它唸起來這麼強烈。只是德國人一種用來指出姪女是女性較友善的方式罷了:

正面

die Nichte
nıçtə

🔊
按下便能播放錄音
〔僅限電子卡片〕

背面

正面

die Nichte
nıçtə

🔊
按下便能播放錄音
〔僅限電子卡片〕

背面

　　接下來我將會使用從基本的六百二十五個單字名單中另一個德語單字Mutter（母親），來學習Tochter（女兒）這個字：

正面

die Tochter
tɔχtɐ

🔊
按下便能播放錄音
〔僅限電子卡片〕

「艾玲＋艾莉」

背面

　　我們要做的是用一張圖片和親人的名字或新單字來為它下個簡單的定義。同樣的方式也能用在「接吻」（küssen）以及「一個吻」（Kuss）上，只要利用德語單字的「動詞」（Verb）與「名詞」（Substantiv），配上一張兩個人正在接吻的圖片即可；還可以將德語的「邊境」這個單字放在一張海灘的圖片下來求得「海岸線」，或是在一張海洋的圖片下寫上「大西……」來分辨它跟海的差異。

　　學得更多字彙後，你便得以使用這個技巧來定義更多的單字。只要搭配少許文法，你就可以寫出所學單字的完整定義，並學習到如何了解那些你已經知道的抽象單字。這項能力會不斷成長再成長，最終你將發現這個語言會在你腦中完整成型。

　　此刻，你正處於學習的最開端，先用簡單的單字、易懂的記憶字卡以及間隔重複系統來將這些單字牢記在腦中。在一到三個月內，你將做好正面迎戰文法的準備，不需要跟學習字彙、發音和拼法同時進行。

　　這裡有個記憶字卡的類型你可能會需要，它能幫助你記下任何你可能會想要使用的圖像記憶法。

記憶術影像法

　　這些卡片並非字彙，所以不用擔心三種牌組、紅利點諸如此類之事。你只要使用這些卡片來幫助你記下如何使用記憶術影像法；你絕不會希望因為突然搞錯陰性名詞而造成許多不必要的尷尬。

　　若你只是在名詞屬性上使用記憶術影像法，只需要記憶二到三個圖像。這應該是極為輕鬆之事，甚至連記憶字卡都用不上。而且，我們還有可愛的間隔重複系統，這種能讓你學習時事半功倍的神兵利器，如果不用還說得過去嗎？

　　之後，假使你決定好要在每個拼法、介詞、和動詞變化都使用記憶術影像法（請參見第五章），你絕對會想要製作這些記憶字卡。記憶術影像法總讓人上癮，若你被困在某個字詞上，記憶字卡就是幫助你分辨清楚那個圖配哪個字詞的解方。

　　以下是兩種基本卡片類型，也相對簡單些。

這個記憶法是為哪個陰性名詞而製作的？ 範例：une cage	記憶術：燃燒
正面	背面

記憶術卡片一：這個記憶術是為了＿＿＿＿而製作的？

這個記憶術意指為何？
記憶術：燃燒

正面

屬性：陰性
範例：une cage
　　　une table

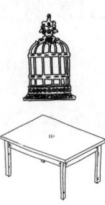

背面

記憶法卡片二：這個記憶法意指為何？

集錦三
使用並學習你的第一個句子

為第五章製作的卡片

在這個部分，我們要開始跟句子過招了。你將學會如何使用卡片來學習抽象單字、單字如何在不同上下文變化，以及單字語序如何影響其意義。就把它想像成你自己建立的攜帶型沉浸式雙語教學即可。

這部份有三種主要的卡片種類：新單字、詞形與單字語序。你能夠使用這些卡片從任何句子裡記住所有細微的資訊。我們會鉅細靡遺的為你解說，並接著闡述少數幾個特殊情境：如何掌握詞形變化表、正確的寫好句子以及如何讓簡單易懂的卡片更有挑戰性。

一旦你開始使用這些卡片後，便能發現這些卡片極為有效。在句子中找出動詞，就能感受到大多數的句子都有其不明顯的相似之處，只要學一次便能融會貫通。這讓你能夠在學習嶄新、意外的架構時，擁有勝過學習全然枯燥乏味的文法千百倍的滿足。

句型過招：獲取屬於你的資訊

就本質來說，一個句子是由單字、文法與敘述串連而成的。

你需要作的就是將所有微小的細節牢牢記在腦中。

　　理想上，你將會在手上的文法書或字典中找到下列資訊，但若你遺漏了什麼，也無須過於擔憂。先跳過去，之後再回來學會它。你唯一的目標就是將一大堆的資訊牢牢記在腦中。你不需知道所有東西，只需要：

- **一個好句子、措辭或對話**：你會需要找到一個附上了某些新內容的句子、簡短的措辭（兩顆蘋果）或者是一小段對話（「你要去哪？」「我要去迪士尼樂園！」）。其中應該要有些新的單字、文字形式以及令人感到意外的新語序。
  - **資源**：你的文法書。裡頭全都是優質例句與對話，而且在一開始時，幾乎所有出現的句子都包含了許多新穎有趣的內容。先好好運用它吧。之後，一旦你學得了一些文法概念，就能夠開始善用你從谷歌圖片或是自己調校過的優質例句了。
- **情節**：這個句子或對話發生了什麼呢？何時會遭遇到這樣的情形呢？
  - **資源**：你的文法書。它會提供翻譯或支援你足以拿來運用的豐富內容資訊，你便能弄清楚究竟發生了什麼事（例如：在一段對話中，蘇西問道：「Comment t'appelles-tu？」然後約翰史密斯回應道：「Je m'appelle John Smith。」可能就是蘇西詢問約翰的名字，而他做出回答。）
- **片段**：每個單字各自代表的意義為何？每個單字在句子裡扮演的角色為何？若有必要，你會如何發出每個單字的聲音呢？

- **資源**：你的文法書、字典、Forvo.com（如有需要的話）。在這裡你可能無法找到理想的資訊，沒關係，若你飽受某個單字所困，就跳過它，之後再回來重新學習。

- **有關發音的筆記**：到現在，六百二十五個基本單字的發音應該都已在你掌握之中了。在大部分的語言中，這份知識便得以讓你對每個單字的發音有相當準確的直覺，因此發音理應不會成為你的問題。若你有信心正確發出每個單字的音，就放膽略過這個部分吧。無論何時，只要稍微不確定，就查一下字典或去Forvo.com看看，如果聽到發音後跟你想像的不一樣，就把它加到你的卡片組之中吧。

- **基礎形式**：若你在字典中看到那些單字，它們看起來還是跟你想像的相同嗎？若答案為否，在字典中出現的這些單字看起來長什麼樣子？

  - **資源**：你的文法書還有字典。你可能不總是知道你看到的是否是此單字的基礎形式。沒關係，先假設它是吧。就跟學習其他新單字一樣的學習它吧。

- **圖片**：有什麼能夠搭配這個句子的好圖片嗎？你能夠用少少幾張**不同**的圖片來幫助你記住個別單字各自的意義嗎？

  - **資源**：谷歌圖片（或者，若你使用萊特納學習卡片箱，你便擁有了對單字的想像）。一般來說，只要用英文搜尋即可，這會比用你的目標語言來搜尋要快且容易找到想要的資訊。使用image.google.com（可以一次看到更多圖片）或TinyURL.com/basicimage（這裡的圖片比較小，可以更輕易的複製與貼上）。

- **個人關聯（選擇性使用）**：就我的經驗來說，個人關聯對於複雜的字彙與文法上的結構來說，較難找到施力點。我對單字「when」（何時）並沒遭遇過任何印象深刻的特定情況。然而，在適當的時間點（你可能認識某個特定的「caring」〔照護〕人），你可以放手將個人關聯運用在你要學習的單字上。實際上，你將會發現自己不需要跟一開始學習差不多程度的個人關聯。文法跟單字是綁在一起的，這會讓你更輕易牢記這些單字。

收集這些資訊得花些時間，每個句子通常得花個幾分鐘，但這提供你一大堆記憶字卡。當我汲汲營營於文法時，一張卡片要完整的練習好，通常平均得花個一分多鐘。

研究與建構的過程感覺蠻像在玩解謎遊戲。你正試圖要弄清楚可以用一個句子教會自己多少不同的東西，而且很快就可以抓到感覺，接下來就會開始越來越興奮，因為所有你已學會的單字都會開始在你可見之處轉化成真正的語言。

製作自己的卡片

加強訓練牌組：
新單字／詞形：每個單字二到四張卡片
單字語序：每個單字一張卡片

一般訓練牌組：
新單字／詞形：每個單字二到三張卡片
單字語序：每個單字一張卡片

重拾記憶牌組：

新單字／詞形／單字語序：每個單字一張卡片

接下來我們會不斷使用這個句子：「He lives in New York City。」

新單字： 我們將要學習「in」這個單字。

卡片類型一：空格內應該填入哪個單字？

（例如：「He lives __ New York City」→ in的發音為ɪn）

卡片類型二：哪些句子或短語內會出現這個單字？

（例如：in→「He lives in New York City。」）

卡片類型三：這個單字適合填入下列空格中嗎？

（例如：The Cat __ the Hat → in，發音為ɪn）

卡片類型四：你會怎麼拼這個單字？

（例如：發音為ɪn，可填入「He lives __ New York City」→ i-n）

詞形： 我們要學習lives的詞形。

卡片類型一：空格內應該填入哪個單字？

「He __ in New York City」（to live）

（例如：lives，發音為lɪvz）

卡片類型二：哪些句子內會出現livs這個單字？它的基礎詞形為何？

（例如：「He lives in New York City。」〔to live〕）

卡片類型三：這個單字適合填入下列空格中嗎？

「No one ＿ forever」（to live）？

（例如：No one lives forever。）

卡片類型四：你會怎麼拼這個單字？

（例如：發音為 lɪvz，可填入「He ＿ in New York City」→ l-i-v-e-s）

單字語序：我們要學習如何填入單字 He。

卡片類型一：你會把 He 填入「Lives in New York City」的哪個位置？

（例如：「He lives in New York City。」）

新─單字卡片─類型一：
空格內應該填入哪個單字？

　　可能會有幾個不同單字都適合填入你的範例句空格中。理想上，你會先使用相對較不含糊的句子（例如：He lives ＿ New York，就比 ＿ is good 要好）。雖然在有圖片的情況下，就算你使用了最含糊的句子，一樣可以很清楚的辨別出你的意圖就是了（像是使用了火雞的照片，你就知道 is good 前面的空格要填上 turkey）。

　　然而，你有時還是會遇到明明說出了完美的答案，卻跟卡片背面解答不符的情況。沒問題，只要記住，任何正確的答案，都算是正確的回答。

這張卡片會用在：

☑ 加強訓練牌組

☑ 一般訓練牌組

☑ 重拾記憶牌組

正面

關鍵重點（你一定得牢記的事情！）

● **發音**：空格內應該填入哪個單字？你能否大聲的念出來？

● **屬性（假使你學習的語言有這特性的話）**：若這個單字是名詞，它的屬性為何？

紅利點（假使你在複習的時候能想到其中幾點。下次你便能用比較少的時間記住它。）

● **拼法**：你是否記得如何拼出這個單字？

● **個人關聯**：若這個單字並非全然是抽象功能單字，你能否想到第一次／上一次你遇到這件與你人生相關的事情／動作／形容詞或這個單字的範例是何時？

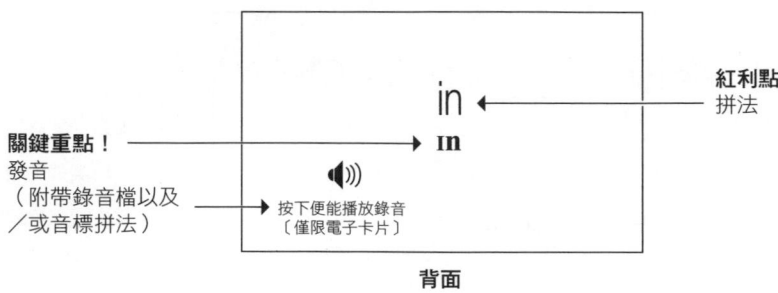

新─單字卡片─類型二：
哪些句子或短語內會出現這個單字？

有數不清的句子裡都會包含你的目標單字。若你能想到任何
一句，就算達成任務。（儘管你在多半情況下都只會想到卡片背
面那個句子。）要記住你不需要完美的一個單字一個單字的生成
整個句子。即使句子相對破碎，像是 in New York，也是能夠良
好運作的。

關鍵重點（你一定得牢記的事情！）

- **句子或短語**：這個單字的意義為何？你能否想出一個能夠使用這個單字的句子或短語嗎？
- **發音**：你能夠大聲的念出這個單字嗎？
- **屬性（假使你學習的語言有這特性的話）**：若這個單字是名詞，它的屬性為何？

紅利點（假使你在複習的時候能想到其中幾點。下次你便能用比較少的時間記住它。）

- **其他意義**：你能否想出任何其他能夠用不同方式使用這個單字的句子或短語呢？
- **個人關聯**：若這個單字並非全然是抽象功能單字，你能否想到第一次／上一次你遇到這件與你人生相關的事情／動作／形容詞或這個單字的範例是何時？

背面

新─單字卡片─類型三：
這個單字適合填入其他空格嗎？

　　這部份與卡片類型一相同。你只要增加其他句子即可，理想上最好是將同一個單字用在只有些微不同的地方即可。這也是你學習一個單字多重定義的方法。若你想將全部四百六十四種定義組合全都學起來，就得使用這幾種類型的卡片（或是使用下個部分會用到的那種稍稍延伸的版本）：I ＿ the table，I bought a ＿ of silverware，My TV ＿ broke，諸如此類。每次你這樣做，就能更了解其中細微的差異以及多維度的觀點，也將能夠在有限時間之中更輕易的牢牢記得所有上下文。你將發現許多你的文法書、字典或是谷歌圖片中那些舊單字出現在許多新句子之中（這部份細節在第六章有所著墨）。

正面

關鍵重點（你一定得牢記的事情！）

- **發音**：空格內應該填入哪個單字？你能否大聲的念出來？
- **屬性（假使你學習的語言有這特性的話）**：若這個單字是名詞，它的屬性為何？

紅利點（假使你在複習的時候能想到其中幾點。下次你便能用比較少的時間記住它。）

- **拼法**：你是否記得如何拼出這個單字？
- **個人關聯**：若這個單字並非全然是抽象功能單字，你能否想到第一次／上一次你遇到這件與你人生相關的事情／動作／形容詞或這個單字的範例是何時？

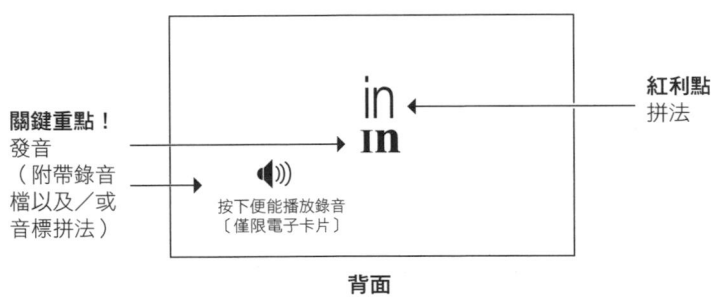

關鍵重點！
發音
（附帶錄音檔以及／或音標拼法）

按下便能播放錄音
〔僅限電子卡片〕

紅利點
拼法

背面

新—單字卡片—類型四：你會怎麼拼這個單字？

　　除非你正在學習日文或中文，不然一般情況下不太可能用到這些卡片，這些卡片通常是用來學習漢字字元的。

　　在學習其他語言時，一旦你學得了基本的六百二十五的單字，你很容易就能自動從其他三種卡片類型挑選出適當的拼音。

然而，你偶爾也可能會遇到能夠使用那些卡片的場合，例如匈牙利語，它有一些看似可愛且荒謬的單字，會讓你很難記憶，像是fényképezőgép（相機）。若這些單字會造成你的困擾，還是得在需要時加上拼法卡片。

這張卡片會用在：
☑ 加強訓練牌組
　一般訓練牌組
　重拾記憶牌組

正面

關鍵重點（你一定得牢記的事情！）
- **拼法**：你是否記得如何拼出這個單字？

紅利點（假使你在複習的時候能想到其中幾點。下次你便能用比較少的時間記住它。）
- **屬性（假使你學習的語言有這特性的話）**：若這個單字是名詞，它的屬性為何？
- **個人關聯**：若這個單字並非全然是抽象功能單字，你能否想到第一次／上一次你遇到這件與你人生相關的事情／動作／形容詞或這個單字的範例是何時？

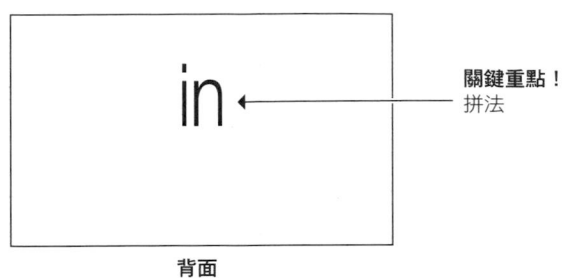

關鍵重點！
拼法

背面

　　只要善用這四種卡片類型，無論眼前的單字有多抽象，你都幾乎能夠將它們全都記起來。通常來說，若你遇到問題，那只會是因為你的文法書教導你某個單字時使用了太模稜兩可的句子（例如：___ is good這個句子用在caring這個單字時並非如此適切）。現在，我們先跳過這些單字，你將能夠用我們在第六章所討論到的工具——谷歌圖片、單語字典或自我引導寫作來學會這些單字。

詞形卡片——類型一：
空格內應該填入哪個單字？

　　詞形卡片基本上跟新——單字卡片相同。主要的差異是在，相對於He __ in New York City，你會在單字的基本形式上給自己一點提示（你應該能在手上的字典看到）：He ___ in New York City（to live）。這會讓這些卡片更容易讓你記憶，並對你學習這項語言的單字在句子中，如何為了表達其意義而改變形式有所助益（舉例來說，就像是cat與cats的差別）。

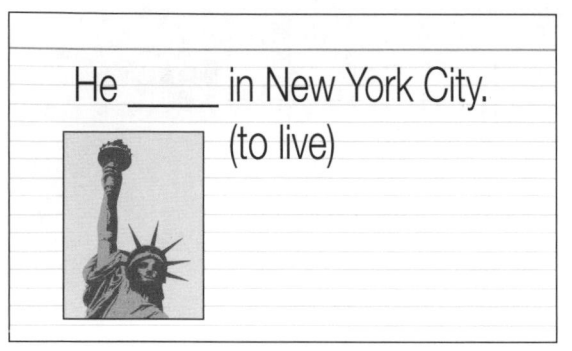

這張卡片會用在：
☑ 加強訓練牌組
☑ 一般訓練牌組
☑ 重拾記憶牌組

正面

關鍵重點（你一定得牢記的事情！）

● **發音**：空格內應該填入哪個單字？你能否大聲的念出來？

● **屬性（假使你學習的語言有這特性的話）**：若這個單字是名詞，它的屬性為何？

紅利點（假使你在複習的時候能想到其中幾點。下次你便能用比較少的時間記住它。）

● **拼法**：你是否記得如何拼出這個單字？

● **其他形式**：你有意識到這個單字還有其他形式嗎？你在何時看到的？（這並非必要，但我發現把這些形式明細記在我的單字形式卡片背面還蠻有幫助的。）

● **個人關聯**：若這個單字並非全然是抽象功能單字，你能否想到第一次／上一次你遇到這件與你人生相關的事情／動作／形容詞或這個單字的範例是何時？

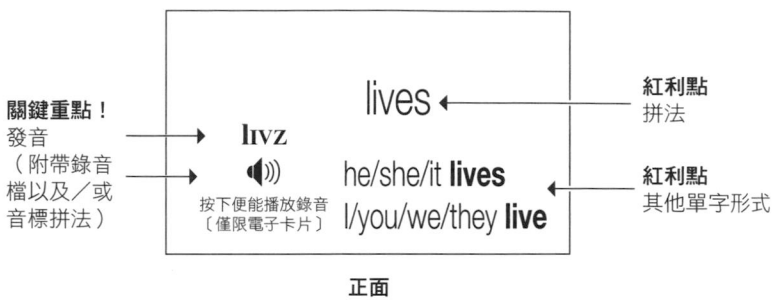

關鍵重點！
發音
（附帶錄音
檔以及／或
音標拼法）

按下便能播放錄音
〔僅限電子卡片〕

紅利點
拼法

紅利點
其他單字形式

lives

lɪvz

he/she/it **lives**
I/you/we/they **live**

正面

單字形式卡片——類型二：
哪些句子或短語內會出現這個單字？

　　就如同我們在新單字卡片部分所談到的，任何破碎的句子在
這裡也將適用。此外，你要試著記住看到的單字其基本單字形式
（例如：假使你看到lives，便要試著記住to live）。

　　在以下範例中，我們會遇到其他複雜的層級：若我們看到
lives這個單字，我們要怎麼知道它是動詞（如同to live）或名詞
（如同a life）？我們無從得知。幸運的是，我們只需謹守那條值
得信賴的規則——任何正確的答案都算是正確，在此仍然受用。
假使你看到lives然後想到Cats have nine lives而非He lives in New
York City，這樣更好。下次你看到這張卡片時，你便能同時記住
這兩個句子了。

這張卡片會用在：
☑ 加強訓練牌組
☑ 一般訓練牌組
▢ 重拾記憶牌組

正面

關鍵重點（你一定得牢記的事情！）

- **句子或短語**：這個單字的意義為何？你能否想出一個能夠使用這個單字的句子或短語嗎？

- **發音**：你能夠大聲的念出這個單字嗎？

- **屬性（假使你學習的語言有這特性的話）**：若這個單字是名詞，它的屬性為何？

紅利點（假使你在複習的時候能想到其中幾點。下次你便能用比較少的時間記住它。）

- **其他意義**：你能否想出其他能夠用不同方式使用這個單字的句子或短語呢？

- **其他形式**：你有意識到這個單字還有其他形式嗎？你在何時看到的？

- **個人關聯**：若這個單字並非全然是抽象功能單字，你能否想到第一次／上一次你遇到這件與你人生相關的事情／動作／形容詞或這個單字的範例是何時？

關鍵重點！
發音
（附帶錄音
檔以及／或
音標拼法）

關鍵重點！
範例句

紅利點！
其他單字形式

背面

單字形式卡片──類型三：
這個單字適合填入其他空格嗎？

　　我們已經過重述幾次了。你將發現自己並不是一定要清楚分辨出這些形式。卡片類型一與二將善盡教導你新單字形式的責任。再者，假使你曾對特定複雜的單字有不確定的感覺（「I have been living in Paris since 2004」；「You have been drinking lactose-free milk for ten years」），那麼，請增加像這樣的卡片直到你覺得比較能應付自如為止。

這張卡片會用在：
✔ 加強訓練牌組
✔ 一般訓練牌組
▨ 重拾記憶牌組

正面

關鍵重點（你一定得牢記的事情！）

- **發音**：空格內應該填入哪個單字？你能夠大聲的念出這個單字嗎？

- **屬性（假使你學習的語言有這特性的話）**：若這個單字是名詞，它的屬性為何？

紅利點（假使你在複習的時候能想到其中幾點。下次你便能用比較少的時間記住它。）

- **拼法**：你是否記得如何拼出這個單字？

- **其他形式**：你有意識到這個單字還有其他形式嗎？你在何時看到的？

- **個人關聯**：若這個單字並非全然是抽象功能單字，你能否想到第一次／上一次你遇到這件與你人生相關的事情／動作／形容詞或這個單字的範例是何時？

背面

單字形式卡片──你會怎麼拼這個單字？

再次說明，你可能不需要這些卡片，但若是需要的話，可參照下列範例：

He _____ in New York City.

lɪvz
🔊))
按下便能播放錄音
〔僅限電子卡片〕

正面

這張卡片會用在：

✔ 加強訓練牌組

◻ 一般訓練牌組

◻ 重拾記憶牌組

關鍵重點（你一定得牢記的事情！）

● **拼法**：你是否記得如何拼出這個單字？

紅利點（假使你在複習的時候能想到其中幾點。下次你便能用比較少的時間記住它。）

● **屬性（假使你學習的語言有這特性的話）**：若這個單字是名詞，它的屬性為何？

● **個人關聯**：若這個單字並非全然是抽象功能單字，你能否想到第一次／上一次你遇到這件與你人生相關的事情／動作／形容詞或這個單字的範例是何時？

lives ←

關鍵重點！
拼法

背面

單字語序卡片：這個單字要填入哪個位置？

單字語序卡片會教導你一個句子的語序。盡可能的多使用這些卡片吧。一開始，先試著在一個句子上使用兩張卡片（隨機挑幾個單字即可）。這樣應該就足以教導你精確的單字語序了。幾週後，你便能抓到這些卡片如何運作的感覺，而你也將能夠謹慎的使用它。

這張卡片會用在：

✔ 加強訓練牌組

✔ 一般訓練牌組

✔ 重拾記憶牌組

正面

關鍵重點（你一定得牢記的事情！）

• **完整句子**：這個單字應放在句子的那個位置？

沒有紅利點！（很抱歉。）

關鍵重點！
完整句子

背面

四個特殊情境：處理語尾變化表、短語、消除線索以及被難倒時該如何是好

所有卡片都是在我們一直使用的主題上做變化：句型填空、一張圖片以及填上漏掉的單字。大抵上來說，這只是多給你看幾個範例的藉口而已。好好享受吧！

處理語尾變化表

讓我們回到老朋友 He lives in New York City 這個句子吧。我們就用這個例子來學習 lives 這個單字：He ＿ in New York City（to live）。這裡假設我們都認識 to live，我們只要學習其詞性變化。但一開始我們要如何學習 to live 呢？

我們得製作特殊種類的新單字卡片。看起來就像這樣：

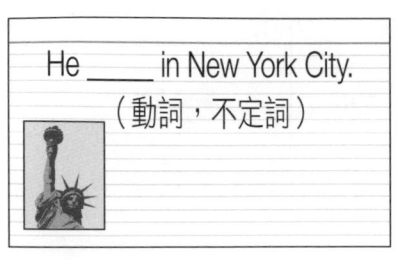

正面　　　　　　　　　　　背面

正面　　　　　　　　　　　背面

　　作為選擇，你可以製作出一個不同的填空句，並複製你之前使用的詞形卡片格式在這裡使用。

正面　　　　　　　　　　　背面

　　這兩種卡片組都將教導你同一件事。我偏好第一種卡片組，因為它更具挑戰性，而且會迫使我精通所有基本詞形。

短語

對於這樣的對話，你怎麼看？

服務生：Here's your coffee！

顧客：Thank you.

服務生：**You're welcome**.

　　在這個例子中，「You're welcome」只是接在「Thank you」後面說的，並非真的在welcoming（歡迎）某人。因此，當你學習這類短語時，你有一些選擇。你可以單獨學習個別單字，像這樣：

服務生：Here's your coffee!
顧客：Thank you!
服務生：You're _____

正面

welcome
wɛlkəm
🔊
按下便能播放錄音
〔僅限電子卡片〕

背面

　　或是一次學完，像這樣：

服務生：Here's your coffee!
顧客：Thank you!
服務生：_____

正面

You're welcome
jʊəɹ wɛlkəm
🔊
按下便能播放錄音
〔僅限電子卡片〕

背面

　　任一選擇都能良好運作。就個人而言，只要可以我就會選擇單獨學習個別單字。一次記住一個單字比較簡單，但如果我能將一個短語做成數張卡片，而非只是兩張卡片，那麼我會傾向這樣做以學得更多。

消除線索

　　有時候你的範例句為單字提供的線索會讓你製作記憶字卡時變得太過簡單。舉例來說，在俄語中，單一形容詞（一個紅色的路燈）便能告訴你比路燈顏色更多的事情：它能告訴你精確的角色、數字以及你的句子中那漏掉的屬性。

　　你可以用英文做點小小的嘗試。假設你正在用 He was holding an ___ rifle 這個句子學習 automatic 這個單字。句子中的 an 就能給你一個很大的線索：它以母音作為開頭。實際上，你可能會發現這張記憶字卡太過容易，於是我們會抹去這個線索，像是這樣：

正面　　　　　　　　　　　　　　背面

當你被難倒時

有時候你在遇到某些文法結構時，對於如何教導自己學習這個單字完全沒有頭緒。你可能沒法弄清楚到底是要製作新單字卡片、單字形式卡片、單字語序卡片，或是三種都製作。

或者，你可能已經為一個特定文法規則做好了記憶字卡，但你想再強化它。也或許有人在你所寫的東西上發現錯誤並做出更正。你想要做更多的練習，而你不想再經歷一次冗長無趣的新單字／單字形式／單字語序測試的整個過程。

在下列任何一個案例，將你的句子轉換成搭配一兩個圖片的基礎、非描述性填空測試，像是這樣：

正面　　　　　　　　　　　　　　背面

無論你是不是非常確定要怎麼做，都使用這些卡片看看吧。實際上，這要比新單字／單字形式／單字語序還要稍微難記憶，但你將能夠不用遇到太多麻煩就能記住它。

不使用自己的語言自學文法就像是某種即興的藝術。你將得以用這些卡片學會幾乎所有東西，但有時你可能會遇到一些完全沒預期到的事情。別害怕嘗試設計新的記憶字卡並看看怎麼做比

較有效。這就是記憶字卡罷了。想在上面寫什麼就寫（而且可能
的話，就放圖片在上面吧。）

集錦四
最後一組字彙卡

第六章

　　在這個部分，我們只討論一件事：在單語字典的協助下學會最後一批單字。既然你總是會遇到少數幾個難以單靠文本就確定其定義的單字，像是honest或fascinating，你就得學習如何在你的記憶字卡中增加更多的定義。

語言遊戲：取得你的資訊

　　製作這些卡片，你會想要一到兩句不錯的範例句；一個好的、簡要的定義；以及一張圖片來幫助你記憶。

- **一句不錯的範例句**：尋找其中有少數你認識的跟少數你不認識單字的範例句。這樣一來，你就能被動的得到幾個新單字。
  - **資源**：從谷歌翻譯再連到谷歌圖片（正如我們在第六章開頭所討論到的），你自己所寫的東西（已經在Lang-8.com或italki.com校正過的），或是你的文法書。
- **一個好的、簡要的定義**：試著找到一個少於十個單字長的定義（或者就使用簡短摘錄的定義）。你不會想要每次複習記憶字卡時，都好像在閱讀一段論文一般。

- **資源**：你信賴的單語字典。若你使用線上字典，請善用谷歌翻譯。這樣一來，你將能更早開始使用手上的字典，並能學得更快。

● **圖片**：假使你使用谷歌圖片來尋找範例句，那通常會順便找到圖片。這樣很棒，若是從其他來源找資料，那麼請用英文搜尋圖片以節省時間。

  - **資源**：谷歌圖片（或者，假使你使用萊特納學習卡片箱，你便已經擁有了圖像）。

　　一個單字預期大概會花費你二到三分鐘的時間。你會找到許多的材料，像是一大堆的範例句、微妙的定義、圖片，諸如此類。享受這段探索的歷程吧；你所學的每個單字都會藉由大概三到五個附加單字來被動的增加你的單字量，並在過程中教會你許多的文法概念。

製作你的卡片

加強訓練牌組：每個單字兩到三種卡片。
一般訓練牌組：每個單字兩到三種卡片。
重拾記憶牌組：每個單字一張卡片。

我們會用honest這個單字來舉例。

卡片類型一：空格內應該填入哪個單字？
（例如：「He was an ___ man」→ honest，發音為 ɑnɪst）

卡片類型二：哪些句子或短語內會出現這個單字？

（例如：honest→「He was an honest man。」）

卡片類型三：這個單字適合填入下列空格中嗎？

（例如：「It was an ___ mistake」→honest，發音為ɑnɪst）

卡片類型四：你會怎麼拼這個單字？

（例如：發音為ɑnɪst，可填入「He was an __ man」→h-o-n-e-s-t）

卡片類型一：空格內應該填入哪個單字？

　　現在，你要在卡片上加上定義，這裡沒有太多模稜兩可的空間。每個填空句都只會有一個正確答案。若你認為自己應該從自己已經學會的單字中尋找同義詞，接下來就深入探索你的單語字典；大多數情況你將總會發掘那些所謂的同義詞之間的微小差異，這時便是你發現那份差異，並指出記憶字卡上那個空格為何的機會了。

He was a/an _____ man.
Adjective: You don't lie, cheat, or steal

這張卡片會用在：
✔ 加強訓練牌組
✔ 一般訓練牌組
✔ 重拾記憶牌組

正面

關鍵重點（你一定得牢記的事情！）

- **發音**：空格內應該填入哪個單字？你能夠大聲的念出這個單字嗎？
- **屬性（假使你學習的語言有這特性的話）**：若這個單字是名詞，它的屬性為何？

紅利點（假使你在複習的時候能想到其中幾點。下次你便能用比較少的時間記住它。）

- **拼法**：你是否記得如何拼出這個單字？
- **個人關聯**：若這個單字並非全然是抽象功能單字，你能否想到第一次／上一次你遇到這件與你人生相關的事情／動作／形容詞或這個單字的範例是何時？

卡片類型二：哪些句子或短語內會出現這個單字？

在這裡你不需要記住精確的定義。只要你能想到任何這個單字典型的使用方式，你就贏了。

正面

關鍵重點（你一定得牢記的事情！）

• **句子或短語**：這個單字的意義為何？你能否想出一個能夠使用這個單字的句子或短語嗎？

• **發音**：你能夠大聲的念出這個單字嗎？

• **屬性（假使你學習的語言有這特性的話）**：若這個單字是名詞，它的屬性為何？

紅利點（假使你在複習的時候能想到其中幾點。下次你便能用比較少的時間記住它。）

• **其他意義**：你能否想出任何其他能夠用不同方式使用這個單字的句子或短語呢？

• **個人關聯**：若這個單字並非全然是抽象功能單字，你能否想到第一次／上一次你遇到這件與你人生相關的事情／動作／形容詞或這個單字的範例是何時？

背面

卡片類型三：這個單字適合填入其他空格嗎？

　　這些卡片對於捕捉一個單字的不同定義或使用方法上非常有效，像這樣：

正面

這張卡片會用在：

✔ 加強訓練牌組

✔ 一般訓練牌組

☐ 重拾記憶牌組

關鍵重點（你一定得牢記的事情！）

● **發音**：空格內應該填入哪個單字？你能否大聲的念出來？

- **屬性（假使你學習的語言有這特性的話）**：若這個單字是名詞，它的屬性為何？

紅利點（假使你在複習的時候能想到其中幾點。下次你便能用比較少的時間記住它。）
- **拼法**：你是否記得如何拼出這個單字？
- **個人關聯**：若這個單字並非全然是抽象功能單字，你能否想到第一次／上一次你遇到這件與你人生相關的事情／動作／形容詞或這個單字的範例是何時？

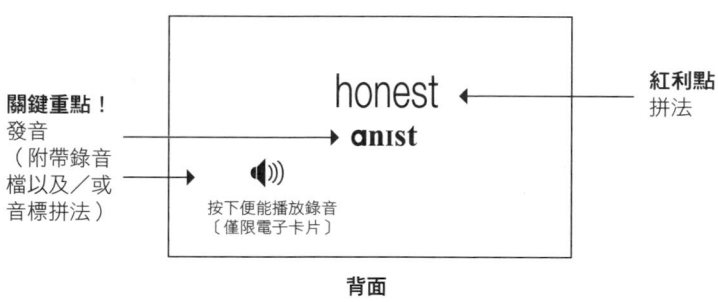

關鍵重點！
發音
（附帶錄音檔以及／或音標拼法）

按下便能播放錄音
〔僅限電子卡片〕

紅利點
拼法

背面

卡片類型四：你會怎麼拼這個單字？

　　你只會在學習日文或中文時，才會需要這張卡片。在很特殊的情況下，像是遇到那些拼法完完全全可說是荒謬的單字，像是floccinaucinihilipilification（描述某些全無價值的動作），你可能得考慮製作一張這類卡片，但大多數情況下，日文或中文學習者較能從此類卡片中獲益。

正面

關鍵重點（你一定得牢記的事情！）

• **拼法**：你是否記得如何拼出這個單字？

紅利點（假使你在複習的時候能想到其中幾點。下次你便能用比較少的時間記住它。）

• **屬性（假使你學習的語言有這特性的話）**：若這個單字是名詞，它的屬性為何？

• **個人關聯**：若這個單字並非全然是抽象功能單字，你能否想到第一次／上一次你遇到這件與你人生相關的事情／動作／形容詞或這個單字的範例是何時？

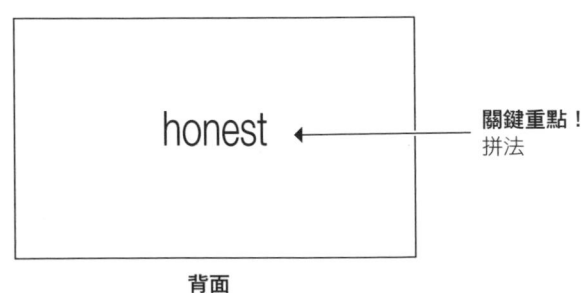

背面

　　現在，無論你想怎麼學習，都已經擁有所有需要的工具了。
繼續向前邁進，並從中找到樂趣吧！

術語與工具的辭彙表

　　從 italki 到 Verbling 等網站，層次的處理到動詞語尾變化，我們在此書中已經討論了許許多多潛在的新術語與工具了。為了讓你使用起來更加便利，我將這些辭彙全都集中在此處，加上了簡短的解釋，並在適當的情況下添加網址。

六百二十五個基本單字（625 WORDS）
一份極為常見、具體的英文單字，讓你能夠輕易的一看就會，並快速的轉譯。若你能學好這些單字，它們將能增強你在第三章學習發音的過程，且能在你準備好要進入第五章文法部分時，提供你堅實的字彙基礎。

杏仁核（AMYGDALA）
通往海馬迴的成對器官，它會告知你什麼東西要保留，什麼則要捨棄。比起簡單的閱讀，回憶測試較能對它產生刺激。

ANKI 軟體
我最愛的電腦化間隔重複系統（SRS）。它完全免費，每種平台皆可運行，且能毫無障礙的處理圖片與聲音。
ankisrs.net ——此處有下載點。
Fluent-Forever.com/chapter2 ——有影片教學。

有聲書（AUDIOBOOKS）

外語有聲書是開啟你外語閱讀之路的最佳方式之一。有聲書連同實體書一起購入，接著在閱讀時一邊聽有聲書。聲音會幫助你快速閱讀，而你也能同時取得大量的發音資訊。亞馬遜網路書店便有許多法語、德語、義大利語、葡萄牙語、俄羅斯語以及西班牙語的有聲書。至於其他語言，你得運用你新學得的語言能力在網路上搜尋。當我找到有聲書時，便會將它放在我的網站裡頭。Fluent-Forever.com/language-resources

倒向連鎖（BACK CHAINING）

一種口腔發音練習，當你遇到一個很長的單字時，先念單獨最後一個音標（phoneme），接著念最後兩個音標，再來是最後三個，漸漸的建立起從頭到尾念完整個單字的能力。這能讓你在學習念出難以發音的單字時事半功倍。

雙語字典（BILINGUAL DICTIONARY）

一種翻譯式的字典，讓你能夠在查找一種語言的單字時，同時找到其他語言的翻譯。這在你不知道該如何查找目標語言的某個單字時特別實用（像是「dog」這個單字在法語要怎麼寫呢？），如此一來你就能弄清楚這個單字的意思為何（像是aiguillage究竟是什麼東西？），以及尋找其文法與發音資訊（aiguillage的音標符號為何？aiguillage的屬性為何？finir〔to finish〕使用的動詞變化是何種類型？）。

雙語效應（BILINGUAL EFFECT）

一種學習雙語言時個別表現出來的成果優於直接學習個別語言知識的現象。學習另一種語言即為某種大腦的強化訓練，會造成增加智慧與心智適應力的成果。

零碎單字（BROKEN WORD）

經由閱讀而學得的單字，但無法正確的發音。當你在朗讀某種語言時遇到這種情況，會認為那是全新的單字而感到困惑。這就是為何在一開始就進行發音訓練的話，以長期來看能幫你節省時間的原因。

事例（CASE）

我不會在這本書中特別討論事例，只會在第五章作些暗示。不過你只要稍作功課，就會知道事例便是「角色」的另一種說法，像是「dog在這個句子之中的角色為何？」在Dog eats cat、Cat eats dog、Man gives dog a bone以及Cat eats dog's food這些句子之中，dog這個單字一直不斷在轉換其事例。

可理解輸入（COMPREHENSIBLE INPUT）

任何你能夠經由內文線索、身體語言、翻譯或以上綜合而輕易理解的外國語句子。假使我說「Voulez-vous un cookie?」並遞給你一塊餅乾，即便你不懂法語，還是進入了可理解輸入的情境之中。你的大腦會使用可理解輸入來將一個語言的文法系統拼湊在一起。

動詞變化（CONJUGATION）

動詞形式基於內文產生的改變。to be正確的動詞變化在Help！I ＿＿ on fire！這個文本會是am。

子音（CONSONANT）

一種藉由阻撓從你肺部吐出的空氣來發音的音標。p、t與sh都是子音。

子音定位（CONSONANT LOCATION）

一般稱為子音位置，是為任何子音的三個組成之一。定位即是「p」（嘴唇）與「t」（舌頭抵住牙槽脊）。

子音類型（CONSONANT TYPE）

一般稱為子音方法，是為任何子音的三個組成之一。類型即是「t」（舌頭完全阻撓空氣，接著再突然開放）與「s」（舌頭稍稍阻撓空氣，讓空氣輕輕噓出去）之間的差異。

子音濁化（CONSONANT VOICING）

是為任何子音的三個組成之一。濁化即是「z」（聲帶發出嗡嗡聲）與「s」（聲帶不發出嗡嗡聲）之間的差異。

語尾變化（DECLENSION）

基本上就是動詞變化的同義詞。語言學家往往將動詞變化單獨提出來，而語尾變化則用於所有變化上（例如：one dog ／ two gods。he ／ him ／ his。they ／ them ／ their，諸如此類。）

語尾變化／動詞變化表
（DECLENSION ／ CONJUGATION CHART）

動詞變化或名詞／形容詞語尾變化清單（例如 I am、you are、he is、we are、they are……）

DVD（外語電視節目與電影）

你可以在 Netflix 與 Amazon 找到外語 DVD，但有許多語言的資源你得在網路上搜尋才行。先在維基百科上找出你想看的節目名稱，然後嘗試找看看有沒有店家可接受國外的信用卡。但願當全球化效應持續發酵下，以及網路打破國界的壁壘後，找尋想看的外國節目會越來越簡單。

回饋（FEEDBACK）

持續測試並找出你是否得到正確答案的程序。若你在複習記憶字卡時很快便得到回饋（藉由確認卡片背後的答案來檢視你的回答是否正確無誤），將會大舉增加學習效率。

FLUENT-FOREVER

我的語言學習網站。基本上它囊括了所有無法納入這本書的內容，且內含所有可以搭配這本書一起使用的連結與教學。你將能在網站中找到所有你在書中讀到的東西的深入解析，以及一些你沒在書中讀到的資訊。

Fluent-Forever.com

外國語言學習機構
（FOREIGN SERVICE INSTITUTE COURSES）

美國國務院外交學院（US Foreign Service Institute）將四十一種語言的課本免費放上網路（還另外附上了他們的錄音檔）。那些資源大多數是六〇到七〇年代的資料，可能會有些枯燥乏味，但品質大多相當優良。

fsi-language-courses.org

FORVO

擁有超過三百種語言、兩百萬份錄音的巨量數據網站。幾乎任何語言與單字都能在這裡找到由母語人士錄製的錄音檔，而且若沒找到你需要的資料，還可貼文徵求錄音，幾天後便能收到。最棒的是，完全免費！請善用它來學習你的目標語言吧。

Forvo.com

常用字字典（FREQUENCY DICTIONARY）

一部涵括你目標語言的單字，並以使用頻率排列，且附上了這些單字的英文翻譯的字典。通常，它將收錄每個單字的範例句。這些字典對於有效率的增加字彙來說是極為美好的工具。不是每種語言都會有這樣的字典，但假使你正在學習相對常見的語言，你可能就是擁有這項工具的幸運兒。

Fluent-Forever.com/language-resources

常用字表（FREQUENCY LIST）

其範圍從附錄五會介紹到的六百二十五個單字，到可免費在en.wiktionary.org/wiki/Wiktionary:Frequency_lists取得的清單都屬

於此類文件，這些單字清單會以出現頻率來排序，不過通常不會附上翻譯（因此你得自己進行這一步）。

性別屬性（GENDER）

文法屬性與確實的屬性（若有這種東西的話）幾乎毫無關聯。這個單字的原始意義為「種類」，這樣的意義依然存在，也擁有相關字像是類型（genre）、屬類（genus）與一般（generic）。語言上使用屬性來將名詞歸類。有些語言使用陽性與陰性，有些則是使用陽性／陰性／中性，而有些則使用人、身體部位、動物、小巧可愛的東西、細瘦物件、通常成雙成對的物件，諸如此類。若你在隨機、任意名詞類別前加上屬性，便能更容易理解大部分單字的意義。

谷歌圖片（GOOGLE IMAGES）

由谷歌營運的圖像搜尋引擎。這本書出版時，它已經囊括了從超過一百三十種語言的網站中，超過四十六億張的圖片。你可用三種不同方式使用它。

正常的谷歌圖片：在這種正常模式下，你能夠輸入任何單字（cat），按下enter，接下來便能看到由這個單字所組成的巨大圖片牆。

images.google.com

基本版谷歌圖片：在谷歌圖片裡的每張圖片都會附有相關的說明文字，預設為隱藏。假使你開啟這些說明文字，就能在谷歌圖片中找到每個你關鍵語言單字的範例插圖。

TinyURL.com/basicimage

翻譯過後的基本版谷歌圖片：基本版谷歌圖片中的每項說明，都
將成為你的目標語言，不過你可能還沒法看懂。幸運的是，若你
的瀏覽器設定正確，便能看到說明文字原文與翻譯文字並列出
現。當你剛起步時，這會讓說明文字更加簡單易懂。

Fluent-Forever.com/chapter4

谷歌翻譯（GOOGLE TRANSLATE）

網路上最佳的機械式翻譯網站。你可以任意輸入其支援的七十一
種語言，而它會立即轉譯為其他語言。你也可以打進一個網址
（比如說，一個法語單語字典網站），它便會翻譯這個網站。可
以下列幾種方式運用它：

1. 若你遇到目標語言的某個句子寫的非常奇怪，可以打進谷歌翻
   譯，然後得到適當的英文翻譯。
2. 若你不確定要如何使用目標語言寫出某個句子，就可以打上英
   文，它便會幫你轉譯為目標語言（但品質不好）。接著你可以
   將這段翻譯貼到像是 Lang-8 這類的語言交換網站，得到由母
   語人士提供的正確解答。
3. 你可以打入單語字典（像法法字典）的網址。這樣做能夠讓你
   得到比雙語字典（像法英字典）更好的解釋，且若你將滑鼠的
   游標移到任何一句翻譯上頭，還能看到原始的文本，就可以將
   這個單字納入記憶字卡之中。

   translate.google.com

文法書（GRAMMAR BOOK）
這是作者覺得為一個人解說某種語言最簡單的方式之一。文法書一開始很簡單，但會漸漸的越來越複雜，揭示如何運用動詞、名詞與形容詞，以及如何指出正確時刻、假設狀況，諸如此類。它能讓你事半功倍，裡頭每個範例皆為精挑細選，以致於在書前段範例所建立的基礎下，只要學好，之後的部份也很難打垮你。

赫布理論（HEBB'S LAW）
同時啟動的神經元，將會緊緊聯繫在一起。這也是我們建立記憶的方式。若你看到一塊餅乾、聞到一塊餅乾，吃到一塊餅乾，未來你將會將這三種體驗連結在一塊。

海馬體（HIPPOCAMPUS）
精神上的總機，能幫助神經元相互連結，並告訴你未來要在何處找到那份體驗。

沉浸式教學（IMMERSION PROGRAMS）
一個你可以整天將心思花在目標語言之處，就算是戶外課程皆然。這些教學課程可能索價稍高，但會是一種學會流利口語的優良學習法。

國際音標（INTERNATIONAL PHONETIC ALPHABET, IPA）
一種每個文字都與單一發生相對應的符號系統。若你弄懂它，你就能運用它來讓你知悉任何外國單字的精確念法，甚至能知道如何將新學到的單字從你嘴巴念出來。

ITALKI

一個語言交換社群並擁有經過精細計算過的支付系統。你能夠使用italki找到專業的老師或會講你目標語言但未經訓練的導師，並以極為低廉的價格透過電子郵件或視訊交談進行學習。此外，此網站也有一些免費的選項，可以幫助你找尋語言交換的夥伴，但我大多會建議大家使用它的付費服務。
italki.com

LANG-8

一個免費的語言交換社群，其致力於提供書寫上的正確訊息。你可以隨意註冊，貼上一些句子，校正其他人貼的文字，也得到別人幫你校正後的文字，回應時間通常不會多過一天。

語言交換（LANGUAGE EXCHANGE）

一種你與你目標語言使用者之間的語言學習協議。你們將會約定會面，基本上是經由Skype視訊聊天，然後在預定時間內先用你的語言聊天，接著是用你夥伴的語言聊同樣長的時間。

語言交換網站（LANGUAGE EXCHANGE WEBSITES）

設計用來幫助你找尋語言交換夥伴的網站。Livemocha.com、Busuu.com、MyLanguageExchange.com、italki.com以及Language-Exchanges.org 是一些較為知名的語言交換網站。

語言假期（LANGUAGE HOLIDAYS）

為了學習你的目標語言以及讓自己處在目標語言文化根源而進行的國外旅遊。

萊特納學習卡片箱（LEITNER BOX）

以紙盒做成的隔間重複系統。使用記憶字卡、精心設計的排程，以及幾個簡單的遊戲規則，來創造出與你可以在像是 Anki 等類似的軟體上看到的相同類型隔間重複學習魔法。

處理層次（LEVELS OF PROCESSING）

一種讓你確定自己記得什麼與忘記什麼的心理過濾機制。最佳狀態是你知道單字的拼法（結構），知道如何發音（聲音），了解／明白其意義（觀念），以及與你個人相關的部份（個人關連）。

LIVEMOCHA

一個更加熱門的語言交換網站。你可以自在的忽略其語言課程；其主要目的在於讓你跟語言交換夥伴有接觸的管道。

LiveMocha.com

記憶遊戲（MEMORY GAME）

一種你能夠拿任何新單字來遊玩，用來幫助你記憶單字的遊戲。你能否找出跟這個單字的個人關連？若答案為是，你將增加百分之五十記住它的機率。

最小對立體（MINIMAL PAIRS）

一對只有微小發音不同的單字，像是niece ／ knees或是bit ／ beat。

最小對立體測試（MINIMAL PAIRS TESTING）

一種使用一對只有一個發音不同的單字的測試。若你使用最小對
立體進行自我測試（你聽到的是 rock 還是 lock 呢？）並很快就能
反應過來（是 lock），你便能讓大腦永久與這個新發音搭上線。
Fluent-Forever.com/chapter3

記憶術影像遊戲（MNEMONIC IMAGERY GAME）

附屬於對某個單字使用圖像記憶術（像是用爆炸聯想到陽性）的
程序之中（像是狗，在德語中是陽性），來形塑出一種故事記憶
術（炸彈爆炸因而聯想到狗）。你能讓故事越生動詭異，就越能
夠牢記它。

記憶術（MNEMONICS）

在記憶某些抽象事物（例如：德文的陽性詞）時，幫助你讓它轉
變為具象概念（爆炸）的方法。主要是利用人類非凡的視覺記
憶，而你能運用它來記憶目標語言中許多不規則、無意義的規
範。

單語字典（MONOLINGUAL DICTIONARY）

內容全為你目標語言的字典。裡頭提供了所有單字的完整解釋，
而非簡單的翻譯。一旦你達到中等程度，便能使用單語字典來學
習目標語言中最抽象的單字。你能找到許多這樣的紙本字典，但
請努力撐過初學者階段，當然你會希望能擁有線上版字典，這樣
你就能輕易的將它與谷歌翻譯連結在一起，來得到那些解釋的翻
譯。這樣一來便能同時產生雙語字典（剛開始學習時就能派上用

場）以及單語字典原本的功能（教導你許多單字的深入解析）。
你可以在我的網站上找到我最推薦的字典清單。

Fluent-Forever.com/language-resources

多即是少（MORE IS LESS）

這個概念是，你對一個主題學了越多東西，就越能輕易的將所有
東西都記在腦中。這就是為何當你學習像是中文這樣的語言時，
若你比像是學習西班牙文時製作了更多記憶字卡，就越能學好它
的原因所在。

神經元（NEURON）

神經細胞即是大腦中傳遞信號以及連接各處神經系統的中介。記
憶的產生，就是一群神經細胞動起來並相互連結的結果。

產出（OUTPUT）

在大多數情況下，此指書寫。書寫時，你便是在測試文法能力並
發現自己較不擅長之處。產出即是將你學得那成千成百的微小要
點，轉換成能夠自由運用的語言。

個人—行動—標的（PERSON-ACTION-OBJECT, PAO）

一種使用在競爭式記憶的記憶技巧。基本前提示你能夠找出一群
相對少數的人、行動以及標的，並將他們互相連結，形塑出許多
怪異、可記憶的故事。我們通常用它來增加我們在圖像記憶法上
的彈性（例如：將一個可記憶的人以及／或標的，與我們正在學
習的動詞相連結，或是將一個可記憶的人以及／或標的，與我們
正在學習的名詞相連結。）

音標（PHONEME）

一個語言中的單一音節（而非單一字母）：sh在英語中就只有一個音標。

音標語音（PHONETIC TRANSCRIPTION）

將一個單字，像enough，轉換為音標字母：ɪnʌf（通常會遵照國際音標的規則）。

會話書（PHRASE BOOK）

一本便宜、小小本，能夠告訴你如何說出各式各樣罐頭會話的旅遊良伴（例如：「幫幫忙！有人扒走我的皮夾了！」「我可以買點杏仁嗎？」）這些會話裡頭有一些可以充當你在剛開始學習第五章的內容時會用到的實用資源。你能夠在大部分會話書的最後（寂寞星球這類書籍後面一定會有）發現一個很棒的小字典。這便是相當輕易且方便你找到附錄五那六百二十五的基本單字解釋的方法。

發音指南（PRONUNCIATION GUIDEBOOK）

一本帶你走過你目標語言發音與拼音系統的書。通常會附贈錄音光碟，而你也應該要時常聽光碟，並模仿那些錄音檔的聲音。

發音訓練軟體（PRONUNCIATION TRAINERS）

設計用來活化大腦對新的發音熟稔的課程軟體。這是我所知道學習新語言語音系統最輕鬆與最快的方法。

Fluent-Forever.com/chapter3

發音影片（PRONUNCIATION VIDEOS）

深入剖析如何發出正確聲音的影片。我製作了一系列（免費的）影片來傳授你國際音標的奧祕，以及如何讓你說出流利的外語，這些影片已經幫助了許多人。看看這些影片吧。

Fluent-Forever.com/videos

回想練習（RECALL PRACTICE）

即「測試」的另一種說法。要讓你試著回憶一些東西，而這些努力就是讓記憶自行放入長期記憶的方式。

RHINOSPIKE

一個免費的語言交換社群，其致力於提供錄音檔。你提出一段目標語言的文字，便會有母語人士大聲的念出那些文字並寄給你MP3檔案。作為交換，你也得幫別人錄製你母語的錄音。這項服務令人愉悅，不過要知道通常要等個幾天才能得到回應。

Rhinospike.com

自主寫作（SELF-DIRECTED WRITING）

請參見產出（OUTPUT）欄目。

SKYPE

一種能夠透過網路撥打免費電話與進行視訊的軟體。以語言學習的目的作為出發點，你能夠運用這個軟體來跟網路上的語言交換夥伴與私人家教聯繫。

間隔重複（SPACED REPETITION）

一種極為有效的學習方法，靠的是你學習某個東西後，過了幾天再回頭複習。假使你還記得，那麼你就拉長時間後再回頭複習。藉由這樣的學習法，你能夠將這些記憶充分轉換為長期記憶。

間隔重複系統（SPACED REPETITION SYSTEMS，SRS）

利用記憶字卡清單自動歸納來監控你的學習進展，並讓你知道要在哪天研讀那些記憶字卡好能將學習效率最大化。這會以兩種主要形式來進行：電腦化管理，會自動產生每日學習清單，這清單是基於相對成熟的演算法來運作的，而紙本版（又稱為萊特納學習卡片箱），則是運用一組簡單的遊戲規則、記憶字卡資料盒與行事曆來達到相同目的。

找出不同處（SPOT THE DIFFERENCES）

一種你可以搭配谷歌圖片一起玩的遊戲，你可以搜尋目標語言的單字然後看看會不會出現你預期中的圖片。你能找出越多你預期見到的，跟實際出現圖片的差異，就越能牢記這個單字。

電視節目與電影摘要
（SUMMARIES OF TV SHOWS AND MOVIES）

你可以在維基百科中找尋目標語言中你喜愛的電視節目與電影。假使你在觀看目標語言的電視節目或電影前先閱讀這些資料，就不用在觀賞的過程中得試著搞懂內容，讓你起到事半功倍之效，而且這也等於你先預習了劇集中對話的字彙。

禁忌／禁忌遊戲（TABOO／THE GAME OF TABOO）

由彌爾敦・布萊德雷（Milton Bradley）發明的派對遊戲，與為了要說出流利外國語的理想練習方式類似。遊戲開始後，你會有一張禁止單字清單，而你得在說明某些事情時避免說出那些單字。在現實生活中，你有一大堆單字都還沒搞懂，但你還是得正確說明想要表達的事情。

時態─狀態─模式（TENSE-ASPECT-MODE）

我不會在這本書中特別討論時態、狀態或模式，但我在第五章會對此做些小小提示。它們皆為使用動詞時會用到的東西。我們會在動詞上附加時間位置的概念（時態：I am eating／I was eating〔我在吃東西／我之前的某個時間點在吃東西〕）或者可以用它來表示動詞的時間進展（狀態：I am eating now／I eat regularly〔我現在正在吃東西／我有規律的吃東西〕）。我們甚至可以在動詞上加上確定程度（模式：I would eat／I could eat〔我應該會吃東西／我可以吃東西〕）。這三項常會混合使用：Tomorrow you will get me cookies（明天你會帶餅乾給我，未來時態）／You will get me Girl Scout cookies. Right. Now（現在你將會帶女童子軍餅乾給我，調式）。你將會藉由閱讀手上文法書中的解釋與學習一連串的範例句而逐漸熟悉時態、狀態與模式。

主題字彙書（THEMATIC VOCABULARY BOOK）

一本內含好幾千個單字（以及這些單字的翻譯）的書，單字按照主題分類：關於金錢、音樂、服裝等等種類的單字。一旦你需要建立一張常用字清單時，它將會是能夠幫助你按照個人需求客製

化清單的好幫手。

舌間現象（TIP OF THE TONGUE）

一種你回想起部分記憶，卻無法全數記得的現象。若你經歷了舌間現象並成功記起那件事，未來你成功記起這件事的機會便能倍增。

VERBLING

Verbling用一種類似快速配對的方式進行語言交換。你只要告訴他你使用的語言以及你正在學習的語言，它便會自動幫你跟某個語言交換夥伴配對，五分鐘左右便會通知你配對狀況。

Verbling.com

字彙書（VOCABULARY BOOK）

請參照主題字彙書。

母音（VOWEL）

藉由讓空氣從你的肺部相對暢通無阻的呼出所產生的音素。你能夠靠著改變舌頭與嘴唇的位置來發出不同母音的聲音。

母音後音（VOWEL BACKNESS）

三種母音發音組成之一。你的舌頭可以往前（發「eh」音）以及往後伸（發「uh」音）。

母音高音（VOWEL HEIGHT）

三種母音發音組成之一。你的舌頭可以往上（發「ee」音）以及往下（發「ah」音）。

母音圓音（VOWEL ROUNDING）

三種母音發音組成之一。你的嘴唇可以呈圓形（發「oo」音）或保持水平（發「ee」音）。

維基百科（WIKIPEDIA）

一種法力無邊的神奇字典。若你在這個網站找到一篇用英語撰寫的文章，通常可以在視窗的左下方找到以你目標語言的同一篇文章連結（連結標籤為「語言」）。這樣做能讓你找到一般字典裡不會出現的術語翻譯，像是《冰與火之歌》（The Game of Thrones），在推到非英語市場時，其翻譯可能不會跟原文一模一樣。舉例來說，其電視影集在法國叫做《Le Thrône de Fer》（The Throne of Iron）。維基百科便是能夠最輕易查到這些資訊的工具，你也能用它協助你搜尋DVD、書等資訊。

Wikipedia.org

維基百科之任意語言國際音標文章（WIKIPEDIA，"IPA FOR【INSERT-LANGUAGE-HERE】" ARTICLES）

國際音標欄目中關於各種語言的文章（例如：查詢「IPA for Spanish」），能看到你目標語言的所有發音、其國際音標符號以及一大堆範例單字。若你熟悉國際音標，這裡會是你學習語言的好幫手。

維基詞典（WIKTIONARY）

擁有大量來源的字典，跟維基百科蠻類似的。除了市面上大量的英語字典以外（這些字典能讓你知道大部分英文單字轉譯成其

他語言的樣子），維基詞典之中包含了大量極為優質的單語（法法、西西等）字典。大部分字典中也包含了幾乎所有單字正確度相當高的國際音標標示。

Wiktionary.org

WUG

語言學家用來測試孩童是否能內化語言發音規則的假單字。慣用英語的孩童在五歲時要學習自己說出：「one wug, two wug」，因為他們這輩子很顯然從未聽過「wug」這個字，這樣的測試法很簡潔有力。

YOUTUBE

一種發音建議與資訊的來源。雖然有時它有些不可靠，但你可以在這個網站上找到許多教學（用像是：「如何發顫音r」或是「阿拉伯語A'yn」等關鍵字搜尋），而這些教學幾乎都是母語人士製作的，可以幫助你聽到真正的發音並讓你較能真正產出新發音。若你想使用它，可以先從我錄製的一連串影片開始（連結在 Fluent-Forever.com/videos）。

YouTube.com

附錄

附錄一　特定語言資源　　　　　　　　　　　　　325

附錄二　語言困難度評估　　　　　　　　　　　　331

附錄三　間隔重複系統資源　　　　　　　　　　　335

附錄四　解碼國際音標　　　　　　　　　　　　　343

附錄五　你的前六百二十五個單字　　　　　　　　363

附錄六　如何搭配你的語言學習課程來使用本書　　385

附錄一
特定語言資源

必買書單與必逛網站

美國現代語言協會（The Modern Language Association）持續在調查美國大學生正在學習那些語言。以下是二〇〇九年秋天得到的結果：

排名	語言	二〇〇九年秋天統計數字
1	西班牙語	864,986
2	法語	216,419
3	德語	96,349
4	美國手語	91,763
5	義大利語	80,752
6	日語	73,434
7	中文	60,976
8	阿拉伯文	35,083
9	拉丁文	32,606
10	俄羅斯語	26,883
11	古希臘語	20,695
12	舊約希伯來文	13,807
13	葡萄牙文	11,371
14	韓文	8,511
15	近代希伯來文	8,245

　　我將會提供名單上除美國手語、拉丁文、古希臘語以及舊約希伯來文外所有語言的資源。這些語言需要一些特殊的調校,而且這些語言已經不是活語言了,再者,後三者也已不存在母語人士了。

　　對於每個語言,我都會列出一兩本文法書、一本會話書,還有一種發音訓練軟體。若有的話,我也會推薦一本發音教學書、常用字字典,以及主題字彙書。提供你相關連結、額外推薦的書籍或網站,至於那些比較沒那麼多人學習的語言,請參照Fluent-Forever.com/language-resources。

阿拉伯語資源

全部的清單與連結:Fluent-Forever.com/Arabic

文法書:Jane Whitewick 等人合著,《Mastering Arabic》(隨書附贈雙CD)。

會話書:Siona Jenkins 著,《Lonely Planet Egyptian Arabic Phrasebook》。

發音訓練軟體:Gabriel Wyner 製作,《Arabic Pronunciation Trainer》。

常用字字典:Tim Buckwalter 等人合著,《A Frequency Dictionary of Arabic》

中文(漢語)資源

全部的清單與連結:Fluent-Forever.com/Chinese

文法書:劉月華等人合著,《現代實用漢語語法》。

會話書:Anthony Garnaut 等人合著,《Lonely Planet Mandarin Phrasebook》。

發音訓練軟體:Gabriel Wyner 製作,《Mandarin Chinese Pronunciation Trainer》。

發音教學書：Live ABC 編輯部著，《互動中文》（附 CD）。

常用字字典：Richard Xiao 等人合著，《A Frequency Dictionary of Mandarin Chinese》。

主題字彙書：Andrey Taranov 著，《Chinese Vocabulary for English Speakers》。

法語資源

全部的清單與連結：Fluent-Forever.com/French

文法書：Mary Crocker 著，《Schaum's Outline of French Grammar》。

會話書：Michael Janes 等人合著，《Lonely Planet French Phrasebook》。

發音訓練軟體：Gabriel Wyner 製作，《French Pronunciation Trainer》。

發音教學書：Christopher Kendris 等人合著，《Pronounce It Perfectly in French》。

常用字字典：Lonsdale、Deryle 與 Yvon Le Bras 著，《A Frequency Dictionary of French》。

主題字彙書：Wolfgang Fischer 等人合著，《Mastering French Vocabulary》。

德語資源

全部的清單與連結：Fluent-Forever.com/German

初學者文法書：Joseph Rosenberg 著，《German: How to Speak and Write It》。

進階者文法書：Martin Durrel 著，《Hammer's German Grammar and Usage》。

會話書：Gunter Muehl 等人合著，《Lonely Planet German Phrasebook》。

發音訓練軟體：Gabriel Wyner 製作，《German Pronunciation Trainer》。

常用字字典：Randall Jones 等人合著，《A Frequency Dictionary of German》。

主題字彙書：Veronika Schnorr 等人合著，《Mastering German Vocabulary》。

希伯來文資源

全部的清單與連結：Fluent-Forever.com/Hebrew

初學者文法書：Zippi Lyttleton 著，《Colloquial Hebrew》。

進階者文法書：Luba Uveeler 等人合著，《Ha-Yesod: Fundamentals of Hebrew》。

會話書：Justin Ben-Adam Rudelson 等人合著，《Lonely Planet Hebrew Phrasebook》。

發音訓練軟體：Gabriel Wyner製作，《Hebrew Pronunciation Trainer》。

義大利語資源

全部的清單與連結：Fluent-Forever.com/Italian

文法書：Marcel Danesi著，《Practice Makes Perfect: Complete Italian Grammar》。

會話書：Pietro Iagnocco 等人合著，《Lonely Planet Italian Phrasebook》。

發音訓練軟體：Gabriel Wyner製作，《Italian Pronunciation Trainer》。

常用字字典：Gianpaolo Intronati 著，《Italian Key Words》。

主題字彙書：Luciana Feinler-Torriani 等人合著，《Mastering Italian Vocabulary》。

日語資源

全部的清單與連結：Fluent-Forever.com/Japanese

文法書：Eri Banno 等人合著，《Genki: An Integrated Course in Elementary Japanese》。

會話書：Yoshi Abe 等人合著，《Lonely Planet Japanese Phrasebook》。

發音訓練軟體：Gabriel Wyner製作，《Japanese Pronunciation Trainer》。

常用字字典：Yukio Tono 等人合著，《A Frequency Dictionary of Japanese》。

主題字彙書：Carol Akiyama 等人合著，《Japanese Vocabulary》。

韓語資源

全部的清單與連結：Fluent-Forever.com/Korean

文法書：Ross King 等人合著，《Elementary Korean》。

會話書：Minkyoung Kim 等人合著，《Lonely Planet Korean Phrasebook》。

發音訓練軟體：Gabriel Wyner 製作，《Korean Pronunciation Trainer》。

發音教學書：Miho Choo 等人合著，《Sounds of Korean》。

常用字字典：Jae-wook Lee 著，《Korean Essential Vocabulary 6000》。

葡萄牙語資源

全部的清單與連結：Fluent-Forever.com/Portuguese

文法書：Fernanda Ferriera 著，《The Everything Learning Brazilian Portuguese Book》（附 CD）。

會話書：Marcia Monje de Castro 著，《Lonely Planet Brazilian Portuguese Phrasebook》。

發音訓練軟體：Gabriel Wyner 製作，《Portuguese Pronunciation Trainer》。

常用字字典：Mark Davies 等人合著，《A Frequency Dictionary of Portuguese》。

主題字彙書：Andrey Taranov 著，《Portuguese Vocabulary for English Speakers》。

俄羅斯語資源

全部的清單與連結：Fluent-Forever.com/Russian

文法書：Nicholas Brown 著，《The New Penguin Russian Course》。

會話書：James Jenkin 等人合著，《Lonely Planet Russian Phrasebook》。

發音訓練軟體：Gabriel Wyner 製作，《Russian Chinese Pronunciation Trainer》。

發音教學書：Thomas Beyer 著，《Pronounce It Perfectly in Russian》（請看下方附注）。

常用字字典：Nicholas Brown 著，《Russian Learner's Dictionary》。

主題字彙書：Eli Hinkel 著，《Russian Vocabulary》。

附注：Thomas Beyer 將這本書的發音範例錄音放在網路上，可在我的網站上找到連結。

西班牙文資源

全部的清單與連結：Fluent-Forever.com/Spanish

文法書：Marcial Prado 著，《Practical Spanish Grammar》。

會話書：Marta Lopez 等人合著，《Lonely Planet Spanish Phrasebook》；或是 Roberto Esposto 著，《Lonely Planet Latin American Spanish Phrasebook》。

發音訓練軟體：Gabriel Wyner 製作，《Spanish Pronunciation Trainer》。

發音教學書：Jean Yates 著，《Pronounce It Perfectly in Spanish》。

常用字字典：Mark Davies 著，《A Frequency Dictionary of Spanish》。

主題字彙書：Jose Maria Navarro 等人合著，《Mastering Spanish Vocabulary》。

附錄二
語言困難度評估

給英語使用者

　　美國國務院外交學院（Foreign Service Institute, FSI）是美國政府為了外交官、大使，以及詹姆斯・龐德那種特務而設立的訓練中心。他們從一九四七年開始就不斷專注在語言教學工作上，手上握有對於英語使用者來說，各種語言學習困難度最詳細的數據。他們的學生是在非常緊湊的課程下學習：一週二十五小時的語言課，再加上一天三到四小時的自行複習。不意外的，他們很快就能流利使用那項語言。然而，就某種程度來說，我們在同樣的學習時間下，是能夠超越他們的，因為我們的學習方式比他們更有效率。儘管FSI在教學上非常強調發音，這讓他們一直保持著某種優勢，不過其課程在形式上還是相對較為傳統的。他們可能會因為花了很多時間與精力在學習上而能夠比我們更靈活運用那項語言，但這僅僅只是因為你是在全職工作外利用時間來學習語言。然而，我們使用了圖像記憶、各種記憶術以及間隔重複系統，這樣做能讓你以整體而言較有效率的方式取得進步。

　　接下來的估計數字顯示了在FSI就學的學生在每項語言課程上花了多少時間的總數。括弧裡的語言不在他們的官方資料清單

中，不過卻跟我列出來同一個區塊的語言有高度關聯性。旁邊標上星號的則是跟同一個區塊的其他語言相比稍微困難些的語言。

（註：下表是以母語英語人士的狀況所設定，因此你可以發現到與英語差異越大的，所花費時間就越多。同理可證，如果你是中文母語人士，英語對你就相對困難，而日文則因漢字書寫系統，對你則比較簡單。）

一級程度：跟英語有緊密關連性的語言
二十三到二十四周（上課時數五百七十五到六百小時）

南非荷蘭語（Afrikaans）	挪威語
加泰羅尼亞語（Catalan）	葡萄牙語
丹麥語	羅馬尼亞語
荷蘭語	西班牙語
法語	瑞典語
義大利語	

一點五級程度：在語言學以及／或文化上與英語有些微差異的語言
三十到三十六周（上課時數七百五十到九百小時）

德語（三十週／七百五十小時）	（日語）（三十六週／九百小時）
（伊洛卡諾語）（三十六週／九百小時）	馬來語（三十六週／九百小時）
印尼語（三十六週／九百小時）	斯瓦希里語（三十六週／九百小時）

二級程度：在語言學以及／或文化上與英語有顯著差異的語言

四十四周（上課時數一千一百小時）

阿爾巴尼亞語	吉爾吉斯語
阿姆哈拉語	寮文
亞美尼亞語	拉脫維亞語
亞塞拜然語	立陶宛語
孟加拉語	馬其頓語
波士尼亞語	（馬拉地—烏爾杜語）
保加利亞語	＊蒙古語
緬甸語	尼泊爾語
克羅埃西亞語	普什圖語
捷克語	波斯語（達里語、法爾西語、塔吉克語）
＊愛沙尼亞語	波蘭文
＊芬蘭語	（旁遮普語）
＊喬治亞語	俄羅斯語
希臘語	塞爾維亞語
（古吉拉特語）	錫蘭語
希伯來語	斯洛伐克語
印地語	斯洛維尼亞語
＊匈牙利語	他加祿語
冰島語	＊泰語
（卡納達語）	土耳其語
（哈薩克語）	（土庫曼語）
谷美爾語	烏克蘭語
（庫德語）	烏爾杜語
烏茲別克語	科薩語
＊越南話	祖魯語

三級程度：對母語英語人士來說格外困難的語言

八十八周（第二年需要在當地學習，上課時數兩千兩百小時）

阿拉伯語	國語
廣東話	（閩南話）
＊日語	（吳語）
韓語	

附錄三
間隔重複系統資源

電腦化的間隔重複系統：Anki軟體

Anki的網站為Ankisrs.net。你可以在網站上找到下載連結與安裝說明。

安裝完軟體後，你得學習如何使用它。想要輕易上手，可參考我的教學影片與範例牌組，你可以在Fluent-Forever.com/chapter2找到相關資訊。

手工製作卡片：萊特納學習卡片箱

若你偏好紙牌的外觀與手感，而非閃著冰藍光芒的智慧型手機螢幕的話，你就得手工製作間隔重複系統牌組。這會比使用電腦軟體多花點時間，但在製作卡片的過程中你將能學到更多。

要記住，我在書中討論到的種種線上資源，無論你是使用電腦軟體或實體卡片都很有幫助。只是你的拷貝／貼上過程會相當不同：實體卡片會耗費較多時間，且若你沒什麼美術天份的話，卡片看起來會有點可笑。假使你發現某個很棒的範例句在谷歌圖片上搜尋時只能得出一些看似無用的圖片時（若你關鍵字下的精確，谷歌圖片能為句子裡的每個單字提供正確的資訊），你便能

谷歌圖片的兩種面貌

過去谷歌圖片會在每張圖片下放上說明文字，不過到了二〇一〇
年，使用 Flash 技術的新版網站介紹圖片時，將許多圖片組合起
來變成一面沒有文字的巨牆。若你在搜尋結果頁面將畫面拉到最
下方，會找到「轉換為基本版」的連結。按下它，並將此連結存
到你的書籤頁，voilà（快瞧瞧！），你連到了人類歷史上最大型
的圖文書。享受它吧！

比某個使用電腦化間隔重複系統的人要更占優勢。假使你試圖要
在一個傍晚的時間製作三百張卡片，或是製作許多對理解／產出
卡片的話，你便會比某個可以打打字然後剪下貼上便完成的人要
更費工。

　　這裡假定你會使用實體記憶箱而非電腦軟體，每張卡片出現
的區間並不相同。有些卡片最後的區間會落在二到四個月之間。
這不會是個大問題：若你對於記住某張卡片有些苦惱，它出現的
頻率通常會足以讓你的長期記憶發生效用，若它沒那麼常出現，
那麼請高呼萬歲，你已經牢記它了！

　　以下是你所需要的東西：

- 一大堆索引卡（至少要幾千張吧）。
- 大型索引卡盒或檔案盒。
- 八張索引卡分隔卡，上面標示「新卡片」、「第一級」、
　「第二級」，以此類推，直到「第七級」。
- 一張日曆。

- 一組合用的原子筆／鉛筆組（有多種顏色能幫助你製作出
更有效記憶的圖片）。

你的索引資料盒看起來會像這樣：

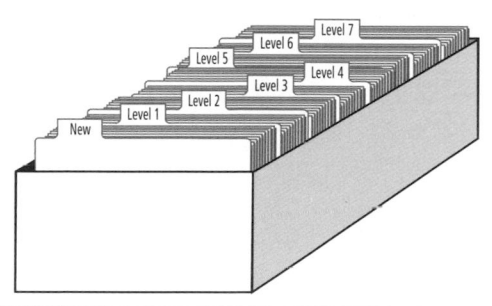

萊特納學習卡片箱

遊戲規則

　　你的萊特納學習卡片箱就是一個記憶字卡遊戲。當你將所有
新卡片成功進階到第七級時，便可宣告遊戲獲勝。要完成這個任
務，你需要成功的連續回想起你的卡片七次，每次回想之間延遲
的時間都會拉長。若你獲勝了，便可預期能夠記住卡片的內容超
過一年。

　　你要如何才能從第一級進階到第二級呢？每次複習記憶字卡
時，先看一下卡片正片，並問自己一個問題：「我是否記得卡片
背面的內容呢？」視卡片內容類型（字彙、文法、發音）不同，
問題可能會分為幾個部分：「我是否記得這個單字的正確發音？
是否記得這個圖片所指出的單字？是否記得這個圖片所指出的拼

法？」在前幾個單元，每次我介紹一種新的卡片類型時，也都會討論一下與這種卡片類型相關的問題。

若對於以上所有問題，你的答案都是「是的，我記得！」那麼就把卡片移至下個等級（例如：將等級二的卡片移至等級三）。若答案為「不，有些地方我忘掉了。」那麼你就得將卡片放回等級一。

你要怎樣才知道何時要複習，還有要複習哪張卡片呢？萊特納學習盒遊戲是為了每天進行遊戲而設計的。每一天，你都要按照下列兩步驟進行：

步驟一：將十五到三十張新卡片放至等級一的區塊中。
步驟二：按照遊戲日程複習卡片。

一旦你做到上述兩個步驟，便能輕易的參照日曆知道自己正進行到六十四天遊戲循環中的哪一天（五月五日與七月八日都是這循環中的第一天）：

萊特納遊戲排程

（可在Fluent-Forever.com/appendix3取得可列印檔案）

第一天： 第二與第一級	第十七天： 第二與第一級	第三十三天： 第二與第一級	第四十九天： 第二與第一級
第二天： 第三與第一級	第十八天： 第三與第一級	第三十四天： 第三與第一級	第五十天： 第三與第一級
第三天： 第二與第一級	第十九天： 第二與第一級	第三十五天： 第二與第一級	第五十一天： 第二與第一級
第四天： 第四與第一級	第二十天： 第四與第一級	第三十六天： 第四與第一級	第五十二天： 第四與第一級
第五天： 第二與第一級	第二十一天： 第二與第一級	第三十七天： 第二與第一級	第五十三天： 第二與第一級
第六天： 第三與第一級	第二十二天： 第三與第一級	第三十八天： 第三與第一級	第五十四天： 第三與第一級
第七天： 第二與第一級	第二十三天： 第二與第一級	第三十九天： 第二與第一級	第五十五天： 第二與第一級
第八天： 第一級	第二十四天： 第六與第一級	第四十天： 第一級	第五十六天： 第七與第一級
第九天： 第二與第一級	第二十五天： 第二與第一級	第四十一天： 第二與第一級	第五十七天： 第二與第一級
第十天： 第三與第一級	第二十六天： 第三與第一級	第四十二天： 第三與第一級	第五十八天： 第三與第一級
第十一天： 第二與第一級	第二十七天： 第二與第一級	第四十三天： 第二與第一級	第五十九天： 第六、第二與第一級
第十二天： 第五與第一級	第二十八天： 第五與第一級	第四十四天： 第五與第一級	第六十天： 第五與第一級
第十三天： 第四、第二與第一級	第二十九天： 第四、第二與第一級	第四十五天： 第四、第二與第一級	第六十一天： 第四、第二與第一級
第十四天： 第三與第一級	第三十天： 第三與第一級	第四十六天： 第三與第一級	第六十二天： 第三與第一級
第十五天： 第二與第一級	第三十一天： 第二與第一級	第四十七天： 第二與第一級	第六十三天： 第二與第一級
第十六天： 第二與第一級	第三十二天： 第一級	第四十八天： 第一級	第六十四天： 第一級

當我在五月五日進行萊特納學習卡片箱遊戲時（第一天），會遵循這個遊戲主要的兩個步驟。首先，我會將十五到三十張卡片移至第一級區塊中，接著我會查閱遊戲時程。日曆會告訴我今天應該要進行哪個部分：

1. 從第二級開始玩。
2. 接下來進行第一級卡片。

但現在第二級區塊還沒有卡片；畢竟我才剛開始玩。所以我便自我鼓勵一下，說自己幹的好！然後進行第一級卡片。

今天玩的第一級相當簡單。我只要複習手上的十五到三十張卡片即可。每次我記得一張卡片後，就將它移至第二級。每次忘記一張卡片，就把它放回第一級那區。重複的次數夠多，我終究能將每張卡片都從第一級移至第二級。全都完成後，今天的遊戲也宣告結束。

五月六日（第二天）的過程也差不多。表定我得複習第三和第一級卡片，不過跟昨天一樣，第三級那區空空如也，而且第一級那區也只有今年那十五到三十張新卡片。不過今天玩玩後，第二級那區已經有三十到六十張卡片了。

接下來會越來越有趣。到了五月七日（第三天），應該要複習第二級和第一級卡片。因此我把第二級那三十到六十張卡片取出，每張卡片複習一次。每次我記住一張卡片，就把它移到第三級那區。每次忘記一張卡片，就放回第一級那區。跟我前兩天做的動作一樣，我會一直持續這個過程，直到我把所有第一級卡片都移至第二級那區為止。接下來我會替自己倒一杯馬丁尼，鳴金收工。

勝利卡片

讓我們將按照遊戲排程贏得卡片比賽勝利的流程記錄下來。五月五日時（第一天：第二級與第一級），我手上其中一張新卡片長這樣（「Macska是匈牙利語貓的意思」）：

正面　　　　　　　　　　　　　　　　背面

我將會在複習第一級卡片時看到它，而且既然我已經在第二章多次討論這隻貓了，因此要牢記macska是什麼意思一點問題也沒有。因此我立刻將這張卡片移至第二級那區，並完成剩下的複習工作，將萊特納學習盒擺到角落去。

到了第二天（第三與第一級），我沒有看到macska，因為今天我不用複習第二級卡片。反之，我會在第三天（第二和第一級）與它重逢，那時我仍舊牢記它，並將它移至第三級那區。

距離我再次看到它，又過了三天，這時是第六天了（第三與第一級）。這時我已經複習macska兩次了，讓我的記憶更加深刻，儘管每次複習之間的間隔越來越長，還是記得很清楚，便將它移至第四級。

這次我等了整整一週才又看到它。到了第十三天（第四、第二與第一級），macska出現第四次了。幾天前，我學到matrac

（床墊）這個字，結果我在回想 macska 是動物還是某件家具時遇到了一些麻煩。在一陣不確定的天人交戰下，我成功想起它真正的意思。我將它移至第五級。

我們就快要完成 macska 在這場遊戲中的尾聲了。到了第二十八天（第五和第一級）距離上次看到它已經超過兩個星期了。在我征服 macska ／ matrac 混搭後。對於記住這兩個單字已完全沒有任何難度可言，順利的將它移至第六級。

等級六出現在第五十九天（第六、第二和第一級），距離上次看到它已經是一個月前的事了。當我順利記住它並移至第七級時，幾乎是坐等品嚐征服這個單字的勝利滋味了。此刻，眼前有一個難以對付的課題：唯一遇過第七級卡片是在第五十六天（等級七與等級一）。我得等待下一個循環，也就是兩個月後，才能再次看到這些卡片。等到我再次與他們相遇，幾乎已經把所有記憶還給它們了。假使我沒辦法記起來，macska 就得重回第一級，這樣一來我就得重新來過；假使記起來了，我便獲得勝利，而 macska 就會正式退役，它將永遠舒舒服服的待在我的長期記憶中。

假使我錯過了一兩天呢？

一次將你錯過的那幾天複習完成，並確保你先從最高級的卡片著手。若你錯過了第五十七天（第二級與第一級）與第五十八天（第三級與第一級）接著是第五十九天（第六、第二與第一級），你應該先進行第六級，再來是第三級，接著是第二級，然後才是第一級。這天你可以先跳過學習新卡片這關，好幫助你彌補多出來的複習時間。

附錄四
解碼國際音標

　　你可以使用這個附錄達成一件事：了解到要如何順利的發音。若你不使用萊特納學習卡片箱，便不是必然要將每個新語言的發音符號全都記住（儘管我認為這樣能讓你更善用時間，特別是在剛開始學習的時候更是如此）。然而，你會遇到一些古怪的發聲，這個附錄能告訴你要如何發出這些聲音。

　　在此說明：此附錄僅供參考使用。我們是在書中討論發聲時嘴巴的動作，而且完全是用靜態與沉默的方式探討這件事。就這

你真的需要國際音標嗎？

不！真的不需要。國際音標是一個世紀前的發明，而人們在更早之前就已成功學好各種語言了。正如同本書的其他章節提到的東西一樣，國際音標就只是一項工具。若你發現它相當有用，那就好好運用它。若它讓你覺得恐懼，就跳過不提。但你可以先試試看再決定：在這個部分，我會不斷提起我那一系列Youtube教學影片。先耐著性子看看前幾分鐘的介紹，如果覺得有興趣，那就繼續看下去；如果還好，就別看了。國際音標不適合你，沒關係的。自在的周旋於新單字之中吧（記得要去Forvo.com聽聽別人提供的錄音檔）。

件事而言，我建議你接下來這樣做：看完書後休息三十分鐘，觀看我放在Youtube上一系列關於IPA的影片（Fluent-Forever.com/vieos）。接下來，無論你遇到什麼不知道如何發這個聲音的單字時，便能自在的參照這個附錄發出正確的聲音。

IPA蒙受行話病毒的感染——像是清圓唇軟顎近音（labiovelar voiced approximant，也可說是w音）這個單字便能讓你冒出大量疹子，並在夜深人靜時嚇出一身冷汗。我設計了一套解碼器能告訴你如何了解那些行話——想像它是一種病毒防護衣。然而，我們還是得勇敢踏上這個危險區域。IPA之中有許多這類資訊，你只需要其中的一小部分。我們的目標是要跟它接觸，學習發出那些新的發音，而且要可能的快點學會它，別在這個地方逗留太久，不然可是會生病的。

子音與母音的組成

幾乎每個子音都是由下列三項資訊所組成的：
- 你的舌頭位於何處？
- 你的舌頭在那個位置時該做什麼？
- 你的聲帶是否有動作？

母音則是綜合了下列兩點：
- 你的舌頭位於何處？
- 你的嘴唇是否呈圓形？

大部分的情況來說，就只有這樣。每當我們聽到某人說話，都是在聆聽上述資訊。我會使用這些資訊來矯正學生的發音：我

會聽聽看他們舌頭的擺放位置然後告訴他們如何改正。

　　一旦你將這些資訊協調整合後，也可以自行矯正。我們的耳朵與嘴巴擁有深度的相互關係。沒人告訴過你如何發「k」的音，然而你會學到如何抬高舌頭後端，確實的碰觸上顎的柔軟處來正確的發出「k」的音。要發出新聲音，你只需要增強一些你在學習英語時意識到自己學到的發音方式，然後做些小小的微調即可。

　　因此，讓我們從子音開始，增強一些意識吧！

子音—位置—你的舌頭（或嘴唇）位於何處？

　　下圖是我在森林裡找出來的頭部特寫，他叫法蘭克。

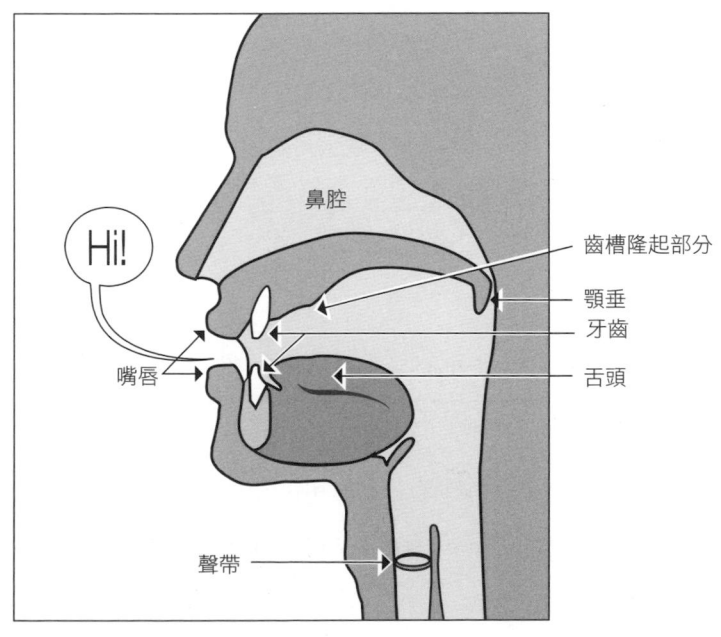

看著法蘭克的同時，請發出下列聲音：

bee fee thee see she ye key he

請注意「bee」的發音是從你的嘴唇開始發動，發「fee」音時會使用到你的舌頭下部與上排牙齒，且所有連續字都會更進一步回到你的嘴型上。

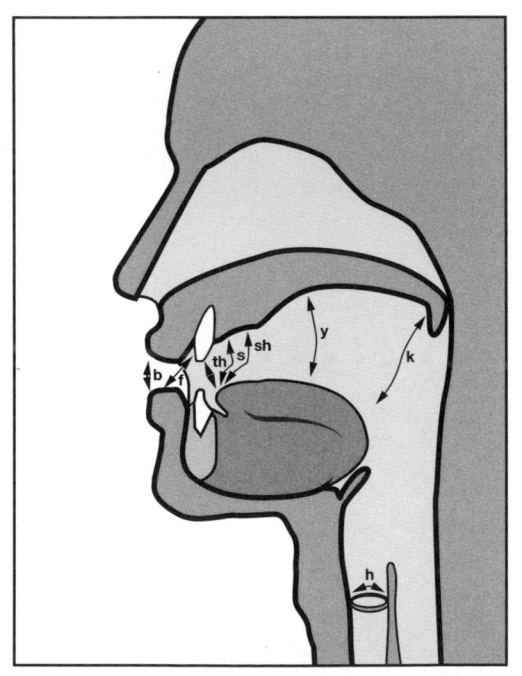

這裡列出你舌頭與嘴唇十一種可能位置的其中八種。我們會用那個部位所發出的音（位置B、位置F、位置S等等）來說明這些部位。

另外三個位置：法語的Ｒ，
阿拉伯文的A'yn以及阿普的D

　　還少了什麼嗎？有兩個位置藏在k和h之間：一個是觸碰顎垂（法語的r就是這樣發音，除此之外還有Chanukah「光明節」這個單字裡的ch音），還有一個音落在你舌頭最末端（例如：阿拉伯文的A'yn，此發音方式可以用一種較熱情的方式，以「嘗試要自己讓自己的喉嚨噎著」來形容）。

　　最後一個位置漏掉的位置時常在「辛普森家庭」裡出現。你應該認識阿普吧，那個在Kwik-E超市工作的印地安店員？他那獨特的發音大抵上是因為他發d與t音的特殊發聲位置所造成的。正常來說，d或t音會跟s音的發音位置相同，主要依靠舌尖發聲（念念看「see」、「dee」和「tee」）。（非印第安裔）配音員漢克・阿扎里亞負責劇中人物莫少蔥、孔警官與阿普的配音，在發阿普的d音時，他並非使用舌尖，而是使用下部舌頭發聲。他的舌尖會回捲至嘴巴根部。這樣做讓他的d與t音聽起來就像是筒鼓，而不是小鼓，讓他能清楚傳達出「這傢伙一定來自印度」的印象。若你想學習北印度語、中文或瑞典語，就會需要發出這個聲音。

子音—發聲類型—你的舌頭在那個位置時該做什麼？

　　發音位置還不只是前面八個子音，所以必定還有其他發音位置。試試看念出下面這組單字：

toe　no　so　low　row

　　這些單字都用同個位置發音（位置S）。你得對每個單字決定，如何與是否讓空氣從你的舌頭穿過。你的舌頭很容易就會搞混這八種發聲方式，不過你最頻繁使用的有五種類型：

　　類型T（突然吐出空氣）：在這裡你是要預防空氣穿出，直到你準備好建立一股氣壓，才突然吐出空氣，發出急促的聲音並參雜一些唾液。t、d、p、b、k和g都落在這一組。

　　類型N（空氣從鼻子衝出）：這些子音是從你的鼻子而非嘴巴發出。n與m都在這一組。

　　類型S（沙沙聲、氣聲、嗡嗡聲）：這裡有許多發音，從嘶嘶音s、嗡嗡音z到氣聲音sh都有。發音時允許你有一點點空間讓空氣穿過舌頭，這樣做能讓空氣迅速吐出並製造出各式各樣憤怒的噪音——從像是f、s、sh、h與念thigh（大腿）時的th等沙沙音和氣聲，到v、z與念thy（你的）時的th時發出的嗡嗡音。

　　類型L（空氣從舌頭兩側穿出）：你得防止空氣從正面竄出，但你能自在的讓空氣從舌頭兩側穿出。英語中只有一個字母使用這類發音：l。

　　類型R（微微的閉塞，幾乎同母音）：英語的r是一頭怪異的野獸。是最難製造出的聲音之一，這就是為何大部分的兒童大多數的時間都會說些「wascally」（rascally，無賴）、「wabbits」（rabbits，兔子）之類的奇怪單字。你不需將所有空氣流動都閉塞住，但你得將舌頭抬高到剛好能製造出聲音改變的位置。有三

個子音是用這個方式發聲：r、w與y，而且它們比較像母音，反而不太像子音（r基本上可以想成turkey「火雞」裡的ur，w基本上可以想成hoot「喇叭聲」裡的oo，y基本上可以想成see「觀看」裡的ee）。

最後三種類型會在西班牙語、西班牙語（又來了），以及冰島語中各自出現：

顫音類型（你的舌頭／嘴唇不停拍打）：西班牙語的rr就屬於這個類型（像是carro「車子」）。你的舌頭先移至S位置，但不是要讓空氣嘶嘶地穿過去，而是瘋狂拍打你的嘴巴上部，反之，若用顎垂拍打舌頭，你便能得到法語的r，歐耶。

輕拍類型（你的舌頭／嘴唇一起只拍打一組）：另一個西班牙語的r（像是caro「親愛的」）就屬於這個類型。你要照著顫音子音的方式發音，不同之處是你要用舌頭拍打很多次，只要這樣做一組就好。這有點類似發極短促的d。若你試圖要準確的念出西班牙語的caro，通常你可以藉著一邊想著「caro」然後念出「cado」來發出適切的音。

瘋狂冰島語L類型（CIL音——一種吃東西、濕答答的「L」音）：除非你正在學習冰島語、威爾斯語或美洲原住民語，不然是可以省略它的，但它實在太巧妙了，讓人捨不得放棄。你知道類型L子音是如何讓空氣從你舌頭兩側自由流動的嗎？瘋狂冰島語L類型子音讓空氣流動的通道更窄些，直到你聽到一股高聲、濕答答、鉋磨聲倚在你的臼齒為止。它聽起來就像是「ttttthhhhlpthshpthl」。

你是否能夠僅僅靠著用顎垂拍打舌頭發出正確的法語r字呢？可能不行。要記得，這份解碼器是設計用來輔助你的耳朵。你的耳朵會教導你舌頭在英語發音中需要擺放在哪些位置上，也將能在你學習新語言時幫上忙。我們只是在探討理論——拍打顎垂與其他所有概念——都是為了能在你的耳朵與舌頭需要幫助時伸出援手。有時候「將舌頭朝扁桃腺指」這句話就是你要在聽得清楚與你能好好說出來之間，在建立連結時最有用的教學指引。

子音─振動─你的聲帶是否有動作？

最後這一小部分子音的瑣事是這三項資訊最簡單的部份。將你的手指抵在喉嚨上，就像這樣：

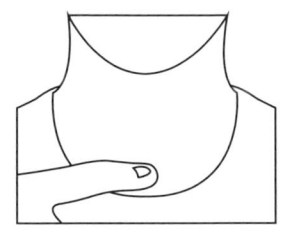

現在，請比較一下「ssss」（像蛇的聲音）與「zzzz」（像蜜蜂的聲音）這兩種聲音。注意一下是不是在發「ssss」的音時，沒法感受到喉嚨一丁點的嗡嗡振，但發「zzzz」音的時候會有感覺。那個嗡嗡振是你的聲帶使出最佳振動時的聲音。振動與非振動子音常常會成對出現：這裡舉幾個例子，像是b與p、v與f、g與k。要記住你的聲帶在你發出那些真正聽起來像是嗡嗡音的子

音時，也會有嗡嗡的感覺：像是「nnnnnnnn」。

新子音與國際音標解碼表

要發出新的子音，你得將三種發音特點混搭。

沒有先經由耳朵先聽過進而模仿，你可能會在發出這些聲音時遇到些出乎意料的麻煩事，但我們當然可以試著演示出那個聲音。「Hungarian」這個單字（在匈牙利語中）聽起來像是「ma-jar」與「mag-yar」之間。不意外，真正的子音會落在j（ma-jar）與g（mag-yar）之間，在Y位置：

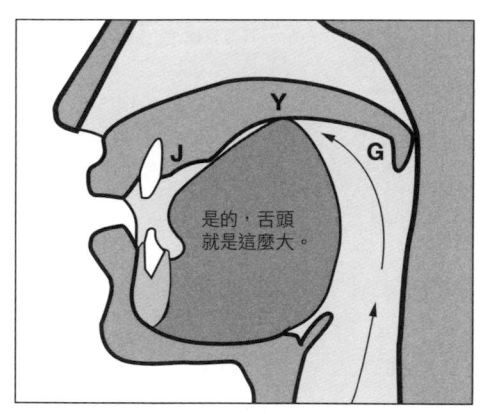

保持舌尖點在你下排牙齒的姿勢，並試著說「j」。你的舌頭中段應會抬起。若你成功做出了這個動作，你便是用嘴巴完成了相當複雜的新發音動作——這動作綜合了Y位置、類型T（突然吐出空氣），以及在發出新子音時振動聲帶。恭喜！

　　這是基於新子音而使用的基本發音方式，你在學習目標語言時應該能夠更輕易學會它的發音，因為你會事先聽過你嘗試要創造的聲音（也因為你已經看過我要你看的教學影片了的緣故）。

　　再過幾頁你就會發現有注釋版本的標準IPA子音表。下面就要教你如何使用它：

　　1. 花點時間跟你要學習的語言的錄音帶培養感情。看完我們發音教學章節後，善用任何學習資源（你手上的課本、發音教學書、我的發音訓練軟體、Forvo.com諸如此類）。試著複製出所有你聽到的聲音。最終，你可能就會找出那些造成你困擾的少數幾個子音。注意一下那些音通常該怎麼拼。現在你要從IPA中找出那幾個音，而IPA將告訴你如何用嘴巴發出那些聲音。

　　2. 在谷歌上搜尋「IPA for『鍵入你要學習的語言』」。你會找到維基百科的文章，它看起來就像下面這個表格（我是用「IPA for Spanish」關鍵字搜尋到的）：

子音		
IPA	範例	英語的近似音
b	bestia; embuste; vaca; envidia	best
β	bebé; obtuso; vivir; curva	between baby and bevy
d	dedo; cuando; aldaba	dead
ð	dádiva; arder; admirar	this

比如說你被這個表格裡的第二個音：β給折磨了許久。像 bebé 與 vivir 這樣的單字聽起來像是包含了一些介於 b 和 v 之間的詭異發音，而你想知道當你念這些字時，嘴巴應該要怎麼做才能發出正確的音。所以，我們來找出發出 β 這個音的方法吧！

3. 首先，先確認這不是我們在學英文時就遇過的音。這種狀況通常發生在你的耳朵被眼睛欺騙時。舉例來說，西班牙語的 envidia（envy，嫉妒）裡面有 b 這個音：「enbidia」。儘管聽到「b」這個音時沒有辨識上的問題，過一會兒卻可能會在面對這個不太熟悉的單字拼音時產生疑惑。因此，為了保險起見，我們先在英文中找出發 β 這個棘手音的範例。

你很早就知道怎麼發所有二十五個子音，也早就知道全部十五個符號的長相，畢竟它們就只是英文字母罷了：

IPA	範例	IPA	範例
p	pond、spoon、rope	b	but、web
t	two、sting、bet	d	do、odd
k	cat、kill、skin、queen、thick	g	go、get、beg
f	fool、enough、leaf	v	voice、have
s	see、city、pass	z	zoo、rose
h	ham	m	man、ham
l	low、ball	n	no、tin
w	why、swig		

　　不意外，β不在表中。我們繼續尋找吧。你很清楚英語還有十多個發音，不過那些符號比較怪一些：

IPA	範例	IPA	範例
ɹ	ring, hairy	j	yes, yum
ʃ	she, sure, emotion	ʒ	pleasure, beige, emotion
tʃ	chip, catch	dʒ	Jack, badge
θ	thing, teeth	ð	this, breathe, father
ŋ	sing, sung	ʔ	Uh-Oh! [1]

　　啦啦啦，這裡也沒有β，我們先深呼吸，然後進入步驟四。

　　4. 你將發現幾乎每個可能出現的子音都會列在下面的大型解碼表。（這裡還少了東非與南非語中的幾個咔嗒聲，但若你正在學習這幾種語言，我會假設你知道自己得學什麼，或是應該有一名很棒的導師教導你！）你得繼續深入研究，找出你要的符號，得到相關資訊，並在你開始頭痛前休息。你要尋找下列問題的答案：

- 你的舌頭／嘴唇位於何處？（列在上端）
- 你的舌頭／嘴唇在那個位置時該做什麼？（列在左側）
- 你的聲帶是否有振動？（子音上標有＊號者代表要振動）

---

[1]　ʔ是「No, Pat」與「Nope at」的差異所在，就如同在「I entered the basement, saw it was full of spiders, noped at it , and left.」的發音。它在阿拉伯語中是重要的輔音（還有德語，但相對次要）。

位置

發聲類型	B 雙唇	F 下嘴唇與上排牙齒	Th 舌冠與上排牙齒	T 舌冠與齒齦	Sh 舌冠與齦後	Apu's D 阿譜的舌背	Y 舌背與硬顎	K 回捲舌頭與軟顎	R 回捲舌頭至顎垂	A'yn 像自己噎到般	H 聲帶
T 突然吐出空氣（!）	p b*			t d*		ʈ ɖ*	c ɟ*	k g*	q ɢ*		ʔ
N 空氣從鼻子衝出	m*	ɱ*		n		ɳ*	ɲ*	ŋ*	ɴ*		
顫音 你的舌頭/嘴唇不停拍打	ʙ*			r*					ʀ*		
輕拍 你的舌頭/嘴唇一起只拍打一組		ⱱ*		ɾ*		ɽ*					
S 沙沙聲、氣聲或嘶嘶聲	ɸ β*	f v*	θ ð*	s z*	ʃ ʒ	ʂ ʐ*	ç ʝ*	x ɣ*	χ ʁ*	ħ ʕ*	h ɦ*
瘋狂 一種吹東西般、冰島語「L」濕答答的「L」音				ɬ ɮ							
R 微微的阻塞，幾乎同母音		ʋ*		ɹ*		ɻ*	j*	ɰ*			
L 空氣從舌頭兩側穿出				l*		ɭ*	ʎ*	ʟ*			

* 振動聲帶（像「Zzz」或「Nnn」）

在這裡！

1. 首先，找出困擾你的子音。　　2. 發現其秘密訣竅。　　3. 完成，往下繼續！

腦袋有清醒些了嗎？下面是我們認識β的過程：

- 位置：雙唇（你的舌頭不用動作）
- 發聲類型：沙沙聲、氣聲或嗡嗡聲
- 聲帶：是的，它們得振動

使用這個表格時，先從耳朵開始。像孩提時，我們都是從用耳朵聽母語來學習所有的子音。在這裡你也將這樣學習。請上Forvo.com，取得範例單字的錄音檔。你可以先學bebé或是vivir，從我們剛剛以「IPA for Spanish」從維基百科上找到的文章裡有這個字。如同我一開始所說的，它聽起來發音介於v與b之間。

現在，你可以從解碼表上取得相關資訊。β需要你雙唇貼住，只讓有限空氣穿過以製造嗡嗡聲。基本上，你是在發出v聲，但你並非將下嘴唇抵在牙齒，而是貼住雙唇。

覺得困惑嗎？我懂你！去看看示範影片吧，看完後應該會讓你茅塞頓開（不過解碼表還是不會變得更簡單啦。）

母音：你的舌頭在哪裡？

母音跟子音相比，有簡單，也有困難之處。當你在發母音時，不會有太複雜的發聲動作，不過為了發音準確，你的舌頭擺放位置必須十分精確。實際說來，藉由用耳朵學習與模仿，能夠比按圖冀索來擺放舌頭還要能更簡單的學會母音發音。然而，知道基本的舌頭擺放位置，能在你遇到造成困擾的詭異母音時，提供一些協助。

　　舌頭要往上、往下、往下、往前和往後皆有可能。說說看「ee」、「eh」、「ah」，便能體會舌頭在你嘴巴從高（「ee」）到中（「eh」）再到低（「ah」）的感覺。往前和往後就有些棘手。說說看「ee」、「oo」、「ee」、「oo」。這時先忽略躁動的嘴唇，把心思放在舌頭上。念「ee」時會往前，念「oo」時則是往後，就像這樣：

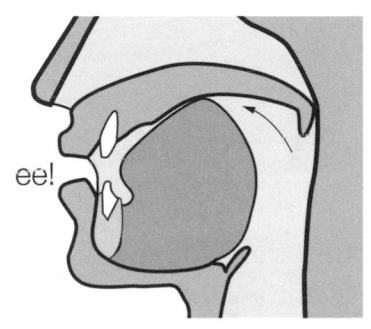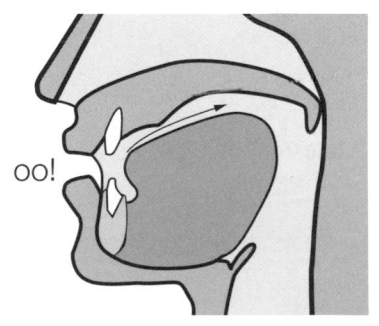

　　這些動作都相當細微；移動距離差不多就是半吋，對於兩個不同的母音，這已經是非常遙遠的距離了。這也就是你的耳朵在其中佔有重要地位的原因所在。面對子音時，即使只是描述它的發音方式，你也能從中獲益（張開雙唇，邊吹氣邊靠攏雙唇，試著念念看「bbbbb」）。母音就像是一種完全不同的生物。「將舌頭放在『ee』的位置，接著往後退八分之一吋且下降四分之一吋」能否完美執行則令人存疑。你得用不同方式利用這些資訊，像是藉由將新母音與你已學過的母音相比較（視你的計算方式而定，英語有九個或以上的母音）。大部分你會遇到的新母音，都是將你的舌頭放在你已經學會的兩個母音之間的位置，或是會跟過去

學過的某個母音位置相同，你要做的只是將嘴唇動作做些改變。

母音：你的嘴唇是否捲成圓形？

　　你可能得學著如何將你的嘴唇與舌頭分散思考[2]。前面我們已經討論過在念「ee」與「oo」時舌頭擺放的位置。現在我們將看看我們早先忽略的躁動嘴唇動作。下面是兩張嘴唇的圖片。那是在念哪個母音呢？

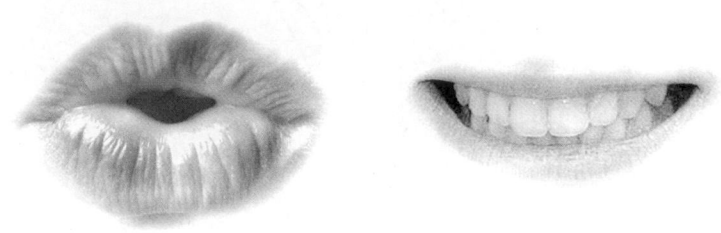

　　我們無從得知。他們是在說哪種語言呢？為了念出「oo」，你得將嘴唇拱成圓形，念「ee」時，得讓嘴唇呈平坦狀，但這都不是唯一的發音方式。韓文的特點便是用平坦的雙唇念「oo」，而中文、法語與德語都是用圓嘴唇念「ee」

　　試看看。就跟你平常說話一樣，說說看「oo」、「ee」、「oo」、「ee」，感受一下你的舌頭試如何往後（「oo」）以及往前（「ee」），接下來挑其中一個音（這裡以「ee」為例），並拉長音（「eeeeeee」）。然後，不要讓舌頭往後，把嘴唇擠成圓形。

---

[2]　至少在學習法語、德語、俄羅斯語、葡萄牙文、韓文、中文與日文時需要這樣學習。除了最多人學的前十一種語言外，你在學習西班牙文、義大利文、阿拉伯文與希伯來文時理應不會遇到這個問題。

你將會聽到聲音變成怪異的「oo」與「ee」混合音，這就是我們在找尋的聲音。就是如此！現在，你可以正確的念出fondue（乾酪）這個字了。

製作新母音與國際標準音標解碼表

來製作母音的IPA解碼表吧。

1. 跟前面一樣，你得花些時間模擬一些目標語言的單字，直到你找出哪些字讓你遇到阻礙為止。記下那些字的拼法。

2. 現在搜尋「IPA for你的目標語言」並找出母音。下面摘錄「IPA for French」的內容：

母音		
IPA	範例	英語近似音
o	sot, haut, bureau	略像boat（蘇格蘭語）
ɔ	sort, minimum	類似not（英格蘭語）
u	coup	too
y	tu, sûr	略像few

這類表單不是設計來告訴你範例單字所有細節的。無法鉅細靡遺的分析這些字，舉例來說，像是單字重音（例如：a convert與to convert的不同）或是聲調（例如：what？與what！的不同）。不過這不是我們列這張表的目的，你可從錄音檔、文法書中的發音教學與字典中得到這類資訊。

我們只是要運用這些表單來幫助我們找出有疑問的發音符號。假設你正在學習法語，正學到少數棘手單字，像是eau

（水）、beau（美麗的）與anneau（戒指）。這些單字聽起來都差
不多，全部看起來似乎都擁有相同母音，但你無法搞懂要如何確
實的念出這個母音。你得搜尋「IPA for French」並從範例單字中
找出類似的拼音：像是bureau。依照上表，你覺得有疑問的母音
是o：現在你只需要搞懂o聽起來究竟是什麼樣子。

　　這張表並輔以英語相近音，但幫助不大。其中充滿了古怪的
發音以及「略像什麼字」，而我建議你不要全信這些範例（這還
要假設你知道如何發蘇格蘭語的「boat」）。

　　放輕鬆，我們先看看這裡的四個母音：o、ɔ、u以及y。

　　首先，確認一下你是否知道這些音在英語要怎麼發。就你手
上的資料，會像下表：

IPA	範例
ɑ	father, bra
æ	cat, sad
ɛ	head, dress
I	sit, mill
i	heat, seed
ʌ	run, dull
ʊ	put, hood
u	boot, ruse

可能還有下面這排（除非你來自加州，在那裡你念「cot」
跟「caught」聽起來是一樣的）：

ɔ	Thought, dawn

通常的狀況就是，有好幾組母音都是相同的。法語的u（像是coup，「吹拂、打擊之意」）與　（像是sort，「命運、宿命之意」）都可以各自轉變為我們熟悉的，「boot」裡的「oo」以及「thought」裡的「aw」。

不過你還可以繼續從英語中尋覓幾個母音。這些母音都藏在我們所知的雙母音中；先從一個母音開始，並自動移至不同的母音作結（例如：high聽起來像是「hah」加上「ih」）：

IPA	範例
eɪ	ray，字母「A」
aɪ	high，字母「I」
(o) ʊ	so，字母「O」
ju	use，字母「U」
ɔɪ	boy，coin

這些雙母音是美語腔的特徵之一（英國腔也只是使用不同的雙母音罷了）。法語的O（像是我們說法語的Pot de crème「杯子冰淇淋」時會發的音）在O會停頓。美語的O（唸起來像是**Po'** de crème）整張嘴都會動起來。若你學好念O時保持停頓，就知道法語的O要怎麼念了。你也可以藉由念「oh」時拉長音，像是「ooooooohhhhhhhhh」，然後在舌頭往後收前停住。經由這樣的練習，你將找到自己發O音的方式，結果就是，母語使用者在跟你交談時不會轉而使用英語，有部分原因是他們搞不懂你是哪一國人。

到這裡，我們只需要再找出y。這張母音解碼表並不像前面的輔音表一樣巨大，但你在一頭栽進去之前可能會想要先深吸口氣。

4. 在下方的母音表中找出你的新母音。你要從兩個方面找出你需要的資訊：

- 你的舌頭要放在哪？（從英語中找出最相近的母音）。
- 嘴唇是否呈圓形？（旁邊標有＊的母音要將嘴唇捲成圓形）

在這裡你會找到：

法語的y舌頭位置在「ee」而嘴唇則是「oo」位置。去Forvo.com找些有y的法語單字（tu、sûr、fondue），讓耳朵引導你。要記住，IPA是你最棒的工具──耳朵的好幫手。若你已經學得如何用耳朵聆聽一些瘋狂的新母音，你將會取得事半功倍的效果。

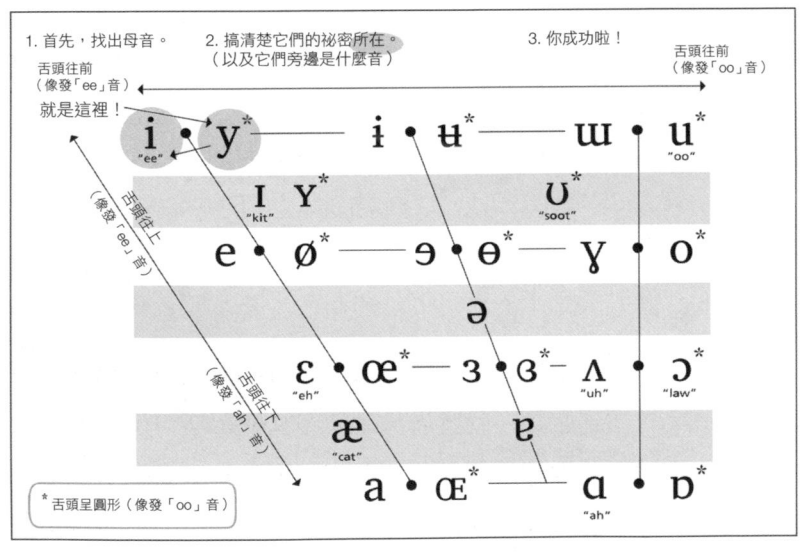

附錄五
你的前六百二十五個單字

　　歡迎來到六百二十五單字區！這些單字將是你學習新語言的基礎。這些單字是你在任何語言中都會頻繁遇到的字，他們也是能相對輕易用圖片學習的單字。一般來說，你在尋找這些單字的翻譯或圖片時應不會遇到太多困難，而且大概花一到兩個月就能完全記住。

說在前頭

　　你無法輕易找到清單上每個單字的翻譯，因為這是英語單字的清單。有時一個單字同時對應多個單字——舉例來說，俄羅斯語的藍色至少就有兩個不同的單字（暗藍色是 siny，潛藍色是 goluboy）。有時狀況則反過來，舉例來說，越南語代表藍色與綠色的是同一個單字。語言之間的單字轉換不會總是能讓你按圖索驥。

　　我們只在每次學習新語言時從電腦把資料抓出來，因此只要查哪個單字時遇到瓶頸，就跳過。有太多其他單字可供替換了。花個一兩分鐘在谷歌圖片搜尋特定難解的單字無傷大雅，但假使沒一張圖片可用，那你最好把剩下的時間花在其他地方。移到下個單字吧。

應該從哪種詞形開始學習呢？

學習大部分的語言時，都得從詞形開始著手；英語的to eat、
eats、ate、eaten和eating全部大抵上都同樣是在描述把食物放
到嘴裡這件事。但現在，你不用擔心這些事，只要好好將字典裡
列出來的單字學好即可。多數情況，這代表著學習單數名詞、不
定詞動詞，以及（若是那個語言有性別屬性之分）陽性形容詞。
在第五章，你會花很多時間與詞形好好過招。

　　精讀字典或會話書時，你可能會發現有幾個有趣的單字不在
清單中，沒關係，也學起來吧。這都會變成你自己的字彙；只要
你找到相應的圖片，任何你喜歡的單字都可以加進來。

格式化

　　我會提供你兩種不同的格式：主題式清單與字母順序清單。
主題式看起來比較平易近人：你會看到顏色、食物、地點、職
業、動詞、形容詞，諸如此類。先略讀一次。這裡也會簡單提示
如何找出你需要的圖片（像是December「十二月」這種單字就
得用點技巧）。接下來，等你準備好製作記憶字卡時，就可以使
用字母順序清單。

　　我偏愛使用字母順序清單的理由有兩點：它比較容易搭配字
典使用，而且它是以最棒的排序教導你單字──亂數排序。

　　排序很重要。在文法書中，我們是以主題式排序來學習單
字。學到了顏色、衣物與數字，一次學習一個類別。聽起來不

錯，但這樣學習會讓單字較難記憶。所有單字都混在一起了。sept是「六」還是「七」？jaune是「綠色」還是「黃色」呢？若你現在先學綠色與七，晚點再學黃色與六，便能將這個問題發生的可能性降至最低。但若你是按照字母順序來查單字，這份單字明細轉譯成外國語時就更不可能會有任何規律可言。

　　想節省時間，就先從文法書中的常用單字區或口袋會話書最後附錄的小字典先查出部分單字。上述資源都跟一般字典一樣，按照字母來排序，但它們不會列出滿滿的同義詞或是數千個你用不到的單字。只要找出那六百二十五個單字，標示出來。若是某個單字沒查到，就先略過。不到半小時，你就能得到一份待學習的龐大實用單字清單。接著打開谷歌圖片，開始動起來！

　　這裡再提供些小技巧：

　　首先，有三種類型的單字是你能輕鬆的在文法書課文中找到，不用另外查閱詞彙表的：人稱代名詞（例如：I、you、he、she、we）、數字（例如：1、2、3、1st、2nd、3rd）與日期（例如：January、February、March、Monday、Tuesday、Wednesday）。你會在參考書的目錄或索引表中找到這些參考資料。想要學習這些單字，只要從這些地方找出單字，然後將它們製作成記憶字卡即可。

　　其次，學習單字時，請牢記你不需限制自己一個單字只能使用一張圖片。你可以用二到三張圖片來幫助你辨識某個單字，甚至可以加上文字說明。我們會避免使用英語敘述，但這不妨礙你在卡片上加註名字、數字與符號。舉例來說，當你學習「friend」

這個單字時，可以在圖片下方寫上朋友的名字。對於許多抽象的單字，你也可以使用數字與符號（例如：1 minuto等於60 segundo，parent等於papa ／ maman）。我會在合適的狀況下提出這類建議並標註兩種特別類型的單字（範疇單字以及容易混淆的圖片），這部份我在集錦二的四種特殊學習情境中有深度討論。

假使你偏好在線上字典查詢並複製貼上單字，可以在Fluent-Forever.com/appendix5下載這兩種清單。不過，就我的經驗，從紙本詞彙表與寂寞星球會話書找資料會比較快也比較容易。

此外，我也嘗試著將這兩份清單用專業的語言轉譯轉換成幾種常見的語言。你也可以在上述連結中找到這些清單。

你的前六百二十五個單字（按照主題排序，另有註解）

關鍵

範疇單字（例如：動物）設計上會在旁邊加註一個小小的C（c）。學習這些單字時可在你的記憶字卡上加上二到三張圖片／單字來輔助（例如：動物＝狗、貓、魚……）可先看看集錦二的四個特殊情境篇章，看看範例。

容易混淆的圖片（例如：「女孩」看起來跟「女兒」也沒什麼兩樣）設計上會加上星號（*）。這一區的單字會使用類似的圖片（女孩／女兒，婚姻／結婚）。學習這些單字時可以增加一些個人感觸（例如：某個你知道她可能是誰的女兒的名字）或是增加一到兩個你目標語言的單字（例如：女兒可能會跟母親／父親

擺在一起）。再次提醒，你可先看看集錦二的四個特殊情境篇章。

形容詞：long（長）、short（短，相對於長）、tall（高）、short（短，相對於高）、wide（寬廣）、narrow（狹窄）、big／large（大）、small／little（小）、slow（慢）、fast（快）、hot（熱）、cold（冷）、warm（溫暖）、cool（寒冷）、new（新）、old（舊，相對於新）、young（年輕）、old（年老，相對於年輕）、good（好）、bad（壞）、wet（濕）、dry（乾）、sick（生病）、healthy（健康）、loud（吵雜）、quiet（安靜）、happy（開心）、sad（難過）、beautiful（美麗）、ugly（醜陋）、deaf（耳聾）、blind（目盲）、nice（不錯）、mean（惡毒）、rich（富有）、poor（貧窮）、thick（厚）、thin（細瘦）、expensive（昂貴）、cheap（便宜）、flat（平坦）、curved（彎曲）、male（男性）、female（女性）、tight（緊）、loose（鬆）、high（高）、low（低）、soft（軟）、hard（硬）、deep（深）、shallow（淺）、clean（乾淨）、dirty（骯髒）、strong（強壯）、weak（孱弱）、dead（死亡）、alive（活著）、heavy（沈重）、light（輕盈，相對於沈重）、dark（陰暗）、light（明亮，相對於陰暗）、nuclear（核能）、famous（有名）。

註：有少數幾個形容字，你可能需要學習那個語言的「形容詞」，再加進清單以避免模稜兩可的狀況（例如：to clean與a clean room的差別）。

動物：dog（狗）、cat（貓）、fish（魚）、bird（鳥）、cow
（牛）、pig（豬）、mouse（老鼠）、horse（馬）、wing（翅
膀）、animal（動物c）。

藝術：band（樂團）、song（歌曲）、instrument（樂器）、
music（音樂）、movie（電影）、art（藝術）。

飲品：coffee（咖啡）、tea（茶）、wine（酒）、beer（啤
酒）、juice（果汁）、water（水）、milk（牛奶）、beverage
（飲品c）。

身體：head（頭）、neck（脖子）、face（臉）、beard（鬍
子）、hair（頭髮）、eye（眼睛）、mouth＊（嘴＊）、lip＊
（嘴唇＊）、nose（鼻子）、tooth（牙齒）、ear（耳朵）、
tear（眼淚，滴下）、tongue（舌頭）、back（背）、toe（指
頭）、finger（手指）、foot（腳）、leg（腿）、arm（手臂）、
shoulder（肩膀）、heart（心）、blood（血液）、brain（腦
袋）、knee（膝蓋）、sweat（汗水）、disease（疾病）、bone
（骨頭）、voice（聲音）、skin（皮膚）、body（身體）。

衣物：hat（帽子）、dress（洋裝）、suit（西裝）、skirt（裙
子）、shirt（襯衫）、T-shirt（T恤）、pants（褲子）、shoes
（鞋子）、pocket（口袋）、coat（大衣）、stain（髒汙）、
clothing（衣物c）。

顏色：red（紅色）、green（綠色）、blue（藍色，淺／深）、yellow（黃色）、brown（棕色）、pink（粉紅）、orange（橙色）、black（黑色）、white（白色）、gray（灰色）、color（顏色）。

一週：Monday（星期一）、Tuesday（星期二）、Wednesday（星期三）、Thursday（星期四）、Friday（星期五）、Saturday（星期六）、Sunday（星期日）。

註：你會很常找到人們在星期一出門工作，在星期五／星期六等日子參加派對的圖片。要更精確的話，就用以週為單位的週曆，將週末塗上灰色，指出那一天是你要說明的日子。我將範例放在Fluent-Forever.com/appendix5。

方位：top（頂端）、bottom（底部）、side（側邊）、front（前）、back（後）、outside（外面）、inside（裡面）、up（上）、down（下）、left（左）、right（右）、straight（直線）、north（北方）、south（南方）、east（東方）、west（西方）、direction（方位c）。

註：你可能無法在詞彙表中找到所有的單字，而且就算很努力找，也可能找不到合適的圖片。沒關係，現在先跳過，或是使用我為方位蒐集與推薦的圖片，你可以在Fluent-Forever.com/appendix5找到這些資源。

電器：clock（時鐘）、lamp（燈）、fan（電扇）、cell phone（手機）、network（網路）、computer（電腦）、program（程式，電腦）、laptop（筆記型電腦）、screen（螢幕）、camera（相機）、television（電視）、radio（收音機）。

食物：egg（蛋）、cheese（起司）、bread（麵包）、soup（湯）、cake（蛋糕）、chicken（雞肉）、pork（豬肉）、beef（牛肉）、apple（蘋果）、banana（香蕉）、orange（柳橙）、lemon（檸檬）、corn（玉米）、rice（米）、oil（油）、seed（種子）、knife（刀）、spoon（湯匙）、fork（叉子）、plate（盤子）、cup（杯子）、breakfast（早餐）、lunch（午餐）、dinner（晚餐）、sugar（糖）、salt（鹽）、bottle（瓶子）、food（食物c）。

家：table（桌子）、chair（椅子）、bed（床）、dream（夢想）、window（窗戶）、door（門）、bedroom（臥室）、kitchen（廚房）、bathroom（浴室）、pencil（鉛筆）、pen（原子筆）、photograph（照片）、soap（肥皂）、book（書）、page（頁碼）、key（鑰匙）、paint（油漆）、letter（信件）、note（筆記本）、wall（牆壁）、paper（紙張）、floor（地板）、ceiling（天花板）、roof（屋頂）、pool（游泳池）、lock（鎖）、telephone（電話）、garden（花園）、yard（庭院）、needle（針）、bag（袋子）、box（盒子）、gift（禮物）、card（卡片）、ring（戒指）、tool（工具）。

工作：Teacher（老師）、student（學生）、lawyer（律師）、doctor（醫師）、patient（病人）、waiter（服務生）、secretary（秘書）、priest（牧師）、police（警察）、army（軍隊）、soldier（士兵）、artist（藝術家）、author（作者）、manager（經理）、reporter（記者）、actor（演員）、job（工作c）。

地點：city（城市）、house（房屋）、apartment（公寓）、street／road（街道／道路）、airport（機場）、train station（火車站）、bridge（橋樑）、hotel（旅館）、restaurant（餐廳）、farm（農場）、court（法庭）、school（學校）、office（辦公室）、room（房間）、town（城鎮）、university（大學）、club（俱樂部）、bar（酒吧）、park（公園）、camp（營地）、store／shop（商店／店鋪）、theater（戲院）、library（圖書館）、hospital（醫院）、church（教堂）、market（市場）、country（國家）、building（建築物）、ground（地面）、space、outer space（太空，外太空）、bank（銀行）、location（地點c）。

原料：glass（玻璃）、metal（金屬）、plastic（塑膠）、wood（木頭）、stone（石頭）、diamond（鑽石）、clay（粘土）、dust（灰塵）、gold（黃金）、copper（銅）、silver（銀）、material（原料c）。

數學／度量衡：meter（公尺）、centimeter（公分）、kilogram（公里）、inch（呎）、foot（吋）、pound（磅）、half（一

半）、circle（圓）、square（方）、temperature（溫度）、date（日期）、weight（重量）、edge（邊緣）、corner（角落）。

雜項名詞：map（地圖）、dot（頓點）、consonant（子音）、vowel（母音）、light（亮光）、sound（聲音）、yes（是）、no（否）、piece（片）、pain（疼痛）、injury（受傷）、hole（洞）、image（圖像）、pattern（圖案）、noun（名詞c）、verb（動詞c）、adjective（形容詞c）。

註：將這些單字標出三種詞性（名詞、動詞、形容詞），能夠幫助你分辨那些看起來相當類似的單字其間差異（例如：to die「動詞」、death「名詞」、dead「形容詞」）。

月份：January（一月）、February（二月）、March（三月）、April（四月）、May（五月）、June（六月）、July（七月）、August（八月）、September（九月）、October（十月）、November（十一月）、December（十二月）。

註：通常你會找到許多假期與天氣的圖片。搜尋時加上月份的數字（一到十二）會更精確些。

自然：sea（海*）、ocean（洋*）、river（河流）、mountain（山）、rain（雨）、snow（雪）、tree（樹木）、sun（太陽）、moon（月亮）、world（世界）、Earth（大地）、forest（森林）、sky（天空）、plant（植物）、wind（風）、soil／earth（土壤／土地）、flower（花朵）、valley（山谷）、

root（根）、lake（湖）、star（星星）、grass（青草）、leaf（葉子）、air（空氣）、sand（砂）、beach（海灘）、wave（浪）、fire（火）、ice（冰）、island（島嶼）、hill（丘陵）、heat（熱）、nature（自然c）。

數字：〇、一、二、三、四、五、六、七、八、九、十、十一、十二、十三、十四、十五、十六、十七、十八、十九、二十、二十一、二十二、三十、三十一、三十二、四十、四十一、四十二、五十、五十一、五十二、六十、六十一、六十二、七十、七十一、七十二、八十、八十一、八十二、九十、九十一、九十二、一百、一百〇一、一百〇二、一百一十、一百一十一、一千、一千〇一、一萬、十萬、million（百萬）、billion（十億）、1st（第一）、2nd（第二）、3rd（第三）、4th（第四）、5th（第五）、number（數字c）。

註：假使你搜尋數字（uno「一」、dos「二」、tres「三」），你會搜到某些物體的照片（一個蘋果、兩隻猴子等等）。到十之前這招通常還行得通。接下來用阿拉伯數字搜尋（例如：10、11、12）。你會找到多采多姿的數碼、地址標誌等等。請利用這些圖像（旅館房號三十三的圖片）來取代單純的數字（三十三）；這些圖片更能幫助你輕鬆記憶，而且也不會讓你輕易混淆。

人物：son（兒子*）、daughter（女兒*）、mother（母親）、father（父親）、parent（家長＝母親／父親）、baby（寶寶）、man（男人）、woman（女人）、brother（兄弟*）、sister（姊

妹＊）、family（家人）、grandfather（祖父）、grandmother（祖母）、husband（丈夫＊）、wife（妻子＊）、king（國王）、queen（皇后）、president（總統）、neighbor（鄰居）、boy（男孩）、girl（女孩）、child（小孩＝男孩／女孩）、adult（成人＝男人／女人）、human（人類≠動物）、friend（朋友，加上朋友的名字）、victim（受害者）、player（玩家）、fan（粉絲）、crowd（人群）、person（人c）。

代名詞：I（我）、you（你，單數）、he（他）、she（她）、it（它）、we（我們）、you（你們，複數）、they（他們）。

註：加入這些單字前，請確保你先閱讀過文法書。每種語言都會將代名詞劃入各種不同的範疇之中。以匈牙利語為例，「你」這個意思便有六種不同單字（單數非正式、單數正式〔稱呼熟人時使用〕、單數官方〔老師、警察、官僚體系〕、複數非正式等等），且依據你的計算方式不同，日文可以是沒有代名詞，或說有極大量的代名詞。為了往後學習文法著想，我們現在得先學習代名詞，因此這裡至少得學幾個稱呼自己或其他人的單字。你會在文法書的開頭找到解釋代名詞的篇章（以及其清單）。要記住，你現在還不是真的需要認識他、她、他的、他們這類單字。等到真正開始學習文法時，我們就會學到這些字了。

在沒有翻譯的情況下，你要如何學習這些單字呢？用人們指著自己／他人的圖片。若你在谷歌圖片中沒找到合用的照片，我在Fluent-Forever.com/appendix5放了一些這類圖片。使用這些圖

片吧，而假使你所學的語言，像是匈牙利語，對於不同種類的關係使用不同種類的代名詞（例如：要分辨是否為親近的朋友），那麼，先花幾分鐘思考一下你會將那些代名詞用在哪些人身上。在你的記憶字卡用上他們的名字吧。

季節：summer（夏天）、spring（春天）、winter（冬天）、fall（秋天）、season（季節c）。

社會：religion（宗教）、heaven（天堂）、hell（地獄）、death（死亡）、medicine（醫藥）、money（金錢）、dollar（錢幣）、bill（帳單）、marriage（婚姻*）、wedding（結婚*）、team（隊伍）、race（種族，種族劃分）、sex（性，行動）、sex（性別，屬性）、murder（謀殺）、prison（罪犯）、technology（科技）、energy（能量）、war（戰爭）、peace（和平）、attack（攻擊）、election（選舉）、magazine（雜誌）、newspaper（報紙）、poison（毒藥）、gun（槍枝）、sport（運動）、race（競賽，運動）、exercise（練習）、ball（球）、game（遊戲）、price（價格）、contract（合約）、drug（毒品）、sign（標誌）、science（化學）、God（上帝）。

時間：year（年）、month（月）、week（周）、day（日）、hour（小時）、minute（分鐘）、second（秒）、morning（早晨）、afternoon（中午）、evening（傍晚）、night（晚上）、time（時間c）。

註：你會找到許多時鐘與月曆的照片。若是有需要，先定義每個時間劃分之間的轉換（例如：六十minuto等於＿＿〔ora〕，一ora等於六十＿＿〔minuto〕，別去擔心複數形的問題，等到熟悉之後再去想這件事）。

交通工具：train（火車）、plane（飛機）、car（汽車）、truck（卡車）、bicycle（單車）、bus（公車）、boat（小艇）、ship（船）、tire（輪胎）、gasoline（汽油）、engine（引擎）、（train）ticket（車票）、transportation（交通工具c）。

動詞：work（工作）、play（玩樂）、walk（走路）、run（跑步）、drive（駕駛）、fly（飛翔）、swim（游泳）、go（前進c）、stop（停止）、follow（跟隨）、think（思考）、speak／say（說話／說）、eat（吃）、drink（喝）、kill（殺）、die（死亡）、smile（微笑）、laugh（大笑）、cry（哭泣）、buy（購買*）、pay（付費*）、sell（販售*）、shoot（射擊〔拿槍〕）、learn（學習）、jump（跳躍）、smell（聞）、hear（聽*〔聲音〕、listen（聆聽*〔音樂〕）、taste（品嚐）、touch（觸碰）、see（觀看〔一隻鳥〕）、watch（觀賞〔電視〕）、kiss（親吻）、burn（燃燒）、melt（融化）、dig（挖掘）、explode（爆炸）、sit（坐）、stand（站）、love（愛）、pass by（經過）、cut（切割）、fight（打鬥）、lie down（躺下）、dance（跳舞）、sleep（睡覺）、wake up（清醒）、sing（唱歌）、count（計算）、marry（結婚）、pray（祈禱）、win（勝利）、lose（敗北）、mix／stir（混合／攪和）、bend

（扳）、wash（清洗）、cook（煮）、open（打開）、close（關上）、write（書寫）、call（呼叫）、turn（轉身）、build（建造）、teach（教導）、grow（生長）、draw（畫）、feed（餵）、catch（抓住）、throw（拋出）、clean（清理）、find（找尋）、fall（掉落）、push（推）、pull（拉）、carry（攜帶）、break（打破）、wear（穿）、hang（吊）、shake（搖）、sign（簽名）、beat（毆打）、lift（舉起）。

註：學習動詞時，你可能得在學習時先找出那個語言的「動詞」，並在任何可能偽裝成名詞的動詞上特別加註（像親吻與一個吻）。我在集錦二的四個特殊情境章節中會教導你學習的準則。

你的前六百二十五個單字（按照字母順序）

每換一個字母開頭的第一個單字都會是粗體

actor（演員）	adjective（形容詞）	adult（成人）	afternoon（中午）
air（空氣）	airport（機場）	alive（有活力）	animal（動物）
apartment（公寓）	apple（蘋果）	April（四月）	arm（手臂）
army（軍隊）	art（藝術）	artist（藝術家）	attack（攻擊，名詞）
August（八月）	author（作者，名詞）	**baby（嬰兒）**	back（背）
back（後方）	bad（壞）	bag（包包，名詞）	ball（球）
banana（香蕉）	band（樂團）	bank（銀行）	bar（酒吧）

bathroom（浴室）	beach（海灘）	beard（鬍子）	beat（擊打，動詞）
beautiful（美麗的）	bed（床）	bedroom（臥房）	beef（牛肉）
beer（啤酒）	bend（彎曲，動詞）	beverage（飲料）	bicycle（自行車）
big／large（大）	bill（帳單，名詞）	billion（十億）	bird（鳥）
black（黑色）	blind（盲目的，形容詞）	blood（血）	blue（藍色）
boat（船）	body（身體）	bone（骨頭）	book（書籍）
bottle（瓶子）	bottom（底部）	box（盒子，名詞）	boy（男孩）
brain（大腦）	bread（麵包）	break（打破，動詞）	breakfast（早餐）
bridge（橋樑，名詞）	brother（兄弟）	brown（棕色）	build（建造，動詞）
building（建築物）	burn（燃燒，動詞）	bus（公車）	buy（購買，動詞）
cake（蛋糕）	call（呼叫，動詞）	camera（照相機）	camp（帳棚，名詞）
car（車）	card（卡片）	carry（攜帶，動詞）	cat（貓）
catch（抓，動詞）	ceiling（天花板）	cell phone（手機）	centimeter（公分）
chair（椅子，名詞）	cheap（便宜）	cheese（起司）	chicken（雞）
child（孩子）	church（教堂）	circle（圓圈，名詞）	city（城市）
clay（粘土）	clean（乾淨的，形容詞）	clean（清理，動詞）	clock（時鐘）
close（接近，動詞）	clothing（衣服）	club（俱樂部）	coat（外套，名詞）
coffee（咖啡）	cold（寒冷）	color（顏色）	computer（電腦）
consonant（子音）	contract（合約，名詞）	cook（烹飪，動詞）	cool（涼爽，形容詞）

copper（銅）	corn（玉米）	corner（角落，名詞）	count（計算，動詞）
country（國家）	court（球場）	cow（母牛）	crown（皇冠）
cry（哭泣，動詞）	cup（杯子）	curved（彎曲）	cut（切割，動詞）
dance（跳舞，動詞）	dark（陰暗）	date（日期）	daughter（女兒）
day（白天）	dead（死亡，形容詞）	deaf（聾）	death（死亡，名詞）
December（十二月）	deep（深的）	diamond（鑽石）	die（死亡，動詞）
dig（挖掘）	dinner（晚餐）	direction（方位）	dirty（骯髒）
disease（疾病）	doctor（醫生）	dog（狗）	dollar（美元）
door（門）	dot（頓號）	down（下）	draw（畫）
dream（夢）	dress（洋裝）	drink（喝）	drive（駕駛，動詞）
drug（藥品）	dry（乾燥）	dust（灰塵）	**ear（耳朵）**
Earth（地球）	east（東方）	eat（食用）	edge（邊緣）
egg（蛋）	eight（八）	eighteen（十八）	eighty（八十）
election（選舉）	electronics（電子學）	eleven（十一）	energy（能量）
engine（引擎）	evening（傍晚）	exercise（練習）	expensive（昂貴）
explode（爆炸）	eye（眼睛）	**face（臉）**	fall（秋天）
fall（掉落）	family（家庭）	famous（知名的）	fan（電風扇）
fan（球迷）	farm（農場）	fast（快速）	father（父親）
February（二月）	feed（餵，動詞）	female（女性）	fifteen（十五）
fifth（第五）	fifty（五十）	fight（打鬥，動詞）	find（找尋，動詞）
finger（手指）	fire（火，名詞）	first（第一）	fish（魚，名詞）
five（五）	flat（平坦的，形容詞）	floor（地板）	flower（花）
fly（飛，動詞）	follow（跟隨，動詞）	food（食物）	foot（腳，人體部位）
foot（呎，度量單位）	forest（叢林）	fork（叉子）	forty（四十）

four（四）	fourteen（十四）	fourth（第四）	friday（星期五）
friend（朋友）	front（前）	**game（遊戲）**	garden（花園）
gasoline（汽油）	gift（禮物）	girl（女孩）	glass（玻璃）
go（前進，動詞）	God（上帝）	gold（黃金）	good（好）
grandfather（祖父）	grandmother（祖母）	grass（青草）	gray（灰色）
green（綠色）	ground（地面）	grow（生長，動詞）	gun（槍）
hair（頭髮）	half（一半）	hand（手）	hang（吊，動詞）
happy（高興）	hard（困難）	hat（帽子）	he（他）
head（頭）	healthy（健康）	hear（聽見〔聲音〕）	heart（心）
heat（熱）	heaven（天堂）	heavy（重）	hell（地獄）
high（高）	hill（山丘）	hole（洞）	horse（馬）
hospital（醫院）	hot（熱）	hotel（旅館）	hour（小時）
house（房子）	human（人類）	hundred（一百）	husband（丈夫）
I（我）	ice（冰）	image（圖像）	inch（吋）
injury（受傷）	inside（裡面）	instrument（樂器）	island（島嶼）
it（它）	**January（一月）**	job（工作）	juice（果汁）
July（七月）	jump（跳躍，動詞）	June（六月）	**key（鑰匙）**
kill（殺，動詞）	kilogram（公斤）	king（國王）	kiss（親吻，動詞）
kitchen（廚房）	knee（膝蓋）	knife（刀子）	**lake（湖）**
lamp（燈）	laptop（筆記型電腦）	laugh（大笑，動詞）	lawyer（律師）
leaf（葉子）	learn（學習，動詞）	left（左）	leg（腿）
lemon（檸檬）	letter（信）	library（圖書館）	lie down（躺下，動詞）
lift（舉起）	light（明亮）	light（輕盈）	light（亮光，名詞）
lip（嘴唇）	listen（聽〔音樂〕，動詞）	location（地點）	lock（鎖，名詞）

long（長）	loose（鬆）	lose（敗北，動詞）	loud（吵雜）
love（愛，動詞）	low（低）	lunch（午餐）	**magazine（雜誌）**
male（男性）	man（男人）	manager（經理）	map（地圖）
March（三月）	market（市場）	marriage（婚姻）	marry（結婚，動詞）
material（原料）	May（五月）	mean（惡毒，相對於不錯）	medicine（醫藥）
melt（融化，動詞）	metal（金屬）	meter（公尺）	milk（牛奶）
million（百萬）	minute（分鐘）	mix／stir（混合／攪和，動詞）	Monday（星期一）
money（錢）	month（月）	moon（月亮）	morning（早晨）
mother（母親）	mountain（山）	mouse（老鼠）	mouth（嘴）
movie（電影）	murder（謀殺，名詞）	music（音樂）	**narrow（狹窄）**
nature（自然）	neck（脖子）	needle（針）	neighbor（鄰居）
network（網路）	new（新）	newspaper（報紙）	nice（不錯）
night（夜晚）	nine（九）	nineteen（十九）	ninety（九十）
no（不）	north（北方）	nose（鼻子）	note（筆記）
November（十一月）	nuclear（核能）	number（數字）	**ocean（海洋）**
October（十月）	office（辦公室）	oil（油）	old（舊，相對於新）
old（老，相對於年輕）	one（一）	open（開啟，動詞）	orange（橙色，顏色）
orange（柳橙，食物）	outside（外面）	**page（頁碼）**	pain（疼痛）
paint（油漆）	pants（長褲）	paper（紙張）	parent（雙親）
park（公園）	pass（通過，動詞）	patient（病人，名詞）	pattern（圖案）
pay（付費，動詞）	peace（和平）	pen（筆）	pencil（鉛筆）

person（人）	photograph（照片）	piece（片）	pig（豬）
pink（粉紅色）	plane（飛機）	plant（植物，名詞）	plastic（塑膠）
plate（盤子）	play（玩樂，動詞）	player（玩家）	pocket（口袋）
poison（毒藥，名詞）	police（警察）	pool（池子）	poor（貧窮）
pork（豬肉）	pound（重量）	pray（祈禱，動詞）	president（總統）
price（價格）	priest（牧師）	prison（囚犯）	program（程式）
pull（拉，動詞）	push（推，動詞）	**queen（皇后）**	quiet（安靜）
race（種族）	race（競賽）	radio（收音機）	rain（雨，名詞）
red（紅色）	religion（宗教）	reporter（記者）	restaurant（餐廳）
rice（米）	rich（富有）	right（方位）	ring（戒指）
river（河流）	roof（屋頂）	room（房間）	root（根）
run（跑，動詞）	**sad（難過）**	salt（鹽）	sand（砂）
Saturday（星期六）	school（學校）	science（化學）	screen（螢幕）
sea（海）	season（季節）	second（第二）	second（秒）
secretary（秘書）	see（觀看）	seed（種子）	sell（販售，動詞）
September（九月）	seven（七）	seventeen（十七）	seventy（七十）
sex（性別，屬性）	sex（性行為）	shake（搖，動詞）	shallow（淺）
she（她）	ship（船）	shirt（襯衫）	shoes（鞋子）
shoot（〔拿槍〕射擊）	short（短，相對於長）	short（矮，相對於高）	shoulder（肩膀）
sick（病）	side（側邊）	sign（標誌，名詞）	sign（簽名，動詞）
silver（銀）	sing（唱歌，動詞）	sister（姊妹）	sit（坐下，動詞）

six（六）	sixteen（十六）	sixty（六十）	skin（皮膚）
skirt（裙子）	sky（天空）	sleep（睡覺，動詞）	slow（慢）
small／little（小）	smell（聞，動詞）	smile（微笑，動詞）	snow（雪，名詞）
soap（肥皂）	soft（軟）	soil／earth（土壤／土地）	solider（士兵）
son（兒子）	song（歌曲）	sound（聲音）	soup（湯）
south（南方）	space／outer space（太空／外太空）	speak／say（説話／説，動詞）	spoon（湯匙）
sport（運動）	spring（春天）	square（方）	stain（髒污）
stand（站起，動詞）	star（星星）	stone（石頭）	stop（停止，動詞）
store／shop（商店／店鋪）	straight（直線）	street／road（街道／道路）	strong（強壯）
student（學生）	sugar（糖）	suit（西裝，名詞）	summer（夏天）
sun（太陽）	Sunday（星期日）	sweat（汗，名詞）	swim（游泳，動詞）
t-shirt（T恤）	table（桌子）	tall（高）	taste（品嚐，動詞）
tea（茶）	teach（教學，動詞）	teacher（教師）	team（隊伍）
tear（涙水）	technology（科技）	telephone（電話）	television（電視）
temperature（溫度）	ten（十）	theater（戲院）	they（他們）
thick（厚）	thin（細瘦）	think（思考，動詞）	third（第三）
thirteen（十三）	thirty（三十）	thousand（一千）	three（三）
throw（拋出，動詞）	Thursday（星期四）	ticket（票）	tight（緊）

time（時間，名詞）	tire（輪胎）	toe（指頭）	tongue（舌頭）
tool（工具）	train station（火車站）	transportation（運輸）	tree（樹木）
truck（卡車）	Tuesday（星期二）	turn（轉身，動詞）	twelve（十二）
twenty（二十）	train（火車，名詞）	twenty-one（二十一，以此類推）	two（二）
ugly（醜陋）	university（大學）	up（上）	**valley（山谷）**
verb（動詞）	victim（受害者）	voice（聲音，名詞）	vowel（母音）
waiter（服務生）	wake up（清醒，動詞）	walk（走路，動詞）	wall（牆壁）
war（戰爭）	warm（溫暖的，形容詞）	wash（清洗，動詞）	watch（看，動詞）
water（水，名詞）	wave（波浪）	we（我們）	weak（孱弱）
wear（穿，動詞）	wedding（結婚）	Wednesday（星期三）	week（周）
weight（重量）	west（西方）	wet（潮溼的，形容詞）	white（白色）
wide（寬廣）	wife（妻子）	win（勝利，動詞）	wind（風，名詞）
window（窗戶）	wine（酒）	wing（翅膀）	winter（冬天）
woman（女人）	Wood（木頭）	work（工作，動詞）	world（世界）
write（書寫，動詞）	**yard（庭院）**	year（年）	yellow（黃色）
yes（是）	you（你／你們；單數／複數）	young（年輕）	**zero（零）**

附錄六
如何搭配你的語言學習
課程來使用本書

　　我撰寫本書的中心思想，就是要告訴你如何自學語言。可是若你已經報名參加語言課程了，那該如何是好？我的建議會跟一般收費課程大大不同：我並不喜愛翻譯練習，也不認為無止盡的鑽研文法就是所謂的善用時間。那怎麼辦，你應該退費嗎？私底下偷偷製作記憶字卡嗎？把這本書遞給你的老師，要求他按照此書重新設計課程嗎？

　　還是說，這本書有什麼地方能加強你在語言課程的所學呢？

　　本書的第一章，我便已宣告：沒人能夠讓你學會其他語言；你得靠自己來爭取。我全力捍衛此項宣告。任何語言都無法直接灌輸到你的腦袋裡，也沒有任何文法書、家庭教師、女朋友，或電腦程式做得到。所有語言學習資源都可歸納為：某種資源。最終，還是要靠你自己擷取這些資源，時時刻刻浸淫其中，在大腦中將他們轉換為能夠活用的語言。

　　如此這般，當我思考要如何才能增進典型課程的效益時，我認為這跟典型的文法書、字典與會話課本完全相同。該死的，說到這裡，就連谷歌圖片與Anki軟體能增進效益的成效也只是屈指可數。

怎麼樣才是「壞」課程呢？

若你不是特別喜愛你的老師或課程，那麼你也沒有理由留在教室
上課（除非有特殊需求，在這個情況下你可能得想辦法讓自己不
要被當）。只要牢記一件事：一旦開始使用記憶字卡來記住任何
人說的話時，你可能會發覺自己更加樂於參加語言課程了。嘗試
看看，假使你還是不愛已參與的課程，那就勇敢停掉課程，自學
語言吧。

　　但我從未告訴你要丟掉文法書，我也不會要你停掉語言課
程。[1] 我完全持反論，事實上：只要你的老師有任何可取之處，
而你也能樂在其中，這堂課就會是你美妙的資源。請留步，繼續
上課。說到文法課本，這就像是一場步行。每次你浸淫其中，就
會面臨到一大堆新的文法規則與範例句，你會聽到有人大聲誦讀
許多單字與句子，並帶有動作示範，會在對話與寫作練習時嘗試
新的模式，甚至要改正家庭作業與測驗的錯誤（從我的觀點來
看，這兩者都是學好文法最純粹的方式）。

　　上課時，你的主要目標應為完整吸收資訊並將它牢記腦中。
善用附有插圖的記憶字卡。若是遭遇到新的文法規則，就找些
範例句（若有需要，也可詢問你的老師），並按照此原則創造記
憶字卡，這樣一來你就不會忘記這項規則。若你改正了家庭作
業，將這些地方製作成為記憶字卡，那麼你就再也不會犯下這項

---

[1] 持平而論，我假設自己似乎真的有告訴你可以丟掉文法課本，但只在那本書使
用的是bawn-JURE風格的發音教學方式下。

錯誤。

　　若你按照上面的指示去做，也假使你按照每天表定計畫複習記憶字卡，你將發現自己的進步幅度遠遠超過同儕。你會覺得上課內容實在太簡單了，最終，你便能將更多時間奉獻在自己的個人語言學習目標──學習字彙、閱讀書籍、觀賞影集等等，同時你的課程還是持續的用填鴨式教學餵養你那些死板的資訊。

　　無論我是參加實際課程或是使用網路資源學習（連到谷歌圖片就能學習），我通常會將筆記直接鍵入 Anki 軟體。我會將我們討論過的任何東西製作成記憶字卡，經過幾個星期的學習後，基本上我將會記得老師曾經提過的任何單字。

　　這樣的策略會讓你覺得自己非常、非常的聰明，而這也是有效率的運用課堂時間最好的方式，好的語言課程往往非常昂貴，請珍惜課堂上的每分每秒。

最後的註記（關於科技）

　　本書中描述科技的部分運用了許多以網路為基礎的工具，提及的所有工具都會隨著時間進步不斷的改變、消逝或增益。若你嘗試要使用其中一些工具並發現它的表現不如預期，請拜訪：Fluent-Forever.com/changes。

　　我會在這個頁面記錄所有重大的改變（並在需要時提供其他工具讓你選擇）。

註記

第一章　導論：不斷嘗試攻剌、再攻剌

p.16　**法文與拉丁文在英文字彙中各佔了百分之二十八的比例**：當法語是緣起於拉丁語時，我要如何才有可能將法語單字與拉丁單字區隔開來呢？英語經歷了兩次大浪潮，並在那個過程中從那些語言中淘選單字。大部分的法語融入英語的過程，是在十一世紀諾曼第公爵征服英格蘭時發生的。拉丁單字要晚些才進入英語，是文藝復興時期時跟著希臘人傳進來的。無論如何，若你正在學習諸如法語這種浪漫的語言時，你將體悟到有大量單字都與英語聲氣相通。

第二章　上傳：終結遺忘的五大原則

p.30　**源於一九七〇年代**：若你想要閱讀更多記憶處理層次的事情，這裡有兩份文章值得你看看。第一份為一般研究提供了不錯的概觀，第二份更深入的探究了記憶法在個人關連上的優勢（也稱為自我參照效應〔Self-Reference Effect〕）：洛克哈特（Robert S. Lockhart）與克雷克（Fergus I. M. Craik）合著《Leverls of Processing: A Retrospective Commentary on a Framework for Memory Research》（Canadian Journal of

Psychology 44, no. 1 (1990): 87-112）；西莫絲（Cynthia S. Symons）與強森（Blair T. Johnson）合著《The Self-Reference Effect in Memory: A Meta-Analysis》（CHIP Documents (1997): Paper 9）。

p.36　**此種效果也能應用於毫不相關的圖片上**：要記住，相關的圖片會更有效，所以若你得學習**apple**這個單字，你可能得找一張apple的圖片。還要記得，假使這個圖片與你要學習的單字相反（假如你在學習hot這個字的時候找了冰塊的圖片），你就得花更多時間才能將這兩樣東西綜合在一起。這類問題最棒的總結可參閱此文章：雷維（W. H. Levie）與海瑟薇（S. N. Hathaway）合著《Picture Recognition Memory: A review of Research and Theory》（Journal of Visual/Verbal Languaging 8 no. 1 (1988): 6-45）。

p.39　**赫爾曼‧艾賓豪斯**：艾賓豪斯於一八八五年的研究，贏得了同時代與現代心理歷史學家的讚譽。美國心理學之父威廉‧詹姆斯（William James）在他的著作《心理學原理》（*Principles of Psychology*）中稱艾賓豪斯的研究是「真正的史詩」（James, William. The Principles of Psychology. New York: Dover Publications, 1950）。而已經引用的「最重要的調查研究」說法，則是來自於杜恩‧休斯的教科書《現代心理學史》（Schultz, Duane P., and Sydney Ellen Schultz, A History of Modern Psychology. Australia: Thomson/Wadsworth, 2012）。若你想直接閱讀艾賓豪斯的〈疲憊、頭痛與其他癥候〉（exhaustion, headache and other symptoms）文本，這份研究報告已經由亨利‧盧格（Henry Ruger）與克拉拉‧布欣

休斯（Clara Bussenius）翻譯為英文（Ebbinghaus, Hermann. Memory: A Contribution to Experimental Psychology. Translated by Henry Alford Ruger and Clara E. Bussenius. New York City: Teachers College, Columbia University, 1913）。

p.43　**兩種不同的學習方式**：由於有太多對於測試與學習的研究，這裡很難指引你一個特定的方向。若我是你（而且我想要多學點東西的話），我會從羅迪格（Henry L. Roediger）與卡匹克（Jeffrey D. Karpicke）的《測驗記憶的力量：基礎研究與為了教學性練習的指涉》（*The Power of Testing Memory: Basic Research and Implications for Educational Practice.*）（Perspectives on Psychological Science 1, no. 3 (2006): 181-210.）羅迪格與卡匹克將這項研究大部分的地方都統整在這篇文章之中，而且是以（相對）友善的方式呈現。

第三章　聲音遊戲

p.78　**最有力的資料來自針對美國人及日本人的調查研究**：派翠西亞・庫赫（Patricia Kuhl）是這個領域中我最喜愛的研究者，而她在TED的演講「嬰兒的語言天份」（The Linguistic Genius of Babies）（請參閱http://tinyurl.com/TEDKuhl）是對於這個領域最棒、最易理解的介紹。

p.81　**這個領域中最出名的研究來自一系列實驗**：要攻讀這部分的研究，先從James L. McClelland, Julie A. Fiez, and Bruce D. McCandliss, "Teaching the /r/-/l/ Discrimination to Japanese Adults: Behavioral and Neural Aspects," Physiology & Behavior 77.4 (2002): 657-662.開始。這是一項十分迷人的研究，他們的

研究結果也令人印象深刻。他們成功讓日本成人在分辨locks
與rocks，從糟糕的準確率（約略百分之五十）進步到百分之
七十到八十。這項研究主題不是要讓他們分辨L-R的準確率跟
母語使用者一樣（而且與那些研究者面談後，很清楚他們對於
這項結果相當苦惱），不過以語言學習的立場來看，這相當重
要。

p.95 **英語仍是以（龐大的一套）可靠規則運作**：你可以在Zompist.
com/spell.html發現它將英語拼音規則非常有趣的分類為六十四
條簡單的規則。若你盲目的遵從這些規則，你便能以百分之
八十五的準確率分辨出任何英語單字的發音。對於一種有七
種不同「ough」（tough、cough、plough、though、thought、
through與hiccough）發音的語言來說，這個成績相當不賴。

第四章　單字遊戲與單字的交響樂

p.137 **當你在腦中塑造畫面時，下流的思想非常有幫助**：約書亞‧佛
爾（Joshua Foer）的書就是一場描寫人心的美好寫作旅程，更
別提它還是一個極為優秀的故事（Foer, Joshua. Moonwalking
with Einstein: The Art and Science of Remembering Everything.
New York: Penguin, 2011）。極力、超極力推薦。

第五章　句子遊戲

p.141 **上述例子中有著微妙的文法規則**：你可能會注意到「mouse-
infested」聽起來並沒這麼糟糕，也確實如此，請Google
NGrams（books.google.com/ngrams/）會在英語文學中，找到

大略相似的mice-infested與mouse-infested故事。兩種不規則的複數型態似乎都說得通。然而，在規則的複數型態下，這個規則就會是全然的嚴格。「Rats-infested」在英語中是不存在的。

p.142　**若你問語言學家，孩子們究竟是如何辦到的呢？他們大多會告訴你孩子的大腦裡存有語言學習的機器**：語言學習機器理論的發明者諾姆·杭士基（Noam Chomsky），稱此現象為一種「語言獲取裝置」。杭士基的裝置解釋了兩個現象：為何孩子們極為擅長學習文法，以及為何每種語言的文法都離奇的相似。舉例來說，所有登記在案的七千種語言，似乎都擁有主詞、動詞與受詞。假使那個語言將受詞放在動詞之後（He eats fish），那麼它將會這樣使用介詞（from the sea）。換句話說，假使動詞放在受詞後方（He fish eats），那麼它將會這樣使用介詞（the sea from）。還有少數語言打破了這些規則，但這種語言十分稀少——少到你幾乎不可能遇到。這就像是所有的語言都以相同的關鍵文法系統開始，再加上些許微調，就能轉變為法語、英語或中文系統。

若杭士基的說法為真，那麼孩子便能脫口而出rat-eaters，因為他們在基因上便已預先植入了所有語言的文法——他們來到這世上時便已知悉所有語言的關鍵文法系統。隨後他們只要聽著父母說話，快速的在他們的語言獲取裝置上作些轉換（「動詞，後接受詞？」「受詞，後接動詞？」），颼的一聲，他們就知道自己應該使用哪一套文法了。

其他語言學家指出，歐洲人完成了大部分語言學上的觀察，而他們忽略了其他許多具有多樣性的非歐洲語言。若他們更深入

觀察這些語言，就會發現有上百種語言與標準文法模式相悖。若想找一個放諸所有語言皆準的運作規則，我們需要以大量資訊編碼的語言獲取裝置。或許小孩就是擅長推敲語言的模式。若你想要看看支持杭士基說法的文章，請看史提芬‧品克（Steven Pinker）的精彩著作──《The Language Instinct : How the Mind Creates Language》，New York: HarperPerennial, 2010。若你想閱讀另一方的反論，請閱讀伊文斯（Nicholas Evans）與賴文森（Stephen C. Levinson）的著作《The Myth of Language Universals: Language Diversity and Its Importance for Cognitive Science》（Behavioral and Brain Sciences, no. 05(2009):429-448）。

p.146　**普遍來說，成人學習語言的速度會比孩童快**：這個事實讓我驚呆了！請參閱勞德斯（Ortega Lourdes）的著作《Understanding Second Language Acquisition》（London: Hodder Education, 2009），這之中對於兒童與成人在學習語言上的異與同有相當精彩的整理。

p.165　**最後你還有一個祕密武器，那也是所有知識學習的匯集：輸出**：勞德斯在他前述的著作中，對輸出這部分的研究作了非常好的總結。基本上，研究報告中似乎指出了輸出的必要，不過對於成功的語言學習來說尚嫌不足。當你已能單靠輸入而充分理解一項語言後，便需要輸出好讓你知道如何適切的產出。（你也得注意輸出的品質；勞德斯的書中有一個十分迷人的案例，有個日本人很滿意自己的破英文，因此儘管他總是跟母語英語人士混在一起，並總是用英語交談，但他的英文就是不會進步。）

第六章　語言遊戲

p.192 **事實上，每當我們遇見一個陌生單字時就能自然吸取單字百分之十的意思**：若你想學習更多閱讀的益處（以及我們從環境之中學到多少東西）。請參見荷曼（W. E. Nagy, P. A. Herman）與安德森（R. C Anderson）的著作《Learning Words form context》（Reading Research Quarterly 20 (1985): 233-253）。

第七章　結語

p.214 **近期研究指出，你不一定要從小就獲得雙語能力才能證明你具有雙語天賦**：這個說法是得自於神經科學期刊《NeuroImage》中的一篇短篇文章：馬坦森（John Mårtensson）等人合著《Growth of Language-Related Brain Areas After Foreign Language Learning》（Neuroimage 63 (2012): 240-244）。這是第一次有人證實了從生理學的角度觀之，學習第二語言與從出生就沉浸於雙語環境者其實是**非常**類似的。

p.214 **他們具有較高的創造力**：若你真心想要一頭栽進雙語的超能力之中，先參閱科米若里（Reza Kormi-Nouri）等人合著的介紹《The Effect of Childhood Bilingualism on Episodic and Semantic Memory Tasks》（Scandinavian Journal of Psychology 49, no. 2 (2008): 93-109）。它提供了一份對於解決問題與雙語者在創造力的才能所有種類的研究上不錯且快速的概觀。

p.216 **平均來說，年長的雙語人士出現癡呆症狀的時間比單語人士晚了五年**：這個題目擁有各式各樣很酷的研究報告，不過其中最有趣的是由卡夫（Gitit Kavé）等人合著的研究報

告《Multilingualism and Cognitive State in the Oldest Old》
（Psychology and Aging 23, no. 1 (2008): 70-78）。文中分析了
每個人認識的語言數，對這些語言的了解程度，以及各式各樣
新奇有趣的事。

附錄四

p.347 **嘗試要自己讓自己的喉嚨噎著**：這句話是引述至一部有關
A'yn發音的Youtube影片（請至http://tinyurl.com/arabicayn觀
賞）。這位馬哈（Maha）老師每次提到A'yn的發音位置時
都會弄錯（他甚至把舌頭都吞到喉嚨裡了，而不是只靠到顎
垂），但對於教導你如何發出這個聲音，她作出了非常好的示
範，而且讓我們完全感染到她的熱情。

致謝

　　本書封面上只有一個名字，我發現這確實可笑。是的，本書是我一手打造，它是我個人經歷的體現。但它不是我的書。書中的每個單字與這過程的每個步驟都是由其他人形塑而成。我的家人、朋友、同事、老師、社群：是你們成就了我並成就了這本書的樣貌，以此觀之，我要獻給你們無盡的感激。特別要提出的是，我要感謝梅蘭妮・亨蕾・海恩（Melanie Henley Heyn）。這本書是我跟她共同享有這段歷險的明證。沒有她，這本書不會存在，沒有她勇敢的編輯與支持，這本書不會是現在這般美好。

　　至於其他人，我會從頭說起。二〇〇三年，我的好友羅勃・伊斯塔德（Rob Istad）偶然間推薦我一個德語沉浸式學習課程，這段課程最後成了這整段旅程的開端。感謝他；是他促成了這個想法。

　　這本書會售出，要感謝梅蘭妮・皮諾拉（Melanie Pinola）以及Lifehacker團隊的協助；布瑞特（Brette Popper）、凱倫（Karen Schrock Simring）與葛瑞托（Gretl Satorius）在提案上的投入；以及我那投注無限熱情、知識與全方位的督促我前進，持續不斷傾注心血的經紀人，麗莎（Lisa DiMona）。

我的編輯瑞克（Rick Horgan），多次將我和我的書大卸八塊，這段體驗是再多感謝都無法說明我的謝意的。沒有他近乎冷酷的真誠，這本書絕對會非常糟糕，我是認真的。

安德里亞（Andrea Henley Heyn）是我夢寐以求的第一位讀者。她的耐心與敏銳的結構感讓這本書更符合並不存在我想法中的那些實際的讀者。這裡還要感謝柯雷特（Colette Ballew）與梅亨（Meghen Miles Tuttle）。你們的投入是無法用價值衡量的。

最後，但不止於此，我的好友與影像後製編輯尼克（Nick Martin）與我親愛的Kickstarter援助者：我愛你們。在此我要特別感謝喬（Joel Mullins）、馬克（Marc Levin）、麥可・佛斯特（Mike Forster）、麥可・威爾斯（Mike Wells）、尼克爾（Nikhil Srinivasan）與查維爾（Xavier Mercier）他們無比非凡的協助。

同時，是你們允許我藉由一本書與幾個想法，將這一切轉變一個我衷心期盼的花俏系統。

感謝大家。

新商業周刊叢書 BW0575X

跟各國人都可以聊得來

原　書　名／Fluent forever
作　　　者／加百列·懷納（Gabriel Wyner）
譯　　　者／威治
企 劃 選 書／陳美靜
責 任 編 輯／簡伯儒
版　　　權／吳亭儀、顏慧儀、林易萱
行 銷 業 務／周佑潔、林秀津、黃崇華、賴正祐、郭盈均

總　編　輯／陳美靜
總　經　理／彭之琬
事業群總經理／黃淑貞
發　 行　 人／何飛鵬
法 律 顧 問／台英國際商務法律事務所　羅明通律師
出　　　版／商周出版
　　　　　　臺北市104民生東路二段141號9樓
　　　　　　電話：(02) 2500-7008　傳真：(02) 2500-7759
　　　　　　E-mail: bwp.service @ cite.com.tw
發　　　行／英屬蓋曼群島商家庭傳媒股份有限公司　城邦分公司
　　　　　　臺北市104民生東路二段141號2樓
　　　　　　讀者服務專線：0800-020-299　24小時傳真服務：(02) 2517-0999
　　　　　　讀者服務信箱E-mail: cs@cite.com.tw
　　　　　　劃撥帳號：19833503　戶名：英屬蓋曼群島商家庭傳媒股份有限公司城邦分公司
訂 購 服 務／書虫股份有限公司客服專線：(02) 2500-7718；2500-7719
　　　　　　服務時間：週一至週五上午09:30-12:00；下午13:30-17:00
　　　　　　24小時傳真專線：(02) 2500-1990；2500-1991
　　　　　　劃撥帳號：19863813　戶名：書虫股份有限公司
　　　　　　E-mail: service@readingclub.com.tw
香港發行所／城邦（香港）出版集團有限公司
　　　　　　香港灣仔駱克道193號東超商業中心1樓
　　　　　　E-mail: hkcite@biznetvigator.com
　　　　　　電話：(852) 25086231　傳真：(852) 25789337
馬新發行所／城邦（馬新）出版集團
　　　　　　Cite (M) Sdn. Bhd.
　　　　　　41, Jalan Radin Anum, Bandar Baru Sri Petaling, 57000 Kuala Lumpur, Malaysia.
　　　　　　電話：(603) 9057-8822　傳真：(603) 9057-6622　E-mail: cite@cite.com.my

封面設計／廖勁智
印　　　刷／韋懋實業有限公司
總 經 銷／聯合發行股份有限公司
　　　　　　新北市231新店區寶橋路235巷6弄6號2樓
　　　　　　電話：(02) 2917-8022　傳真：(02) 2911-0053

■2015年6月4日初版1刷
■2023年6月15日二版1刷

Printed in Taiwan

定價450元　　　　版權所有·翻印必究
ISBN　978-626-318-734-4

國家圖書館出版品預行編目（CIP）資料

跟各國人都可以聊得來／加百列·懷納（Gabriel
Wyner）著；威治譯. -- 二版. -- 臺北市：商周出
版：英屬蓋曼群島商家庭傳媒股份有限公司城邦
分公司發行, 2023.06
　面；　公分. --（新商業周刊叢書；BW0575X）
譯自：Fluent forever.
ISBN 978-626-318-734-4（平裝）

1.CST：語言學習 2.CST：學習方法

800.3　　　　　　　　　　　　　112008532

城邦讀書花園
www.cite.com.tw